悄吟文丛

古耜

主编

第三辑

黄璨

著

人间烟火

中国言实出版社

图书在版编目（CIP）数据

人间烟火 / 黄璨著. -- 北京：中国言实出版社，
2024.1

（悄吟文丛 / 古耜主编. 第三辑）

ISBN 978-7-5171-4741-1

Ⅰ . ①人⋯ Ⅱ . ①黄⋯ Ⅲ . ①散文集－中国－当代
Ⅳ . ①I267

中国国家版本馆CIP数据核字（2024）第018514号

人间烟火

责任编辑：王君宁　　史会美
责任校对：王建玲

出版发行：中国言实出版社

　　　　地　　址：北京市朝阳区北苑路180号加利大厦5号楼105室
　　　　邮　　编：100101
　　　　编辑部：北京市海淀区花园路6号院B座6层
　　　　邮　　编：100088
　　　　电　　话：010-64924853（总编室）　010-64924716（发行部）
　　　　网　　址：www.zgyscbs.cn　　电子邮箱：zgyscbs@263.net

经　　销：新华书店
印　　刷：徐州绪权印刷有限公司
版　　次：2024年2月第1版　　2024年2月第1次印刷
规　　格：787毫米×1092毫米　　1/32　　10.5印张
字　　数：182千字

定　　价：59.80元
书　　号：ISBN 978-7-5171-4741-1

女性散文何以风光无限

古耜

在中国古代，知识女性撰写锦绣文章虽系凤毛麟角，但属确切存在，易安居士和她的《金石录·后序》便是这方面的标本和佐证。不过作为一种创作现象或文学品类，女性散文终究是五四新文化运动推动妇女解放的产物，冰心、庐隐、丁玲、林徽因等才是其发轫与前驱，而女性散文真正的强势崛起和蔚为大观，则是从新时期到新世纪伟大时代的馈赠。

近半个世纪以来，在思想解放和改革开放历史大潮的强力推动下，从五四新文化现场一路走来的现代女性散文，越发显示出生机勃勃、阔步前行的态势：几代女作家进一步冲破陈旧观念的束缚和保守势力的阻滞，以崭新的精神风貌、饱满的生活热情和旺盛的创作精力，投身于变动不居而又生机盎然的生活现场，既积极参与公共空间的世相书写与问题探讨，又潜心关注女性自身的发展、提升与进步，从而不断捧出流光溢彩、质文兼备的散文佳作；一大批女性散文家正是在这种有内涵、有难度、有追求的创作实践中砥砺前行，逐渐登上一个时代的散文标高；而整个女性散文创作亦凭借持久的不间断的繁荣红火，成为当今时代散文现场勃发向上的重要一翼。恩格斯说："在任何社会中，妇女解放的程度是衡量普遍解放的天然尺度。"而女性散文的蓬勃发展正是女性解放的卓然呈现，透过它，可以看到国家的昌盛、社会的进步和民族的振兴。

女性散文何以风光无限，其中的原因应该有以下几个方面：

第一，新时期以来的女性散文创作，蕴含一种多方探索，跃动不羁的内在活力。曾有如是说法：在新时期的文学领域，小说、诗歌、戏剧乃至文学评论，都经历了强劲大胆的文体变革，唯有散文安步当车，依然故我，给人以陈旧保守的感觉。这样的说法是否符合散文的实际尚待讨论，但如果拿它来评价女性散文，则明显是圆凿方枘，失之偏颇。

事实上，女性散文并不缺少试验和探索。二十世纪八九十年代之交，"小女人散文"不胫而走，风行一时。其中掺杂的琐碎、无聊和自恋固然需要摒弃，但它对世俗场景的关注，对笔调的经营和细节的把握，以及由此酿成的较强的文本可读性，还是给散文创作以有益的启示。稍后，一种直接以"女性散文"为标识的创作群体亮相文坛。叶梦的《羞女山》、王英琦的《女性的天空是高远的》、韩小蕙的《女人不会哭》、张爱华的《关于爱情：往错了说》、斯妤的《也是叹息》、匡文立的《历史与女人》、唐敏的《女孩子的花》等一批作品，勾勒了这一群体的早期阵容。毋庸讳言，这些作品或多或少带有西方"女权主义"的影子，但更多的还是连接着中国女性实际的生命体验和观念认知，是基于自我感受的艺术表达，唯其如此，它们对于强化散文创作的女性意识，推动女性散文向纵深化和个性化发展自有重要意义。接下来，"新潮散文"和"新散文"交叉或次第登场，其中一批才华横溢的女性散文家，如周晓枫、格致、冯秋子、张立勤、陈染、塞壬、洁尘、杜丽等，以特立独行，高蹈脱俗的创作吸引着文坛的目光，其新颖的散文理念，个性化、陌生化的叙事风格，还有在语言修辞层面的苦心孤诣，剑出偏锋，均为女性散文的柳暗花明、推陈出新提供了有力借鉴，进而成为女性散文创新发展的重要资源和不竭动力。

　　第二，历史语境的转换和社会氛围的变化，为女性散文的繁荣发展提供了特殊机遇。无论古代还是现代，个体人生的日常生活都是丰富和重要的，然而由于文化传统、历史条件和社会心理的复杂互动，在较长一段时间里，人们的日常生活并没有得到文学书写的青睐，相反常常被忽略或遗忘。新时期以降，随着社会主义市场经济的兴起和人的主体意识的确立，以及商品和消费理念的传播，日常生活开始越来越多地进入人们的视野，并迅速成为文学的主要表现对象。在这一过程中，日常生活不再单单是一种题材或景观，同时还是一种不可缺席的审美要素——即使是篇幅宏大的历史或地理散文，日常生活亦常常是一种基因性底色性的存在。也正是在这一过程中，女作家的特长和优势得以充分展现：约定俗成的社会伦理和家庭分工，决定了她们相对疏离公众诉求与商场奋斗，而更多同衣食住行、儿女情长缠绕厮磨；长期的家庭责任和亲情输出又让她们对日常生活拥有更多形而下的理解与把握；加之有现代女性的思想和知识就中加持，这使得她们笔下的日常生活不但栩栩如生，活力沛然，而且时常发人深思，耐人寻味。近年来很是活跃的女性散文家，如苏沧桑、陈蔚文、李娟、阿微木依萝、钱红莉、王芸、指尖等，虽然创作题材与艺术风格均有较大的差异，但其中异曲同工、美美与共的一点，便是对日常生活的准确把握和生动描摹。而正是这种对日常生活的成功再现，给当下的女性散文增添了别一种精彩和魅力。

第三，在散文和女性之间存在一种微妙而稳定的对话与契合关系。曾有研究者认为：散文是一种更接近女性的文体。这话初听会觉得笼统和偏颇，但细想又不无道理。如所周知，散文属于文学中的"自叙事"，它通常需要作家更多调动主体的才华和手段，以构建属于"我"的精神天地与情感世界。而在"表现自我"的维度上，女作家显然更得缪斯的神髓与钟爱。你看：抒情是散文重要而得力的表现手段，网络背景下，一些沉溺于匆忙叙事的男性作家不同程度地舍弃了它，而在阿舍、安然、许冬林的笔下，一种源于女性生命深处的汩汩深情，或与岁月同行，或请山川相伴，或携诗境共生，则是一派流光溢彩，沁人心脾，显示出"情为何物"的力量。自视与内倾是五四时期女性散文常见的言说特征，这一特征在当今女作家中不仅得以延续，而且获得新生。不是吗？同样的绵绵絮语和娓娓道来，以往主要是精神沉吟，心灵独白，如今则更多引入日月消长、万物更迭，将其化作人在天地间的哲思和同一切生命的对话，张映姝、祁云枝、朱朝敏、项丽敏等女作家的生态书写，可谓这方面的生动展现。尤其值得关注的是，一批女作家如李舫、何向阳、艾平、王雪茜、林渊液等，大抵从弗吉尼亚·伍尔夫的创作理论得到启发，在坚持女性散文基本特征的基础上，开始进行积极的吸收与拓展，如大胆突破约定俗成的题材限制，合理强化作品的理性元素和文化内涵，不断尝试多见于男性作家的技巧手法乃至风格营造等，所有这些都有效地强化了女性散文的表现力、感染力和影响力，同时也为散文的整体发展提供了启迪与借鉴。

正是基于以上事实，窃以为，当下文坛应当对女性散文多一些关注、研究和推动。也正是沿着这一思路，笔者在中国言实出版社的鼎力支持下，选编了旨在展示当下女性散文创作成就的"悄吟文丛"，并于2017和2021年先后出版了该文丛的第一、二辑，每一辑均包括十位女作家的潜心创作。现在该文丛的第三辑翩然问世，再次推出十位女作家，她们是朝颜、阿微木依萝、黄璨、宁雨、罗张琴、蔡瑛、蔺莒、张映妹、斤小米、张金凤。我热切希望读者能喜欢这些作家和作品，同时通过"悄吟文丛"，感受到中国女性散文的风采以及她们欣然前行的跫音。

（作者系著名文学评论家、作家）

目录

匠心

流珠

匠

心

窑匠

一

　　窑匠的容貌权可以用一个"掉"字来形容。头是当地人喜欢称为草果头的植物的形状，中间宽而上下两头略微窄；两道不很端正的八字眉，眉梢一高一低用力朝上挤，眉尾顺着低垂的眼角一个劲儿往下扯，像一个人绷紧了力气站在上面仍会攀不住地往下掉；右眼几年前醉酒撞在一块尖角的石头上，从此看东西半明半暗，且眼皮松弛，眼球半黑半灰几乎变了形，也因此看人时虽左眼十分地用力却并未显出多少的光。这一切都使六十三岁的窑匠一张黑瘦枯皱的脸像秋末即将凋零的一扇槐树枝，黄不是黄绿不是绿，只萧萧瑟瑟满是枯竭的干树叶，风一吹便像是要裂开。

　　这大概同他近日的情绪有关系，实在沮丧到低头可见的那一片尘土里。一大早老婆又来了电话："我说你把那泥疙瘩撂掉行不行啊，随便干点啥都比现在这样子强！"声音里既是气愤，又显出无奈，还隐忍着一种乞求，把她同样在近期呈现出的往下坠着的忧愁八字脸清晰地铺开在窑匠脑海里，让他只想找个地方远远逃了去，却发现根本就无处可逃。

首先，他不知该不该听老婆的话去村头帮那些土地承包户收土豆。秋收季节，村里连那些平日不大动弹的闲人都每日天不亮便急死忙慌地跑去地里收土豆，最好时一家两口一天就能挣它个三五百，半月下来厚厚的一沓子钱，让人捏在手里很有一种满足。然而，又怎能拉下这个脸去呢，谁不知道窑匠如今是村上开了很多好条件特聘回来的制陶非遗传承人，若真要贱下身子去地里同那些闲人混在一起挖土豆，不得被一些早就羡慕嫉妒他的人笑话死："你不是能吗？村里给你那么大的房子那么好的设备让你出尽了风头，到头来还不是同我们一样在这土疙瘩里争这一两毛的小票子，倒要看看你能张狂到什么程度！"——关于此类闲话，窑匠最近明里暗里听到不少，让他很为头疼。

二者，他这次似乎真的是能不起来了，新建窑厂不单一分钱进项都没有，还把近些年老两口从指缝里抠出来的一些零七碎八积蓄全都搭了进去，不单计划在城里买的楼房打了水漂，还气得老婆干脆跑到城里女儿家不回来，以至于他早上给自己打荷包蛋打得稀碎从锅里捞不出来，只得草草地泡了半碗开水干馍糊弄了一下肚子便一个人鬼使神差地跑到旧窑这里，他自己也不知道来这里究竟要干什么。

旧窑是三十多年前在东山坡底建起的一排干打垒的土

平房，沿山脚很长的一溜，在当时也算得上阔气。只是几十年过去，墙面早已残破不堪，有的地方甚至直愣愣扎出了当初和泥时掺加的干草。屋顶是原来那种沥青的"牛毛毡"，为防雨防渗，也被一层黄泥厚厚地盖着（这地方可真不缺黄土），一些飞鸟带来的草籽乘雨天在那里偷偷发了芽，竟被西北风在房檐上扯出一大片茂盛的草，蓬乱得像他此时怎么理都理不清的思绪。屋檐倒是特别，在西北独有的蓝色天幕下，用废的陶片一顺儿排开去，整的整，缺的缺，虽铺得敷衍，究竟也显出制陶房的不同，让人幽幽地生出某种说不出的情绪。当然，这样的土平房也只能作制陶用，因着冬天的风会从屋檐漏缝处呼呼地往里灌，夏天雨又会滴里嗒啦地从屋顶往下漏，有时还会倒流入门让制陶间遭一些小水灾，将一些尚未烧制的陶坯稍稍淹掉一些。然而这没什么，陶坯淹掉还可以继续捏啊，当初谁家的窑房不是这样寒碜。只不过，在它不远处耸立着的一孔类似于蒙古包的圆形红顶窑，其马蹄形烟道自下而上悍然裂开的几条缝，将窑匠刚心里滋生出的那种说不清楚的情绪一下便说清了：一大早他心情复杂鬼使神差地跑到这旧窑来，不知不觉想起了从前的一些事，心里既难过，又隐隐地有些刺痛。

窑匠的青年乃至中年初期的大部分时间都是在这旧窑度过的。十九岁时还曾在这里做过一次艰难的、直到现在还不确定对还是不对的选择。当时农业生产合作社，生产队看他人聪明，又肯吃苦，要让他当生产队长。当刻他便答应下来，想生产队长毕竟算个官，给自己和父母脸上增光的事。然而一夜过去，又死活不肯去了，也不说为什么，气得他娘把他撵出家门不让吃饭，他爹要断绝父子关系，他在外面像条流浪狗一样晃荡了好些日子，最终还是又当回了窑匠。他是不好对父母明说，自十五岁入窑当搅轮工开始，到揉泥工，窑把式，到已然成为一个名副其实的窑匠，一路灰头草面没容易走到这一步，如今忽然让他放开熟门熟路的活去干那似乎只有文化人才能干得好的队长，他是心里实在没底。

十五岁入窑时他还是个傻傻的愣头青，除了刚识得几个字，随后辍学帮家里放了几年满山跑的羊，其他的事都是眼前黑。单单这地方具有先天的资源优势，傍着十几里之外几座胖山上用舌尖舔一下都能感觉到咸咸的黏滋味的红土，两千多年前，老祖宗们便在这里制陶了。"小小红山窑，三座铺子五座窑"，村里那窑口一度多的，眼睛随便往哪地方一搁都是好几座，树林一般密集的马蹄烟囱冒出来的烟火都可以把红山窑的天烧个半红。"靠山吃山"，老天是在给这里的人赏饭吃呢，若哪家孩子长大不选这个行当，别人虽嘴上不说，心里都不知会怎样地嘲笑。

然而，制窑这活究竟也算得上纯粹的技术工种。红山上拉回来的原生矿土先要用大铁锤砸碎筛出细土，拌水成泥，包塑料里捂上四十多天成一坨一坨酵香味的泥坯，再揉面一样把泥团中的空气揉压出去并使泥中的水分均匀（俗称为练泥），方可以放到陶车旋盘上拉坯。接着还有印坯（脱模）、利坯（修磨棱角）、晒坯、刻花、施釉、烧窑，等等，程序极为烦琐。

尤其拉坯环节很是考验匠人的技艺。泥软好塑型，但它又绝不是好性子任你怎样捏巴还不吭声。搅轮上立坯塑型前，先要在心里把器型一次想好想到位，梅瓶是瓶的身形优雅，米坛是坛的肚大实用，水缸是缸的端庄稳重，如若等泥坯在绞轮上转动时你才想这些，泥坯先就看不起你，既不配合你塑型，还会故意瘫了、歪了、塌了，让你手足无措满头大汗仍达不成心愿。而即便心里有了型，手法上也得格外讲究，该轻的地方不能重，该凸的地方不能凹，棱沿收尾处得小心翼翼手扶着，慢慢悠悠用指肚将余泥抹带出去，不留一点痕迹在沿上。就好比书法的运笔，逆锋、回锋、转锋、侧锋、中锋、铺毫，手起笔落，一招一式都得有定式，马虎不得。就好比那泥坯是你身体延伸出的枝叶，你的心、手、泥三者要有通感，心传手，手传泥，泥被传予了思想、生命力，才能呼吸有致，才能出来好的陶制品。整个过程得一个人心力集中，神思宁静，稳坐如钟，若稍稍斜出点浮躁，捏就的陶坯无论形制还是纹路都无法显出质感上的匀致，款型更不可能做到行云流水。

窑匠在这一点上练就了"君子如水，因物赋形"的本领，他可是十五岁起就开始练这样的功夫，到如今四十多年，把自己磨砺得如同一个精心塑就后经淬火涅槃过的优质陶器，搁哪里都是他的柔韧与沉静。

初入窑那天，队上将他分到窑匠技艺最好的王窑匠那个制陶组，希望他能学出个名堂，让队上的外销陶器能多挣点钱。他自己亦第一天便踌躇满志地穿了干净整齐的衣服，跑到王窑匠那里立誓要成为他那样的窑匠。那王窑匠是人人眼中的好性子，说话不紧不慢，做事张弛有度，很让人安心。在他每天的慈眉善目中，十五岁的窑匠每天鸡一叫就翻身起床，清扫窑房，备当天的料，把王窑匠还有其他次一等的窑把式的茶水泡好恭恭敬敬递过去，待王窑匠悠悠哉哉地把一根烟抽完，慢腾腾把身子挪到转盘处开始捏缸了，他才坐在轮盘不远处摇动那连着转盘的芨芨草编的粗麻绳，且一拉就是一天，以至于到收工时胳膊都抬不起来，腰都快断了。他是极想跟王窑匠好好学制陶的，而且他也相信自己肯定能学好。然而日子久了，他发现王窑匠虽然每天对他似乎是很用心，也很认真地给他传授技艺，可每到制陶核心处，却总找借口把窑匠支使开，让他买烟去，让他院子里和泥去，让他到生产队说个话去，把自个儿那点儿看家本领封得像个牛皮袋子似的，一丝丝气都不肯露出来，以至于半年过去，窑匠用了千百倍的力，仍是学不到基本。

也怪不得王窑匠，生产队像他那样的全活师傅一天能挣二十个工，比别人几乎要多出一倍，又村里仅那么几个，不把自己的绝活守住，难道还眼睁睁让别人抢了饭碗不成。人啊，关键时候没法不自私，每天这二十个工，到年底兑换的粮食和钱能让一家人吃饱喝足，走在村里脸上光鲜红润的，你说谁家不羡慕，谁不说他王窑匠本事大。唯可怜刚入行还是搅轮工的年少的窑匠，为了能让自己成为一个真正的窑匠，像王窑匠那样拿队里最高的工分，只能白天不眨眼地追着王窑匠做活的手，先电影一样存在心里，还不能让王窑匠察觉，到晚上一个人躲在制窑房里连灯都不敢点，只借了清亮的月光一遍遍地演练琢磨，好几次差点还被队上当成了贼。等这些都干完终于躺倒炕上时，连村里的狗都不叫了，浑身像散了架一般。想一想，那日子简直像窑炉里一个不成器的废缸，落下去都能碎一地。

光这些也倒罢了，毕竟年轻，有的是时间和王窑匠斗心眼，把皱了的心揉巴揉巴抻一抻也还能在面上保持得平平展展，坚持下去。关键制陶这活弄不好还能要人命，窑匠在亲历一件死亡事件后，常常对他十九岁时的选择产生一浪高过一浪的悔意。其实说起来也就一句话的事，赵窑匠六十五岁的父亲带着十五岁的孙女到红山的取土巷道挖土，不料巷道突然坍塌，爷孙俩再没能走出来。他当时也跑去现场看，没见血肉模糊的场面——人被红土严严地压在了下面，只看到赵窑匠和他老婆疯了一样地就着坍塌后的红土连哭带刨，旁边人则一个个吓呆在那里。那样一个惊心的场面几乎给窑匠造成了严重的心理阴影，即便后来他成了一名经验丰富的窑匠，每想起这事依旧心揪成紧紧的一团，嘴皮连着舌尖都跟着发麻。

那时候人命不值钱，而且后来证实是巷道一处原本就存在安全隐患，赵窑匠父亲自己操作不当才导致爷孙俩遭难。生产队只给了一点安慰性质的物质安抚，随后也就风平浪静了。包括赵窑匠一家，料理完爷孙俩的后事，该干啥还干啥，并没有因此而不去巷道挖土、不去制陶——在这里，除了制陶实在也找不到更好的营生。别人怎么想窑匠不知道，倒是他一个人偷偷跑到后山坡放声地哭，一边为赵窑匠家慈善的爷爷漂亮的孙女感到难过，一边悔当初自己为什么不去当生产队长，偏犟牛似的要干这样让人既委屈又不省心的活。

……如果那时候当了生产队长，如今也就不会为着挖不挖土豆、怎么才能把赔进去的钱赚回来这些事烦心，很可能现在已拿上退休工资，住进城里那干净的楼房，安安逸逸享福了。想到这里，孤零零一个人站在旧窑屋檐下的窑匠心里又一阵子痛，连手机响那么大声都一时没能听到。

二

电话依旧是老婆打来的，问他去没去挖土豆。他没办法搪塞，只好狠狠甩了一句："你能不能让我安生点！"随后烫手山芋一样心虚地把电话挂断了。

西北农村，老一代人的大男子主义很严重。女孩自懂事起便知道吃饭不能上桌，嫁给的男人即便无道理也得无条件服从。窑匠也免不了这样行事，故而老婆再怎么唠叨，也知道改变不了他什么。然而人真是老了，对她曾有过的种种大男子主义行为，甚至有时醉酒发疯将她压在炕上大打出手，在其后几十年耳鬓厮磨的她的绝对温顺中，竟也渐生出一种愧疚和歉意，能迁就的地方绝不违逆，好比一种赎罪，虽然也不至于是什么必须要赎的罪。

　　老婆并不是他最初喜欢的那个。他最初喜欢的是生产队老队长的二女儿。那女人很漂亮，脸盘圆润像正月十五枝头上挂着的月亮，眼睛黑乌乌如煤窑里刚挖出的表面浮着一层光的煤，身子则是村头那株老柳树春天刚刚抽出嫩芽的柳条，走在路上柔风拂动一般，还带有那么一种别人高攀不上的傲劲。当然，年轻时的窑匠也攒劲，属于那种清秀安静的帅，村里很多姑娘都对他秋水一般的有意，但因他家里太穷，衣服都穿不完整，便都心里惋惜着，当他为一个倾慕对象却并未想过要把终身托付给他。只有队长女儿，那么心高气傲，却单单觉得他这也好那也好，也不管他身上是不是挂着补丁衣裳，家里粮仓是不是已经见底，只一心一意和他相亲。村子东山坡有一块巨石，形似一只秃鹫，他俩每次约会都是那"秃鹫"撮合，若谁想见谁了，就在石头下放一张纸条，写上约会时间和地点，对方便知道，且从未有过闪失。这成了他们之间不为人知的秘密，像那个年代极少见的高粱饴糖一般的甜蜜并温暖着彼此，尤其窑匠最苦闷的那些日子，如果不是这秃鹫一般的石头给他传话然后跟心爱的人相见，他可真是不容易坚持下来。直到有一天，他因着在王窑匠那里久久学不到本领心里懊恼而想找那姑娘说一说，不料留了字条在那石头底下，几天了那纸条仍原封不动，而那姑娘连个人影都不见，并且从此再也没有见到过她。

生产队长的女儿嫁给了邻村的生产队文书。那文书长相不如窑匠，但家庭条件好，且很有发展前途。听说那姑娘闹了近一个月，还绝食，说这辈子非窑匠不嫁，家里把她关了一个月不让出门，也就是窑匠每天到那块秃鹫般的石头下等她不到的那些日子。然而，还是嫁过去了。

这最终成了窑匠心上的一处痛，即便后来娶了现在的老婆，日子过得也还不错，每不经意看到东山坡那块石头，心上仍隐隐作痛。有那么一阵，他甚至想把东山坡那秃鹫般的石头搬走，最好埋进一个大坑里再也不见，像埋葬了他的爱情。可那石头太大太重，他挪不动，就只能任它在他眼里想躲都躲不开，很多年成了他心上的一根刺，时不时扎得他锥心底的痛。

失败的爱情让窑匠最终破釜沉舟离开王窑匠那个制陶组，去了技艺略差的赵窑匠那个组。爱情不行，总不能让事业也停滞不前。至少赵窑匠肯真正教他，也不怕"教会徒弟饿死师傅"，说不定初生牛犊不怕虎，窑匠学出个名堂来，也让赵窑匠在王窑匠面前大大地露一回脸，老看王窑匠那表面看起来端严实际上想在村里独占鳌头的那个劲儿，气就不打一处来。人比人气死人，而人也总不希望别人比他好，这是人类世界大多数人的本性，赵窑匠也不例外。

实际上，制陶这个活基本程序是不变的，若真有什么不同，那也是制陶人的不同。这行当需要人多些艺术的灵性，而这方面窑匠似乎天赋得无师自通，因他从小就喜欢深究，且时不时还做个彩色梦啥的。在赵窑匠那里学了不到一年，他便熟练掌握了制陶的基本诀窍，加上小时候那些彩色梦的点缀，两年后便成了和王窑匠技艺差不多的窑匠，让村里人包括王窑匠都有些大吃一惊："这娃，可了不得！"彼时合作社已不复存在，村里大多农户都有了自家的窑房，可以自作主张自产自销了。也正是那时候，为着让自家的制陶生意越来越好，老婆跟着他受了不少的苦：同他一道在腰上系根麻绳，背比身子大一倍的缸，提个蛇皮袋子到安全措施并不很完备的夯道里背土，抡大锤敲那些硬得像石头一样的原生矿土，常年低坐在搅轮机旁充当搅轮工，在烧窑炉里添煤天天被火呛，久而久之腰也坏了，一变天关节就疼，还得了肺气肿，这次去城里女儿家实际上也为了看病，身体每况愈下，刚六十出头的人倒像七十岁老太太那样的弓腰屈膝直不起身子。

农民真是苦啊，像城里的女人哪受过这样的罪！这样想着，窑匠心里越发觉得对不起老婆。他收回正要打开旧窑房门的钥匙，实质上旧窑房里除了一些当初制坏了的陶器再无什么东西，然后狠狠地朝地上啐了一口痰，抬起脚往广场的西头走，那边村里人正热火朝天地在地里挖土豆，装载机轰隆隆地响。

三

红山窑镇子不大，广场却不小，一色儿匍地的大白砖，沿镇政府门口一条街，跑马似的一趟儿直伸到对面东山坡脚，太阳底下像白花花的一大片水。早些年，这里不过是村子的一个打麦场，冬天晒雪，鸟的爪印、人的脚印稀稀落落；春夏偶尔村里人翻晒个零碎东西，铺地丈量一下塑料薄膜的长宽；秋天麦收，全村的麦子便都集中在这里晒、碾，等风扬麦。风把扬起的一锹锹麦粒吹散在空中，这儿一把那儿一把，像诸葛亮手里那柄羽毛扇。到如今，村里人大都把土地租给了承包户，且全是机械化操作，麦场便没了用途，加上建制由乡晋级为镇，于是改建起这偌大一个广场，据说还是全县十几个乡镇里最大最阔气的。如此下来，倒逼得广场两侧即便是整齐的门面小二楼，也窘窘地矮下去与楼后的农房成一片，像被压扁在了地上。

所说的镇子新建的供窑匠大显身手的新窑房，正是位于被广场压扁在右侧的一个大院子，一侧并排三间由黄泥皮做墙饰、灰色瓦染檐、"牛肋巴"雕窗的平房，每一间的门楣都大张旗鼓地挂着几个字：窑文化博物馆、制陶体验馆、制陶间。院子正中，一个汪着水的圆形大池里套着一个圆形平台，上面立着几口泥塑的大瓷缸，砂沿褐身，比它旁边的屋顶还要高出一个头，感觉快要顶上天了。

阵势的确不小。记得窑刚建起时，村里人，尤其那几个歇了手的老窑匠总朝这里看一眼看一眼，想自己也曾风生水起地干了那么多年窑匠活，却从未有过这么阔气的窑，心里头那个乱晃啊，简直羡慕得要死。然而多看几眼，目光又不由自主移到东山坡上那些起起落落的红顶黄泥墙的马蹄窑上。仔细想来，从离村十几里地之外的祖上开掘出来的红山夯道挖出的生生的红黏土，放在东山坡上那些端庄的马蹄窑里，燃了漆黑发亮的煤块汹汹地烧，感觉那些大缸啊，火盆啊实实在在就是自己手裹着泥在转盘上旋出来的，闻起来还有股子土香。而这所谓新建窑制陶间一角立着的据说是电窑的那么个铁家伙，放眼里怎么看都是一个小里小气的模样，究竟能不能烧出个正规大物件，实在是让人担忧。只可惜，东山坡那曾经"噌噌噌"蹿着火、"呼呼呼"冒着烟，让人看一眼就觉得日子前头一片光的马蹄窑，因着烧制出的粗陶制品如今早已没有了市场，一个个土埋的土埋，封口的封口，塌陷的塌陷，早已不成个样子。这个从洪武年间便开始制陶，一度在方圆百里颇有些名气的村子，在后来那些来此猎奇的摄影家的镜头里，早已像衣衫破烂的一个穷酸老汉，让人心里一截一截地垒着难受。

窑匠也觉得难受，且比别人的难受多叠了一层。自农业合作社散尽，有了自家可做主的窑房以来，安安稳稳守着东山坡那孔箍扎得格外结实的马蹄窑，该取料取料，该捏缸捏缸，该烧窑烧窑，然后伙同其他窑匠跑几十里甚至几百里之外的村子去卖，虽路途艰难还可能遇到狼，日子似乎也没有太过难肠的时候。到如今，反而为新窑制陶间那个铁家伙犯起愁来。阔气房子的确是镇上建起的，电窑炉也是镇上花几十万买来的，全为让他回村重兴窑文化。然而，几十年前的窑文化，不过是村里人必不可少的盛水的缸、腌菜的缸、吃饭的碗、存米的坛、祭奠死人时烧纸的盆，以实用为主。如今则不同，人日子好了，开始向审美方向跑，以至于窑匠先后去景德镇看过四五趟，在城里一家私企雄心壮志整整实验了三年，到头来因那私企经营不善败落，自己落得个两手空空回来，如今究竟怎么个弄法心里根本就拿不准。新窑所需的材料得由自己买自己备，土暂且不说，自家夯道里的土可以用，至多花点来回运途的汽油钱，关键是电窑烧陶对上色的釉要求极高，必得从南方买，一次就须好几十万，这些钱从哪里来？

悔啊，悔不该当初不听人劝，南墙撞破了也要去城里那私企。劳民伤财不说，还竹篮打水一场空，暗地里被一些人耻笑，简直是蠢到了极点！想到这里，窑匠双眉梢愈加地朝上挤得紧，往前迈的两腿也愈发觉得软，没容易跨过这白花花像淌着水的广场。

镇政府门口，王窑匠他们几个老头围在一个树沟里码牛九，很热闹的样子。看他走过去，王窑匠喊了一声，他只好也走到树沟那里。

"怎样了，老李头？"年过七旬的王窑匠眯眼盯着手里一长溜竖起的牛九牌，嘴里咕哝出一句。年岁大了，且早已不干窑匠活，王窑匠如今是真正的温和好性子，从心里开始真诚地关心起窑匠的事——毕竟干了几十年，对制陶有着特殊的情感，既然没有了利益攀扯，也便希望窑匠能干出些名堂来。

窑匠在王窑匠一侧蹲下，目光散散的，脑子里仍在纠结去不去地里收土豆，怕老婆再问起来更不好交代，恍惚间听得王窑匠说了一句什么，竟未能入耳，只得含糊地"嗯"了一声。

王窑匠没再说啥，他顺了一遍手里的牌，眼睛朝下看了看挽起的裤脚里插着的一块两块的零钱，又看了看对面陈老汉的裤脚，显然比他的要鼓些，立刻将眼睛收回到自己手中的牌上。村子统共不大点地方不多点人，要想知道窑匠的事，单是这样的挽起裤腿蹲在树坑里打牌，也三五六九地知道个大概。他知道窑匠是在躲他的话头，不想提起。

一局结束，王窑匠赢了钱，乐得眉开眼笑，伸手接过其他几人递过来的钱插进了自己裤脚，那裤脚立时比对面陈老汉的裤脚显得鼓了。看着那鼓起的裤脚，窑匠心里不知道啥滋味，他伸手不易觉察地扶住旁边的树，慢慢地站了起来。事实上，这热闹场景不单未带给他想要的轻松，反让心里的烦忧越发地厚了一层，还是赶紧走罢。

四

窑匠最终还是没去土豆地，而是绕过广场往村子以北的那个方向慢慢地走。不知不觉，他已站在了赵窑匠家的院门口。

虽说赵窑匠是他后来的师傅，但赵窑匠做的陶并不是很好。他不如王窑匠那样肯吃苦，也不像窑匠那样有天赋，更没想过要做到村子里的最好——于他实在是有些难。但他那个时期一直在做，就像村里很多一直在做陶但做得并不好的人。陶器这个东西，在过去，好了就价格卖高些，不好就卖低些，缸沿不圆一样能盛水，米坛子形状不规则一样坏不了米，都是平常人家在用，实惠才是最大的满足，哪里还在意看不好看。也正因为如此，村子东山坡上才会不管不顾地建起那么多的马蹄窑，窑炉里掏出来的炉灰也才在旁边又堆出了一座山，而赵窑匠即使做得不好也能够一直做下去，并养活了大大小小一家子人。

如今赵窑匠也不做了，同所有老窑匠一样，老了做不动了，身上还留了很多病，城里人叫作职业病。歇手那年，他买了几十只羊，成日里跟着在山坡上转悠。后来，风吹日晒有些受不了，就把羊卖了，买来两头奶牛养着，另帮着儿子带孙子，一直到现在。

做得好也不干了，就像王窑匠。做得不好也不干了，就像赵窑匠，还有李窑匠、孙窑匠、吴窑匠……都不干了。如今市场对于陶器的要求越来越高，也越来越往艺术观赏的方向走，除非肯花钱肯耗力气学习新的制陶技术，否则陶器做出来也卖不出去，这条路实实在在是不好走了。

好一阵子，窑匠盯着赵窑匠家院门门头上用以镇宅的小瓷狮子一动不动。天蓝得像醉了，瓷狮子幽幽地泛着光，很有一番宁静。他很想找赵窑匠聊聊天，把心里的像天一样深的烦恼泄一泄，或许还能让自己稍稍清透些。但他不能确定赵窑匠愿不愿意听他聊，也或者赵窑匠此时根本就不在家。

意外地，赵窑匠家的院门开了，有人提着一个铁皮桶出来。是赵窑匠，正要往牛棚那儿走。他看见了窑匠，先是愣了愣，旋即将桶放地上，转头朝窑匠这边走过来。

"怎样了，李老头？"赵窑匠问，竟然是同王窑匠一模一样的话。窑匠的心顿时又往下沉了一截子，不知道怎么回答。他虽然想同赵窑匠聊一聊，但并不想聊这件事，像一个人极力想躲开一道砸向他的墙。尤其看到赵窑匠关切的眼神，他更是感到无奈，沮丧，空虚，还有直往心里缩的一种羞愧感，要知道赵窑匠曾那样用心地教过他，也希望他好，现如今却不知怎么才能交代这份好了。

"还就那样。"窑匠勉强让自己笑了笑，假装路过的样子，转身要走。

"家坐坐？"赵窑匠追了一句。

"不了。"他连头都没回，一步跨出了老远。

五

赵窑匠家后院墙的下半截子也在蓝醉了的天光下闪闪发亮——是废弃了的缸砌作了墙，很有些印象派风格。

再往前走，李窑匠家的后院墙也是，沿路很多老房子也都是，后院、猪圈、茅厕，甚至连侧墙的烟道也是一截一截的细缸串起来直通天的，把村里人曾经的营生明明白白地亮出来。

窑匠在心里苦笑一声。那时他家的出窑率是全村最高的，不多的废缸要砌一堵墙出来还真不容易。如今，倒是与他一路走来的这些废缸似乎都在发着光地嘲笑他：你不是一直想要把陶器做到最好吗，怎么现在竟沦落到这个境地！

沿路经过的那些已经拆了的老房子的残垣断壁似乎也在笑。那是村子最早建起的房，干打垒的夯土墙，叠叠错错的木雕门楼，榫卯的构件很精致，据说有明清的遗风。明清什么遗风窑匠不去想，他家老房子的门楼木头都是那时候从祁连山伐回来存了很多年才盖起的。那时候木头金贵，几年才能攒出一院房的。后来，政府补贴修样板房，这些房年岁太久成了危房，便都搬走了，房梁的木头也都拆走，剩下这些断墙就这样搁着。

反正啊，过去的啥都旧了，都要建新的，包括他一辈子安身立命的窑匠手艺也旧了，也需要创新。但如今他被阻在"创"这个字之前，连不到"新"字上去。

　　绕过村北的路，窑匠还是回到了他的新窑房那里。懵懵懂懂地走了这一圈，他脑子里的思路渐渐有些清晰。他不打算去挖土豆了，一个窑匠的手是饱含着技术甚至艺术的，怎么可以随随便便去做那些最简单的活。他得让他这一双浸透了岁月浸透了苦难浸透了人世少有的欢欣的手物尽其用，不要有一丝丝的浪费和偏移。他更不想让这门手艺在这个村子里销声匿迹，毕竟老祖宗留下的东西，能让它在世上多留一点时间就多留一点，好歹对祖上也是个交代，何况这里面还有很多值得去做的事。

　　想一想，那些他后来一直期望做出来的、像景德镇那样的另一风格的瓷器，是多么的迷人啊！尤其最近一次到景德镇学习，他看到一套青釉包金淡青银光的瓷器，当时就惊呆了，那影子一样雅致的花印在素净的淡青色的瓷面上，幽幽地泛着只有月夜才有的清辉，让他不由想起曾经那个有着圆月般面孔的心爱的女子，想起后来无论如何艰难都一心一意陪伴着他的老婆，还想起曾一个人在黑夜的窑房里偷偷琢磨陶艺的那些日子……这一切其实早已浸透在他的生命气息里，让他即便沮丧即便懊恼即便觉得前途渺茫仍是从骨子里无法放弃，他是注定要在这条路上一直走下去并一定要走出一番好光景的。

"然而……究竟能不能做好呢？"新窑大院里的阳光有些刺眼，窑匠坐在靠墙的一张木椅上，斜睐上那只完好的左眼，心里多少还是有些迟疑和恍惚。

只是略顿了一刻，稳了稳神，他又很快睁开了左眼，连着那尚不完整的半黑半灰的右眼，竟都发出同太阳一样的光亮，一道投向对面镇子新建的那一排窑房。

"能的，必须能，也一定能！"看着新窑房簇新的黄泥皮的墙面，他不容置疑地对自己说。

毡匠记

　　毡匠从小的愿望并不是做一名毡匠。苦了累了暂不说，毡匠不想像他父亲一样把自己泡在羊毛的臊味里过一辈子。

　　毡匠从小就爱看书。爱得不得了。他家的铺盖卷里，父亲制毡房的毡坯里，常能看到他不知从哪里找来的书，《红岩》《林海雪原》《说岳全传》，等等，这些书连村长家都不一定有。上初中的时候，他放学回家必须要帮父亲做毡，他觉得没意思，划不着，下课也不回家，偷偷躲在别人家的草垛里看书，害得晚饭时他母亲四处找，满村子喊他名。他母亲看他这样痴迷，总担心有一天他看书看傻了。他觉得是他母亲傻，哪知道书里面的好，但也不敢说出来。

　　因为爱看书，毡匠的想法就比别人多一些。他将来要做个文化人，干有文化的工作，比如像村长的儿子一样，当个老师，哪怕是村小学的一年级老师，站在敞亮的教室里，领着一群孩子读课文并被他们崇拜的目光笼着。也因为爱看书，毡匠的脑子比别家的孩子好使，比如，和小伙伴偷邻居家的鸡吃，别人是偷他是钓，玉米粒穿个绳固定住，打个死扣，绳上再穿个铜钱，铜钱攥手里，玉米粒抛出去，远远地鸡把玉米粒吞了，手中的铜钱一松，绳子一提，铜钱便扣在鸡嘴上，往外拽出不来，鸡被钓上来了。简直绝招，且是他发明的。但他只用过一回，偷鸡是为了解馋，不光明，不是有文化的人干的事。后来他最多也是用此办法在绳上拴颗枣，钓些附近水库不知从哪儿飞来的野鸭子解解馋。那时候，野鸭尚未被列入野生动物保护序列。

爱看书又如此聪明的毡匠最终却没能考上大学。考了三年没考上。感觉学昏了学死了都没考上。他母亲更加确定他是看书看傻了，脑子不够用了。只有他自己知道，是他太想上大学了，越想，每次考试就越紧张，一紧张就容易出错，甚至连最容易的题都忘了怎么解。三年一过，实在不好意思再考，就只好放弃了。

于是，从二十一岁起，毡匠随父亲开始了他的制毡生涯。

制毡的首道工序是弹羊毛。弹羊毛用的是弓，弓箭的弓，"只识弯弓射大雕"的弓。刚开始那会儿，毡匠每拿起弓，便想到一代天骄成吉思汗，想到自己这辈子竟只能是毡匠的命，心里便难过得简直说不出。那根长长的由两根油黄色微微透亮的牛筋扭结而成、绷直在弓上的弦，像一把锋利的剑，让毡匠每看一眼都揪心，觉得自己一辈子算是完了。那弓是好弓，上端是桑木料，为着它弹性大；弓窝部分也就是弓的中下端是一段枣木，质地硬且光滑，另用生牛皮包着——生牛皮先用开水烫软，撑开包住枣木，待牛皮冷却收缩，便硬硬地绷紧在枣木上——弓百年不坏。细数这弓，自祖辈到他父亲这里竟已用了四代人，不止一百年了，本以为自己可以脱开这辛苦行当，到头来还是没脱开，看那弓结实的样子，再用一百年都没啥问题。

原是轩辕黄帝时期发明用来作战的武器，如今做了普通老百姓谋生用的工具，那些古代的发明家会怎么想呢？毡匠还从书里知道了一种叫竖箜篌的古代拨弦乐器，也是由弓演变而来，据说弹奏时发出叮叮咚咚流水般的声音，十分的曼妙。但毡匠从未听到过，也没机会听到那高雅音乐。在父亲破旧的制毡房里，他手扶那张手柄几乎包了浆的弓，想自己三年都没考上大学，那就命里注定做不了文化人。又想到"饥荒年饿不死手艺人"这话，正是因了这张弓，父母还有三个姐姐一个妹妹，一家人坎坎坷坷几十年都没被苦难击倒。曾经很多村民家生活入不敷出时，只他家炉台上的灶火从未熄灭过。如此想着的时候，毡匠紧绷的心便有些松了，他咬了咬牙，将那无比憧憬又显然不可能成现实的念头强压在心底，努力使它们不再冒出芽来。

制毡的工艺并非毡匠以为的那样简单。单从选羊毛说起，"毡匠好学毛性"，冬春两季，羊吃不到好草，身子乏，长出的毛粗而硬，制成的毡不仅不柔软，黏合度不够，还常有硬的贼毛钻出来，铺在床上扎人；到夏秋两季，天气暖和了，漫山坡的青草羊吃得心里满足，身上的毛也就随心变得轻柔，制出的毡便硬里带着软，既有支撑力还不拿人，铺在床上穿在身上都舒服。诸如这类学问在书本上是学不来的，只能靠眼观耳听，靠日久积累起的经验。很多次，毡匠跟着父亲去羊倌那里买羊毛，要不是父亲悉心把着关，早就一次又一次地从羊倌鱼龙混杂的羊毛中错选一些春毛回来，这对当时并不宽裕的家肯定是一个大损失，也注定毡匠从制毡的第一步起就会失败。毡匠深深地体会到，老一辈的手艺人真是不容易。

弹羊毛这道工序就相对简单些。弓上使用的箭不似远古作战时射向敌人的箭，要长而尖利，且射得越远越好，越狠越好。毡匠家弓弦上的"箭"，是一节U形铁棍连接起的，一头是套在胳膊上拉杆子用的牛皮套，另一头是石崖上生长的一种植物枝干削成的一小截木头，毡艺里叫杆子，木质坚硬且耐热，顶梢两侧削成平面，用来拨动弓弦。弹羊毛时，那弓被粗麻绳吊起在屋梁上，毡匠左手握在弓中间那个被四代人长年手握磨成的手花（凹槽）处，右胳膊套着牛皮套拉动杆子在弓弦上来回拨动，借弦的振动将笼在它周围的羊毛打散打松软，以作下一步的毡坯用。那杆子的拨亦不是拨动琴弦的拨，发不出高山流水般的美妙乐音，而是固定音高固定节奏的单纯的"嘣嘣嘣嘣"的声音。倘若非要和音乐联系起来，那么它的节奏正是标准的四二拍，"嘣嘣嘣嘣""嘣嘣嘣嘣"——因杆子顶端两侧不一样平，每一拍第二声的"嘣"较第一声的"嘣"略微轻了些，使整个节奏有一种上下跃动的感觉。这其实算得上一种美妙，权可以将它当作古老的乐曲，以至于毡匠听得多了，差点就有些喜欢这门手艺了。只不过，毡匠拉动杆子的右手总是不小心碰到琴弦，被震动的弦打伤打出血，尤其刚学毡艺那会儿，因操作不熟练，毡匠每天手上总要流些血受些伤并被父亲翻过来调过去地责骂，严重时还会被父亲扇一耳光。要是弹毛不卖力、羊毛黏在弦上染成个毛棒，父亲一生气，还会罚他两天不吃饭，并要帮着提水扫地打下手，直等气全消了才让毡匠再上手。

然后是铺毡坯。将弹好的毛拿洒杖（三根竹条顶端束起扇形打开）按计划尺寸抖散在一张大竹帘上，一层一层铺匀，嘴含着水憋足了劲"噗噗"地喷，将水匀喷在铺好的羊毛上，帘卷起来用脚来回地将其内的羊毛蹭贴合。整个过程，大毡小毡分别铺多少羊毛，每次要喷多少水，毡衣要薄床毡要厚，等等，都有标准，有死哈数。尤其毡衣和牛吃水帽子（形状像牛在低头饮水），都是成形的一整张，如何让接缝或弯折处严密到不露一丝痕迹，更是毡艺中的绝活，不容易做到。所以毡匠每铺好一条毡，其他的先不说，单是嘴就要疼上好几天，多一句话都说不出。你说说，要是登讲台讲课把嘴累了，倒也心甘情愿，现在竟然是吹羊毛吹得说不出话，让别人听了都要笑话。为此毡匠很长时间都觉得郁闷，索性连话都不说了。

还得继续，第三道工序洗毡。两人并排坐在洗案的长条凳上，下端斜面的洗板左右分别固定有一段绳带，淋了水并卷紧的毡坯横放洗板上被两端的绳带揽着，每人对应位置手提绳带，配合双脚在洗板上一上一下蹬转毡坯，本意是将毡坯蹬得更结实，将水分挤去。如此过程要反反复复很多次，直到毡坯更结实也干净了，最后铺地上拿木槌整理一下边边角角，一张毡才算完成。在此期间，两人手提脚蹬的速度必须一致，要心往一处想劲往一处使，稍有一人懈怠或是脚上的感觉差一些，毡卷就松了，垮了，就得重新卷起，重新蹬。毡匠的父亲在制毡各方面驾轻就熟，且当年为了学这道工序，常常夜半三更自己拿根粗木棍偷偷在制毡房练习蹬脚，故而操作起来游刃有余，像每日晨起的刷牙洗脸。初学的毡匠就不那么轻松了，手脚配合总也跟不上父亲，加上尚未从高考落榜的梦魇中清醒过来，成日里心神恍惚，思想抛锚，以至于卷紧的毡坯好几次因他从洗案上松垮下来，气得父亲一脚把他从洗案上端了下去，他连一声都不敢吭。

"不容易啊！有一年，他嫌生活苦着累着，都不想干了，可怜坏了！"看我们和毡匠聊得热乎，毡匠六十多岁仍满面红光的老婆在旁边忍不住插话。

"那个嘛，不受家教没有好君子，如果不是老爹那时候严，我哪能学到现在这手艺。我敢说我这手艺是乡里最好的，谁都比不上我！"毡匠安慰着身边的老伴，言语却不免流露出炫耀之意，倘若我们不是亲眼看他的毡匠手艺，定以为他是在吹牛皮。

　　老伴不是他最开始想要娶回家的那个。那时候他喜欢的是邻村村干部的小女儿。生产队搞副业为村民们创收，他和另一个毡匠合作，挨家挨户为需要的村民制毡，干一天挣三块钱，两块钱上交生产队挣十个工分，一块钱交家里，另还可以住村民家有吃有喝。有一次在邻村村民家制毡，活干完按惯例找了书看，被村干部的小女儿看到，问他借，一来二去两人都生了爱意。要他父亲去提亲，村干部嫌他是个毡匠，坚决不同意，最终那姑娘嫁给了邻村的小干部——像某个电影里的桥段，被毡匠重演了一遍。为此毡匠简直颓废到了极点，说啥都不愿再干毡匠的活了。于是尝试其他，结果发现除制毡种地，走到哪里都寸步难行。又为着父亲老了，家里只他一个儿子，不能外出打工，只得作罢。后来便有了现在的妻，一个村的，人长得一般，但很贤惠，也实在。

　　"人一辈子都是命，你得认命。"毡匠说。

　　因为认了命，毡匠如今不仅说起制毡来头头是道，对制毡的将来也很有一番规划。按他的说法，时下百姓对毡的需求虽无从前那么多，至少很多人都还在用。铺在床上冬暖夏凉又防潮，城里人喜欢；孩子到南方上大学，因着防潮，千里迢迢也要带一条过去；农村田地浇水，有袖衣（带袖子的毡衣）护身，夜半上游放水，便是蹲在地埂上都不怕湿冷；牧羊人风餐露宿，正是靠那一件圆衣（斗篷状的毡衣）、一顶牛吃水帽子，任怎样的骤雨都渗不进去；草原骑马的人，则全是靠毡衣定着身子不被风刮跑……"你说说，这么多用途，反正我这一代人毡是肯定会用下去的。至于下一代人，我就不好说了。"见他一边说，一边看了看旁边同他一起制毡的儿子。

儿子是结实的大个子，成了家也有了孩子，上学时不知道用功，如今只好随着他制毡。只是现在的年轻人比不得从前，调教起来轻不得重不得，万一人家一冲动不学了，那老祖宗传下来的这手艺就会断在他手里。当初他自己不愿学制毡，是因为想改变制毡的命运，当个文化人。如今老了，倒敝帚自珍起来，觉得这手艺虽上不了大台面，但最起码能满足日常生活所需，同时也是给老祖宗一个交代。可见，岁月这东西真的能改变人，再硬的石头也能长出软苔来。也因此，平日里即便儿子哪里做得不好，毡匠虽嘴上说着"不受家教怎么能学好"一类话，对儿子却保持了父亲对自己从未有过的耐心，一遍不行再来一遍，直到毡匠真正满意。

事实上，让毡匠对儿子的制毡做到满意并不容易，他如今的要求高着呢。所有环节所有细节都不能有丝毫的疏漏和马虎，一旦哪里出问题、哪个标准没达到，制出的毡表面就会疙里疙瘩坑坑洼洼像被狗啃过，或是斜头拐杖的无法入眼，甚至没铺几天就被虫蛀得遍是窟窿眼，都会影响到毡匠的声誉。如今的毡匠，声誉是他人品的体现，而声誉正是靠手底下毡的质量树立起的。树活皮人活脸，他那张老脸丢不起。

　　好在这么多年过去，毡匠的脸从没有丢过。制毡这手艺虽然苦，但他做得好。做得好，找他制毡的人就多，心情自然就好。每天脚打后脑勺地忙完，就领不到两岁的孙子在院门口清可见底的溪水边耍，举起孙子假装要往水里扔引得孙子咯咯咯地笑，任老伴怕把亲孙子的胳膊拽伤了发着狠地骂，都一脸的笑呵呵。再看家里一院十几间平房，地面全是瓷砖铺起，炕墙一周也都是朱红边白花面的瓷砖，既漂亮又干净。院子里，葡萄架、梨树、葱、茄子、辣子、西红柿，努着劲地露头。还试着种了点落花生，可惜挂了果却没熟，大概跟土壤气候都有关系，明年再试试看吧。

　　反正啊，制毡一辈子，磕磕碰碰，拒绝被拒绝，排斥被排斥，到如今反而心底清明，啥事都想开，也都觉得安稳。大概，是他老了。

窗花儿

两位剪纸传承人。一位年长，近七十；一位年轻，近五十。互称为"老师"，李老师，张老师。一次，微信群主夸张老师："花花，你真棒！"李老师心里不舒服，群里两个名带"花"字的，你让那一位"花"怎么想。况且，那是微信群，怎么可以这样称呼。我有些奇怪，李老师不识字怎么看到的？想了想，又不奇怪了。

李老师家在农村，住的是新农村建设的样板房，雨天黛青色的瓦，粉白墙。前院是政府补助盖的水泥房，大雪天住里面，炉火呼呼呼的，炕烧屁股，舒坦；后院是自己盖的木头房，暑热天"我往大炕上一躺，凉快得很"。风从前院门进来，想绕就绕一圈，不想绕就径直从后院门出去。站在院子中间，前院门看得见夏天麦绿，后院门看得见秋天麦黄，像左右各开着一扇描着风景画的窗。出后院门，左侧还有一棵大杏树，杏熟时会把树枝压得低喘气，嘴一噘就能吃着一颗，吃不完它就自己往下落，砸在旁侧羊圈的二十多只羊身上，羊也不生气，只顾低头吃她家男人拔回来的青草。她家男人说：我的爱好就是喂羊种地。

李老师的爱好是剪纸，从小就爱。八九岁的时候，看奶奶鼓着青筋的手给别人家嫁女剪"囍"字，心里痒痒，也想剪，却遍屋子找不到一张红纸。穷得叮当响，不要说红纸，白纸也见不到一丝丝。到过年，默无声息地背靠在别人家院门上，手绕身后偷偷抠别人家对联上的红纸，糨糊粘得忒牢，好不容易抠到掌心大的一块，兔子一样蹦回家，就手剪出一朵纤巧的牡丹花。她叔叔碰到，一眼惊呆，说："哎呀，这姑娘手巧啊，剪出来的牡丹像真的一样！"

两岁时母亲过世，肺结核，只生她一个。父亲给她找了个后妈，顺带俩哥俩姐，日子疙疙瘩瘩。等大了些，帮隔壁的叔叔婶婶带孩子。俩哥俩姐猪一样懒，啥也不干，嫌十几里远地挑水累，到婶婶家问她要水，她左右为难，给了，婶婶家没水了会骂，不给，她后妈饶不过，简直是风箱里的老鼠，两头受气。就哭，父亲进来问咋了，婶婶说还不是那后妈惹的事。父亲冲过去就打她后妈，之前刚吵过一架，早就想打了。等父亲婶婶一走，后妈抡起灰匣就朝她砸，恰好婶婶回来找东西，把灰匣用手挡了一下，砸到旁边的柜子上裂了一条缝。后来想，那一灰匣要砸在她头上，早就没了现在的她。

就那样还是喜欢剪，见到不管什么纸都宝贝一样塞起来。叔叔的书皮本子，黑皮子、绿皮子，纸厚好剪，花、鸟、墙上贴的画，不用事先描，眼睛里看到个啥手底下就能弯出个啥。过年端午八月十五贴窗花，牡丹呀花瓶呀，鸡呀牛呀，剪出来立马用糨糊粘在木头窗上的白纸上，花花绿绿的特好看。有次剪了个山羊，叔叔说："你剪的这个胡子就太像啊！"

即便有这样的巧手，也不去上学。家里三个残疾人（父亲、叔叔、婶婶），一进校门，学生们排上队喊："你高起……你低起……"羞得不敢抬头，就逃学，后来干脆不上了，给后妈带又生的两个弟弟，反正家里也没啥吃的，饿哭了不用管，不胡跑就行。没鞋穿，捡来别人扔掉的鞋底子，再到处搜寻些碎布，粘面子绱底子，做出的布鞋被别人看到，说，没妈的娃娃就是强呢，这么大点连鞋都给自己做上了。给猪一样懒的俩哥俩姐缝衣服，父亲当过裁缝，一张布，横一下竖一下再剪个弯弯，衣服样子就出来了。她手巧，针线活细密，裤子横一下竖一下更简单，不像现在，又是裤兜又是装饰缝，只要能裤带拴身上就行。给哥姐缝了衣服，自己却穿着补丁落补丁的衣服，父亲当然看到了，却装作没看到，能给她吃上口饭都不错了。闹饥荒那年，父亲带着小弟去要饭，跑了几个庄子没要上一碗，差点冻死在架子车上，回到家上炕烤火盆，没注意把炕褥给点着了，拿起火钳子就往她身上拷，说狗日的怎么把煤块放这么多。跟跄长到十二三岁，又跟着去平田整地挣工分，高挽着裤腿，光着脚片子，背粪，锄地。

还是喜欢剪，稀里糊涂地喜欢，这里撕点纸那里撕点纸，见到啥剪啥，牛犁地、马拉车、背水的、挤牛奶的。没人管也没人教，全靠自个儿悟，剪出来也是自个儿乐，背粪也不累了，拉车也不跑了，后妈打也不疼了，过年看自己剪的比奶奶剪的好看，坐在炕底下对着木头窗格自个儿笑。剪到十六岁，家里住进邻村派来挖石膏矿的小伙，吃喝拉撒一住三年，谈不上有感觉，也谈不上没感觉，村里人撮合，父亲巴不得，也就点了头。顺理成章结了婚，跟着去了男方家。小伙子汉族，她藏族，小伙子疼她，好吃的好穿的尽着她，遇到习俗不同也让着她，终于能平坐在草地上长舒一口气了——娘家婆家都在藏区草原上。

为何又搬到现在这地方？唉，不能提，一提就受不了。三十来岁时，男人到山上放牛，她一个人在家干家务，八岁的小儿子放学后和村里的娃娃们扒着村里一口蓄水井的方口往里看，不知怎么，小儿子就掉井里了，再也没上来。后来，见不得那井，一见就浑身发抖，喘不过气。再后来，连那村子都待不下去，成日里魔怔一样呆呆的，人瘦成一根芨芨草，还总生这样那样的病。男人觉得不能再待下去了，儿子没了不能连他娘都没了，且那地方靠天吃饭也实在是穷，便一横心全家坐火车搬到了现在这地方。住的是男人哥哥家的旧院子，哥哥一家搬到了城里，他们低价买了来，再没挪过窝。新房子也是在旧院子地基上盖起来的，稍稍占了点别人家地基，别人也没当回事。落户时村里还给分了地，从此不再饿肚子了。

却不怎么剪纸了，心里烦，总也缓不过劲。成天地忙，种地，养鸡，养猪，放羊，放牛，还做馒头卖给冶炼厂的工人。从家到冶炼厂十几公里，一个倒骑驴的车，每天早晨六点钟出发，八点半工人下班刚好卖完。风把眼睛刮疼了也去，雪把手脚冻裂了也去，骑不动车就低身子推着，食物这东西不能剩，一过夜就不能卖了，别人知道就不买了。馒头是好馒头，纯粹的酵糟子，揉面揉一夜，还实惠。别人家多是用发酵粉做的，一捏就放了气一般的瘪，她的怎么捏都鼓着，最多压出一个指头窝。别人家的馒头，工人们几个都吃不饱，她家的，吃一个就打饱嗝。终于有一天，骑不动车了，就冶炼厂不去了，四天一回在离家不远的进城路口卖。习惯了她家馒头的那些老婆子，算好四天的时间，追到路口来，不出二十分钟准卖光。

有一次，到城里商业大厦买东西，看柜台上摆着些剪纸花，"福"字、"囍"字，都是塑料印制的，又开始心痒痒，想这么个东西在我手里能剪出个啥样来，就一跺脚买了几块钱的蜡光纸夹胳肢窝里带回家，铺炕上想从前的样儿剪，"福"字，"囍"字，还有牡丹花、干枝梅上一只雀儿。第二天便红红地一长溜摆到了商业大厦门口，却看的人多没人买，这地方人似乎不太认这样手工。心里后悔，买纸的那几块钱全家可以吃一周的饭。正打算收拾回家，来了个年轻小伙，蹲在她摊前将剪纸翻过来翻过去，问："多少钱，三十块全拿走？"她暗喜，却不表现在脸上，只淡淡说:"行吧,拿走吧。"就拿走了。商业大厦里印制的那种贵,小伙子结婚,想着省一点是一点。对她却是巨款,拿回家凑份子吃了一顿席,又给儿子交了半年的学费,感觉从未有过的爽气。

还有一次,亲戚家的孙子结婚,让她给剪些"囍"字,她便玫红色纸,横的竖的圆的方的,各样儿的"囍"字剪了一大堆给抱过去,贴门上柜上新买的电视上,喜洋洋一大片,去的人都夸好,问是谁剪的,赶明儿也让她剪些。恰逢过年,家里小方格的窗户,就一格一格地贴了些手剪的"福"字、牡丹团花之类,整个院子顿时春色荡漾。对门住的村上书记,串门时看到,说你还会剪这个,最近有个剪纸的文件,有这么个项目,把你报上吧。就报上了。

又开始剪。墙壁挂画上那些鹿羔儿、花瓶、骏马、少数民族背水的、给牦牛挤奶的,还有好多猴子在树上吊着的挂着的赘尾巴的,怎么那么好看,于是赶紧拿红纸拓在那上面描,还得小心翼翼,不能把那些画儿弄破了。剪出来拿到镇上一比,竟得了个一等奖,把自己吓了一大跳。电视台的人采访,扛着个摄像的黑家伙,进门就要跟她握手,吓得她身子直往后缩。农民干活的手嘛,粗得拿不出来。前日听说要来家里录像,心扑通通跳了一夜。

此后便习惯了,像吃糖吃到了甜头,无论文化馆还是民协,组织活动、举办展览,让她剪她就剪,给报酬就开心,不给报酬也会生气 —— 费多大劲你们不知道。然而仍是剪，仍是认真，反正自己喜欢嘛，剪那么多堆在屋里也没用。有一年，经人牵线给一家民俗风味的餐馆剪，花红柳绿地剪了四面墙，结果那餐馆倒闭了，说好的一千元，最后六百元都没容易要回来。倒是文化馆那次，贴了人家民俗展点整整一面墙，人家痛痛快快就给了三千元，那馆长人不错。

后来，就成了剪纸传承人。村书记给她说这事的时候，她连传承人是啥意思都不知道。

张老师也是厂里让她报申报材料时，她才知道什么是传承人的。一座年轻的工业城市，一直以来都忙着搞经济搞发展，传统文化这一块图景还在慢慢地理，像她这样一个企业倒班工人就更不可能知道太多。

上班的时候，她就认认真真上班，像厂里一篇关于她的通讯报道中写到的："自参加工作以来，一直默默坚守在加压浸出岗位，秉持敬业爱岗、刻苦钻研、锐意进取的工作态度……"由此还获得了很多的荣誉称号，"优秀女工""三八红旗手"等，心里也就很满足，因为自己的努力得到了认可。

下班的时候，除了吃饭睡觉做家务，便是剪纸。小的铺茶几上剪，大的铺床上剪，连犄角旮旯都是碎纸片。她有剪纸的底，母亲会。从小就看母亲给别人新婚剪"囍"字，过年剪"福"字，耳濡目染就会了。看小人书中的美人图，美人下巴尖尖的，衣袂飘飘，喜欢得不得了，一根线一根线地细细描出来再细细地剪出来。双手提纱一样提在半空中看，那半透不透的镂空感竟比小人书画出来的更让人喜欢。参加工作后，这方面才华被同事发现，递给她一包喜糖一包瓜子，让她帮忙剪"囍"字，高高兴兴就应了。却不是照样儿刻板地剪，而是自己设计纹样，不同的形状，不同的装饰元素，一个"囍"字能剪出十几种花样，各是各的婉转情态。还喜欢画画，跟厂里一个画家学工笔，学了一年，那画家说，我这里已经教不了你了，再找个比我高的老师吧。看得其他学画的人心里酸，跟学七八年了，还未听老师说出过这样一句话。接着，又给厂里的女职工教剪纸，站台上连讲带比画，名曰：丰富企业文化生活。

那一年庆祝香港回归，单位要报一件艺术作品去香港参展，认真地开会商讨，最终认为剪纸最能体现民间艺术的魅力，就把任务交给了她。她认真地想了想，剪了幅盛大气象的《新时代》，各种纹样各种喜气各种寓意综合在铺床一张红纸上，耗时一个多月。经相关部门一级一级审查后，顺利抵达香港，被收作藏品，单位也觉得荣光。又一年，国外一家公司老总来厂里开会，临走厂里要送礼物，想了想，还是她的剪纸，于是又剪了一幅《二龙戏珠》。龙是西北粗犷的龙，珠是南方精巧的珠，一南一北在那一张红色的蜡光纸上时隐时现又活灵活现，戏出一种外国人从没见过的东方神韵，喜得外国人连连地喊"Very good"。

即便如此，张老师在剪纸方面没成系统的理念，只是东剪一下西剪一下，像浅河里打水漂，打得多便高兴，打得少也无所谓，权当成是玩。——似乎女人天性里就没那么多太成系统的东西，很少为自己的爱好做什么规划或制订什么方向，前面提到的李老师也是。但与李老师不同的是，张老师有文化——技校毕业又自学大专，喜欢的东西总会通过文化的方式把它做得更好。单位的过期报纸或杂志，要看到喜欢的剪纸图案，定会想办法剪下来，逐页贴在一个封皮旧成老古董的大笔记本里，每回要剪什么就翻出来看，找纹样找灵感，然后在脑子里重新画重新创作，这样剪出来的东西花样更多，还跟得上时代需要。

终于有了规划和方向，是在 2015 年单位要给她申报剪纸非遗传承人。她好好地看了几本关于非遗的基本资料，终于知道传承人是怎么一回事。而且，有一次别人请她帮忙剪东西，她尚不知要剪什么就一口应承下来，后来才知是涉及迷信的东西，无奈还是帮人家剪了，老公说她："你一个传承人还给人家剪迷信的这些东西，你不觉得浪费吗？"于是从那时候起，她不但找到了组织，且开始认真地思考起自己的剪纸，再不能当低级调味品有一搭没一搭地做了，得作为高品质主菜来喂饱其后的生活，也就是所谓追求和事业。

这女人啊，不下决心则已，下起决心那就是不得了的事。张老师本就一根筋，这下更直更拉不断了。除过上班，回家饭也不做了，衣服也不洗了，天天脑子里手底下都是她的剪纸，害得老公倒把式一样，忙了单位忙家里，还不能破坏她的好情绪。幸亏嫁了这样一个好老公，不然日子还怎么过下去。有一次夜半，老公睡得正酣，忽然她从旁边"啪"地一下坐起来，说梦见个好图样，得赶紧剪下来。于是不管黑天白日，拿起剪刀便咔咔咔地剪，惊得老公心突突地跳了半夜，第二天骂她诈尸。她也不生气，留下了梦中的好图样，挨句骂没啥。也不画画了，也不打篮球了，也不去逛街了，一头扎在剪纸里非要把它弄出个样样来，"术业有专攻，我连剪纸这么一件事都做不好，哪有资格去做其他事"。

事实上，剪纸的好与不好，在这个重视非遗时间并不长的年轻的工业城市里，很少有人能做专业的判断。今年春节，市文化馆特意安排她去集贸市场摆摊，说要增加节日的传统文化氛围。哗啦啦摆出去一大摊，却根本没人关注，剪好过了塑的福字，人家以为是保险公司赠送的那种塑料印制品，等仔细地上前看过问过，才知是手工剪的。又说，这个嘛简单，我也能剪上。那你剪一下试试，看你剪刀先从哪里入手。过了几天，她摆出的那些专为虎年迎春的虎头福竟开始引得人驻足细细地看，觉得这东西虎头虎脑的很吉祥，便开始有人愿意花钱买了，讲价讲不下也买了。还有人问她要微信，说要定制。尤其最后几日，知道的人多了，摊位竟有些顾不过来。然而，来往人口中说到的好，只是这剪纸花哨的好，热闹的好，喜气的好，挂在家里像过年一样的好。而它真正的好，在张老师心里则是经过自己长时间的摸索，或公派或自费去天津南通北京那些地方学习之后，自己心里确定的一个好，是专业的、更高层次的好。

首先，作品得是原创。按张老师的话说，现在很多剪纸作品，都是从网上找到一些图片或是国画，拓摹到纸上剪出来的，算不得真正的作品。剪和刻这些基本功其实算不得难，难的是要在作品中体现自己的思想和创意，那才是有灵魂的剪纸，才是真正意义上的剪纸。譬如这次市上清廉作品展，她获得一等奖的那幅作品，最中间那个国徽自不必说它的含义，周边"执法为民"四个字更具有一目了然的寓意，关键是连起那四个字的莲花纹是专用花语，展现了"清廉"之意，而最外围四角各一座飞檐翘角的亭则充分表达出一种正气。整幅作品，无论怎样翻花的纹样，无论怎样不拘的构图，始终都有一种方正端严的气势，显得正气凛然而不可侵犯。设若在网上找，这幅作品是绝对找不出同版的，连近似的都没有，这就是所谓原创，是创作者自己的思想，别人替代不了。

"每一个作品都是有思想和魂魄的，只有懂得的人才能品出味道和想法来。"张老师对别人说，也对自己说，并且认定以后无论如何都要坚守原创，这是她将剪纸工艺继续下去的根本。

其次，要保留传统中的精华。既然是传承，就得在不断创新的同时绝不能丢掉传统。比如剪纸中传统的纹样和元素，如意纹、锯齿纹、祥云纹、回纹、卍字纹、柳叶纹、卷草纹、牡丹纹、莲花纹、菊花纹这些，在任何一幅作品中都要或多或少有所体现。很多古老的东西都是一脉相承的精华，决不能因为创新而丢了老祖宗的根。"我就是要在继承传统中创新，你能替代我的剪和刻，但你替代不了我的思想和灵魂。"在一次"山花奖"征稿中，她的作品未能入选，几乎给了她致命一击，她在心里几乎是发了狠。

张老师是"70后"，回忆自己的半辈子，她说："如果最开始就把剪纸当成一回事，我会活得比现在精彩。"这个意气风发的女人，心直口快，又略有些急躁，言语坚定却难免显出一丝慌张。在今天应邀给一所学校初中学生进行的剪纸拓展课上，电视台记者要采访她。未对镜头时她口若悬河，一句一句说得铿锵，而一对着镜头，她便紧张得语无伦次，乱了头绪。记者说你先捋一捋，我去别处拍完回来再继续。于是，她就对着她那些学生一句一句大声地捋，学生们也就一句一句大声地纠正她的某一处错。接着，她又跑到教室后面对我说："来，我再给你演练一遍，你帮我听听。"于是我怕她还是理不顺，特意保持适度的微笑，并不时以点头来表示鼓励。我希望她能在镜头前表现得从容淡定，赢得观众的喜欢和认可——一个努力想要做好一件事的女人，不容易。

为成一个更合格的传承人，她给自己制订了下一步的奋斗目标。剪纸中的染色、套色、拼色技艺，全市只有她一个人精熟，别人只是跟着她学了薄薄一点雨丝。接下来，她还要学习将唐卡的艺术效果融入剪纸中，让自己有灵魂的剪纸呈现出另一种不同的面貌。

"反正这一辈子，只能在剪纸这条路上一直走下去了。"她似乎是很无奈地说。但一下午的接触，我从她那里感受到了一种往前涌动的力，撞得我都有些自行惭愧，成日的懒怠浪费了不少好时光。

"张老师现在是市上的红人喽！"李老师斜坐在她家的炕头上说。初夏的雨还在下，屋子里因为生着炉火，反倒有些冬日围炉的融融暖意。

李老师这些年一连两次大病。一次是三年前修这新房子，在外面搭着帐篷住，顺便开了个帐篷商店，方便村里其他修房子的人买东西，赚点零用钱。家里男人不知从哪里弄来一头快死的羊，弄来弄去俩人都被传染上疫病，男人在帐篷里起不了身，"呱呱呱"地又吐又喊，自己则一个月下来腿瘦成了皮包骨，看着都吓人。赶紧住院，心上紧了三年，指标终于正常了。另一次就是去年，年轻时干活干得膝盖受损，到老了疼得直接走不成路，挂着棍子都前走不了几步，大些的风就能把人刮倒，有一次还被一个小娃娃碰得跌过去，感觉活着都没多大意思。幸好医学发达了，换了一副人造膝盖，终是能给男人做上饭也能去给后院的羊喂草了，这才又觉得人还是活着好。老汉对她也越加地疼。年轻时免不了吵架，说等有娃娃就不吵了；等有了娃娃，说娃娃长到门框那么高就不吵了；终于等到把娃娃们都送出去了，才真正地不吵了。吵不动了。

张老师正是在她生病的这些年一天一天红起来的。"如果不是我把她推到台面上，她也不可能这么红。"李老师说。是一次市上搞活动，邀了李老师参加，李老师有病去不了，别人就在她的推荐下带了张老师去，那时张老师还只是在自己单位上有名气。活动一结束，张老师声名鹊起，渐成了大气候。

李老师心里略略有些不舒服。如果不是我这些年病拖着，也不至于被她盖过风头去。可人家有文化啊，还会画画，想画个啥就能画出来，还到外面学会了染色套色那些更好看的。像我们这没文化的，要自己画个复杂些的，一是没精力画，另外也画不出来，有什么办法，不服也不行啊！但我还是喜欢剪我这些农村的鸡呀，猪呀，收田的，薅草的，老太太跳舞的，多好啊，粉头花色的，只要身体好着，我就一辈子剪下去。

对此，成日里为剪纸忙得团团转的张老师只一带而过地说了句："李老师年龄大了。她喜欢剪那些农村题材的。"接着便又低头继续她的剪纸，省上要搞一次高规格剪纸展，特邀了她，可不能掉链子。偌大一间工作室，四壁挂满了剪纸，拼色的、套色的、染色的，红红绿绿，虽显得拥挤，但每一张都精致得好看，像极了她活色生香的这一天。

织毯匠老尚

一

老尚的门店是县城东街并排的两间。一间杂货铺，前半段各种商品，铅笔、文件夹、巧克力、蛋糕、卫生纸等，琳琅满目；后半段厨房，锅碗瓢盆，蒜苗葱，夹在一个阴暗的窄道里，只一人能进去。一间地毯专营店，入门左侧一张办公桌，继而左右墙、木架上满是各种大小各种纹样各种颜色的地毯，以及十几块镶着金框的奖牌；再往里，布帘隔着单人床，被褥、衣服随便堆着。

杂货铺担着一家吃喝拉撒、孩子学费，由老婆管着，十几年不好不坏。地毯专营店老尚负责，赚就是欢欢喜喜一大张钱，垒起来给儿子买房娶媳妇；不赚便是裂在心上的一条缝，得杂货铺往里填。中间有门互通，两面可兼顾。

老尚小学时，校门口有个小卖部，售卖方便面、辣条等各种好吃的，允许赊账，村上孩子一蜂窝往那儿拥，拿东西只签张飞、宋江、鲁智深，欺小卖部老头不识字。唯老尚，工工整整署上自己的名字，想偷偷把别人签的改成本名，又怕挨揍。杂货铺开张那天，脑子里浮现出小学时候的事，于是在门口贴了张"概不赊账"，想一想，又撕了，该赊还赊，谁都有慌忙不带钱的时候。至于买地毯的，都是有闲钱又喜欢这传统物件的，给的是现钱。

说到传统，老尚是当地织毯工艺的非遗传承人，一边靠地毯给儿子攒钱，一边还得把这手艺给下一代传承下去，但下一代愿意学这个的越来越少，能传多远连他自己都说不上，所以他就想把自家地毯做得更好，越多人喜欢就越多人记得，也算一种传承。

地毯怎样叫作好，外行人不懂，怕把不好当好，就远远近近托懂行的人打听，回说你去找县城东街的老尚，他那里的就叫作好。果然就买到好的，纹样经典，色泽鲜丽，绒面韧而细密，经年不脱毛不褪色无虫蛀，嫁姑娘当个陪嫁，娘家人一辈子都脸上有光。

这是老尚入行三十多年才有的资本，三十多年前他连地毯究竟是怎么回事都不知道。那时他刚二十出头，从一个并不怎样的中专学校毕业，跑市里一个啤酒厂卖啤酒。日子过得如意，不单工资高，上下班还被五菱汽车专程接送，看车窗外那么多骑26型自行车的人风里雨里，心里又得意又不是滋味。半年后主意变了，跑去工信局，想一辈子做个行政事业单位的干部，结果被农村户口卡在了门外，恰好县地毯厂招工，能解决户口问题，就招工入厂了。

若当时一直留在啤酒厂或继续在工信局干临工，现在会是什么样子呢？高一时，学校住宿，他的床位临近门口，冬天冷风透身，感冒一个月没上课，等再回到课堂，无论如何都赶不上进度，便书包一扔直接就回家种地了。种了一段时间，同伴说，我们走啊再不能种地了，就一起又跑到县城上初中，重读两年考上那个不怎么样的中专，从此命运钉在一个并不高的起点上，想要往前却处处受限。都说人一辈子是命定，但当初要好好学习考个好大学，定不会像现在这样似乎很风光地在县城有两间守了十几年的门店，而他的愿望实在是想到更大一点的地方，那样人生就会是另一幅广阔图景。说到底还是自己浪费了自己，跟命不命的关系不大。

　　前半辈子既这样过去，后半辈子就只能认作是命地继续下去，幸亏有地毯这个传统手工艺，让他觉得自己和许多浑浑噩噩一生的人究竟也有所不同。

　　二

　　老尚最终喜欢上地毯制作，同厂里一个姑娘有直接的关系。

　　那时地毯厂的女人真是牛气，下巴高抬，眼皮低垂，旁边缠着的小伙子要长得差或家里买不起"三金"（金项链、金耳环、金戒指）的，必定入不了眼。豆大的一个县城，女人的工资竟比老师还要高，年底还有鱼啊肉啊大堆的福利往家里搬，难不成会俯下身子找个上不了台面的拖油瓶？简直是白日做梦。

入厂即做了洗毯工的小尚就被这样一个白日梦困住，喜欢上了剪毯岗位的一个漂亮姑娘。其实他条件很不错，浓眉大眼，鼻梁高挺，国字脸棱角分明，与那姑娘同属上品的容貌。可姑娘是标准的城里人，比他这样农村家庭的小伙，出生先就高出一截，他连和她说话的勇气都没有。只一次，他到几个哥们的宿舍去玩，见姑娘也在，忍不住盯着她看，而她只朝他这边随便滑了一眼，便转过身再没理他了。

小尚有些痛苦。一方面，他觉得那姑娘正是他一直想要娶回家的那种女人，因为在她随便瞟他一眼的时候，他从她目光里看到了一种叫温柔的东西，同她漂亮的容颜一样自此在他心里扎了根，不几天就疯长成一棵大树，撑得他心里面难受。另一方面，他又实在的老实，远远一个姑娘走来都会令他脸红，更别说涎着脸去追这个于他可望而不可即的女人，简直比登天还难。

没办法，小尚只得把那越长越大的树强压在心里避免冒出一片叶子来。然而毕竟年轻啊，由内及外的热气腾腾，免不了从心沿上斜出一片大叶子。什么大叶子？一块地毯。他决心偷偷为姑娘织一块最漂亮的地毯，哪怕给不到她手里，他天天晃着的心也有个落处。而且，作为地毯厂一名普通的洗毯工，他唯一可利用的资源也只有这个。

很快小尚就想好了，他小时候在离村不远的祁连山上放过羊，特别喜欢山里一种叫马兰花的植物，浓绿的韭形叶，一入夏就噌噌噌地在草坡上蹿；蝴蝶样长舌瓣的蓝色花，安静地从密叶中微微冒出头，让人既能看到又不觉得它张扬，像极了他喜欢的那姑娘。而且，这种花白色的条形蕊紧贴在每片花瓣的内侧，竟是可以抽出来吃的。说不清什么味道，就觉得好，每次放羊他都会蹲在铺地的马兰花旁一根一根慢慢地抽出来吃。到如今，只要看到那姑娘，他都会莫名地想起马兰花的白色花蕊，那渺渺的说不清的味道，他要织这样一张马兰花的地毯。

先是绘图。这难不倒小尚。因为他所在的地毯厂一直在全国乃至国外都有声誉，无论是古典繁复的欧式图案、具有民间韵味的传统图案，还是皇家气派的京式图案，无论是牡丹的富贵、卍字边的吉祥、珠儿边的延绵不断，还是石榴和佛手的多子多福、奎龙的镂空通透，只要他愿意，都可以从绘图工那里偷偷学来。但小尚想要绘出的是厂里从未有人做过的马兰花图，倒显出小尚的独具匠心，私下里唯觉得只那姑娘才配拥有。不动声色地，他从绘图师傅那里要了一张与实物1:1比例的专用格子图，按记忆中马兰花的样子，独自在灯影下一格一格地标注落线位置及颜色，并想象地毯成品后的精致模样，感觉同那姑娘在情思上又近了一步。

接下来是织毯。这工序说难也不难，将经线一条条挂在高及十米的机梁上，后方挂上那1:1比例的图纸，操作时只按图纸标注的颜色及花型经纬线交织便不会出错。只不过，当地地毯有它与众不同的地方：线是纯羊毛八股一根的细线，比起其他地方或假冒产品十股一根的粗线，织出的地毯更柔韧更细密；纬线按手工8字套方式与经线套在一起，不像机械制成的那样背面只刷一层胶，日久胶落地毯也跟着脱毛，当地地毯永久都不会脱毛。让小尚倍感为难的是，整个地毯厂，包括百分之九十八的女工在内的正式工加临时工近两千人，没一个男人会上织毯工岗位操作，若他这样一个洗毯工坐在机梁下，不单显得突兀且不合适，别人问起也无法说出缘由。狠了狠心，他用半月工资买了条价格不菲的中华烟递给车间主任，谎称学习织毯技术，到厂里一架用以实验的独立成室的织毯机前偷偷织起了那块地毯。

要说织毯，这活真不是男人干的，即便看了很多次女人们穿绳系扣、割刀落线的方法，到他的粗手下，不是穿错了位置就是割破了手，急得他在心里把别人家的娘都不知骂了多少回。而且，持续一个坐姿腰酸背痛不说，心也不能长久地安稳。怪不得织毯的那些女人屁股都大，成天这样坐着，身上的肉都往这一处垒，不大才怪。也不知这算不算得职业病，反正厂里从未给过相关补贴，倒是不明真相的人都觉得女人屁股大好生娃，况且这又要不了人的命。

小尚用了比别人多一倍的时间，即两周多才把这一平方米见方的地毯织出来，实在太不好弄了。等将地毯在别人下班后放入平毯机，看表面参差不齐的地毯经工刀自动裁修再从另一头出来，变得格外平整和柔顺，他那个开心啊，甚至幻想自己与姑娘一起坐在那地毯上的情形，俩人肩并肩手牵手说着想说的话，连周围的空气都散发着幸福的味道。

小尚这样偷偷地织毯，无疑是在干私活。而事实上，厂里一直鼓励青工要多学多练成为多面手，因而允许进步的青工在不影响本职的情况下进行各种尝试。小尚是自己不想让别人知道，藏在心上的东西一旦公之于众，便像漏了风的气球，不那么饱满了。包括平毯完后的洗毯，并不是普通的用清水洗洗完事，而是要放在院子里，喷上酸碱适度的药水，用韧性十足又不伤毛的马兰花根扎起的细耙子来回地耙，耙掉毯上的杂质和浮毛，洗去植物染色剂的残余。如此地毯几十年都是最初的颜色且不掉毛还防虫蛀，一段时间脏了用小笤帚（现在是吸尘器）扫几下，如果四五年实在脏得不行，便冬天反扣在雪地里，用木棒使劲敲打，待毯中的灰尘杂物被雪吸附，翻起来晾干又是一张簇新的毯。如此之声势，天晓得他是怎样躲过别人的目光将那张地毯洗好的。总之，男孩子一旦坠入爱河，便一切不可能都变成可能了。

他开始剪花。好比小尚喜欢的那姑娘，漂亮不说，那凹凸有致的身体每出现并摇曳生姿一般地走动，在小尚因害羞而躲得远远的眼里简直就像一条曲折回绕的溪水，瞬间就灌满了他颤抖不已的心。剪花亦如此，洗好的毯其间各种花色纹样都是平面的不太生动，如果用剪刀在每朵花每片叶每条龙的边缘片一下剜一下甚至做个抹坡，那花那叶那龙即刻就浮雕一样地立起来，呼之欲出。尤其小尚织的这张毯又细又密，稍不慎就会剪出一个难看的豁，故而小尚几乎屏住呼吸，全身都贴在那里剪。他想剪出一种圆润，就像自己每想起那姑娘心口就荡漾起一种温柔；他想剪出一种层次分明，倘若能与那姑娘成家，那婚后的每一天都将丰盈多姿；他还想剪出一种宽窄适度、深浅一致，日子必得要遵守一定的规矩才能长长久久。手底下这张质地柔软、色泽鲜亮、纹样生动、经久耐用的，集当地地毯所有优点为一体的马兰花地毯，无疑是他为自己和那姑娘将来的生活绘制的一幅无比灿烂的图景，他要在地毯厂后门旁一棵正开着白花的槐树底下，将它深情地送入姑娘手中，虽然一想起送毯的具体情形，他内心便紧张起来。

　　剪完花再经修毯这最后一道工序，小尚整张毯做出来已是四个月以后了，地毯厂后门旁那棵槐树上的白花也已落尽，剩下一树浓密的绿叶子，酷暑天倒是乘凉的好地方。

　　小尚没能找到机会把地毯送给那姑娘。他实在太害羞了，好几次远远看到那姑娘，心努力地往前冲，身子却长在原地一动不动，以至于错过好几次单独邀约的机会。直到有一天，听同事说那姑娘正与一个车间主任的儿子谈对象，他心里又痛又悔，更不敢有什么奢望，只想等姑娘和那小伙结婚那天，就把这几乎耗尽他全部情感的地毯当作贺礼送给她。她虽不知其饱含着的情意，但他知道并曾备受煎熬，也就足够了。

想象一下，失恋后的小尚究竟怎样才能从一种痛苦中摆脱出来，每天看着那用心织就的地毯又会是怎样一番心境，总之其后的日子定不会太好过。然而一年后小尚便结婚了，并发现结婚远比他当初想象的要幸福。

新娘正是他要送地毯的那姑娘，如今杂货铺的女主人。

那姑娘并没和车间主任的儿子谈恋爱。之前某个平常的日子，她去一个男生宿舍借东西，随后进去一个浓眉大眼方脸盘的英俊小伙，黑衬衣下摆掖在蓝色牛仔裤腰间，西部牛仔一样引得她注目，随即脑子里闪过一个念头："这辈子要是嫁给这样一个人也就足够了。"闪完，她该干啥又去干啥了，再无丝毫的情绪波动，也再没想起过这小伙。后来，有人热心地要给她介绍对象，她想这方式多俗啊，还不一定找到合心的，便连名字都没问就一口回绝了。

说不相信命吧，有些事单单就好像是命里注定。无论当初要嫁小尚的那个念头如何的转瞬即逝，也不管别人要给她介绍而她强烈拒绝的对象正是小尚，那姑娘最终还是嫁给了小尚。其间历经了怎样一个百转千回的过程，那开着马兰花的地毯在什么情形下由小尚颤着心送到姑娘手中，他们未对任何人提起。像小尚偷偷织就的那张马兰花地毯，唯愿珍藏在彼此的心底，成为其后岁月里的忠诚陪伴。

事实证明，老天爷做事还是挺靠谱，只要是真挚的意念，便绝不会流于虚妄。说人要遵从自然，大概就是这个道理。

三

经历了这一次爱情的小尚可谓一箭双雕，不仅得到了心爱的姑娘，还跌跌撞撞学会了织毯的全部工序，并在随后几年的质检工作中显得沉着冷静，各个环节都不会遭人糊弄。包括再后来的销售，地毯品质的好坏，工艺的高下，他只看一眼摸一下便心中了然，没人能骗得了他。

业务精熟并不代表小尚一切都能遂心。2005年底，三十多岁的小尚已被人事科科长在电话里称作老尚，他说："老尚，你们先别回来了，企业马上要改制，等改制完再说吧。"

"凭什么不让我们回去？"老尚在电话这头几乎要炸了，"你们就是不让我们回，我们也要回去！"说完，他摔掉电话，开始收拾东西。

没什么可收拾的，就几件简单的换洗衣服和洗漱用品，锅碗瓢盆不管了，谁爱要要去；床铺也不带了，谁爱用用去。这糟心的小店，一年了，夫妇俩像两只老鼠一样挤在里面，睡睡不好，连吃碗张掖路的马子禄牛肉面都得精打细算，再要这样下去，保不准连玉米糊糊都喝不上了。

如果地毯厂对他们这些在外搞销售的人略微宽待一些，

也不至于沦落到这步田地。每人每月一百五十元保底工资也就罢了，想办法多卖地毯多挣点提成，日子总还有希望，说不定还能在省城兰州大有作为，恰是老尚一直以来期待的，关键是，东奔西跑好不容易签到的订单，厂里要不暂时没货，要不就无限期地拖，搞得人家客户一甩手不要了。甚至，有一次厂里竟发来一大一小不一样的垫子，还不允许退回去，只得自己把损失赔上。垫子压在原本就不大的店里，看一眼就生一眼的气，你说这工作还怎么做，今后的日子还怎么过？

实际情况是，当年那个以生产为主的地毯厂，因产品质量深得人心，无论是出口换外汇还是内销赚人民币，销售渠道都很畅通，故而厂里对销售岗位历来就看得很轻，把他们撒豆子一样撒到外地，此举不过是烧杯里一个酸碱中和的小实验，引不起太大的连锁反应。老尚和老婆之所以被派到兰州，是厂子内部两股势力争权，都想把他这个业务骨干拉到门下，而他只认准了踏实工作，既不管那些争权夺利的事，又不想站队，结果就当了牺牲品，被发配到谁都不愿意去的外驻销售点，等于是自食其力。

那一大一小的垫子，老尚后来仔细地想，定是当初在厂里搞质检过于严苛，得罪一些人故意使坏，不然后来他自己干企业那么多年怎么就没出现那种情况。那些人笑面虎一样，背后挖坑简直一绝，防都防不住。

跌在这样的坑里整整一年，眼看工作和生活越来越没指望，老尚终于扛不住了，带着千辛万苦娶回家、无论日子多艰难都义无反顾跟着他的那个女人，坐上往返兰州的绿皮火车，毅然决然地回到了厂里。时值冬季，车里没暖气又不通风，俩人哆哆嗦嗦靠在一起，等深夜抵达地毯厂，冻得连话都说不出。

日子又回到了起点，且这个起点连最初的进厂都不如。当年起码还给他安排了洗毯工这个清清楚楚的岗位，这次固执地从兰州回来，厂里竟连岗位都迟迟不给他安排，按老婆的话说，他这辈子就是吃了脾气太直心太软的亏了，别人不拿你当回事。

老尚不信这个邪，他就站在厂里一个盖板房穿风的走廊里等，哪怕冬天的风像曾经穿过他高一时身体的风那样凌厉，他依旧站在那里等。"厂里那么多临时工，我这个正式工竟无处安排，哪怕是打扫厕所，你也得给我安排岗位。"他下了狠地对人事部门的人说。

说完，他觉得这个冬天真的冷啊，自己就像一个布满粗孔的砂石筛子，连心都被寒风撕成了碎片。

一个月后，厂里终于给他安排了工作，回到原销售部门。

四

2022年的春天，我坐在老尚这边的地毯销售店里，看那边杂货铺一会儿来了人一会儿来了人，他老婆忙得团团转，还要抽空跑后面的厨房去做饭，着急了就大声喊老尚，老尚便赶紧跑过去帮她一下。

两间门店是十年前将城里一套一百多平方米的楼房卖掉后买来的，他、老婆还有已经上班了的儿子迄今还住在这里，有时还住城北一个被他租来当厂房的汽车修理厂。卖掉的那套楼房，则是之前将他岳父母在城里的一院平房卖掉后买的，为此他对岳父母像对自己的父母一样敬着。他也曾向亲戚们借过钱，但都以各种理由推诿（大概不相信他们有偿还能力），有的甚至连电话都不接，只好拆了东墙补西墙，拿唯一能换钱的楼房下了一次注。

老尚从兰州回来的第二年，地毯厂完成了国有企业改制，给职工一定补偿，将厂子整体卖给了南方老板开发房地产。一夜之间，那张由企业和南方老板签订的轻薄的买卖合同，将一千多名职工天女散花一般散入西北这个经济并不发达的小县城，使他们陷入之前从未有过的恐慌和失落中，很长时间都找不到生活的方向。只有老尚，在历经四个多月的茫然无措和徒劳奔波后，被南方老板重新聘用，负责厂里剩余一部分地毯的生产经营，一直到他终于破釜沉舟买下那些资产和企业资质，磕磕绊绊经营到了现在。

"我们家的人真是太不容易了，想起那年他端着羊肉汤一步一步往前挪的样子，我这心里呀，难过得就提不成。"坐在销售门店临时支起的一张小方桌旁，老尚如今依然美丽的老婆一边说着，又舀了一勺卜拉子倒进了我碗里。

卜拉子是当地的一种民间美食，将春天地埂上刚冒出芽的艾蒿嫩叶，或自家种的叫香豆子的植物嫩叶，或榆钱、槐花、胡萝卜、甜菜等，洗净切碎半干不湿地拌上面粉，蒸笼里蒸半个多小时，出锅冒热气时撒点盐，热油刺啦啦一炝再一拌，那叫一个香啊，按当地人话说，"能把人香得跌过去"。我原已拒绝了老尚在这里吃午饭的邀请，门店这么拥挤，多一个人都迈不开脚，但一听是卜拉子，竟不争气地又留在原处，连吃了两碗。

满嘴卜拉子的香，差点没听清那端羊肉汤的渊源。原来，老尚从兰州回来那年，单位组织职工郊游，午饭是野炊开锅羊肉，老婆那天身体不舒服，又想人多肉少自己一个剪毯工不见得能吃上，就坐在大面包车上等，远远看到老尚端着一碗羊肉汤正要给厂长们送去，怕汤从碗里晃出来，见他双手紧抓着碗沿，脖子在前身子在后，每走一步都小心翼翼，额头上的汗都要滴下来，看得她当时眼泪就扑簌簌地往下掉。结婚那么多年，男人何时受过这样的苦，女人心上那个疼啊，简直成了身体的一个暗伤，十多年了还隐隐作痛。

那天，老尚也抽空给老婆端了羊肉汤过去。多年的剪花工，剪刀拿得老婆指关节突出，胳膊肘变形，身体一直不好，老尚也心疼，愿意她在外面也能喝上一碗热乎乎的羊肉汤。至于她提那心酸场景，老尚不以为然："比如最开始你是站在旁边等吃饭的，等后来那里也有你的座位了，再后来如果你没来那桌饭就开不了，人都是这样一步一步才能走到前头去。何况，你不给别人端饭，后面跟着你的人还指着你吃饭呢。"——半辈子过去，老尚将人情世故看得很透。

然而触及地毯，老尚却依旧改不了他的直脾气。一位领导给他电话说地毯的事，对他既有些怀疑，语气还颇多不屑，气得他没几句就把电话摔了，再没理视。"我的地毯你看不上就看不上了，看不上大不了不买，没什么了不起的。"他说。

只有对自家地毯有十足的把握，老尚才会在哪怕是领导面前都有这样的底气。譬如同为地毯，别人家为了节约成本会将八股线改为十股线，一般人看不出差别，而他规定的八股就是八股，绝不容多或是少；别人家会用化学染剂以次充好，而他从前用植物比如红心树根、松塔之类熬制，现在则必须来源于正规厂家，这方面从不会有半点的掺假。尤其是，他精心设计制作的一张地毯获得了国家级专利，这让他对自家出品的地毯有了绝对的信心，若有人低看于他即是一种最大的侮辱。

那是一张集传统与欧式风格为一体的铜雀图，外边饰以褐色铜雀纹样，内环白色的卍字边框，中间雀、牛、羊神兽云纹相连，配色古朴典雅，图样沉静中透着一种绚烂，很见制作者的匠心独具。为这地毯的设计，老尚将厂里老绘图工多年前送他的一本书几乎翻出了毛边，各种图形在脑子里无数次搅成团又散成花，用将近一年多的时间才制作完成。也就是说，至少在别人还不能明目张胆抄袭的近两三年时间里，这张地毯的设计版权独属于老尚——他已是当地织毯行业响当当的人物了。

只是，老尚最近有些犯起愁来。受新冠疫情影响，今年地毯生意大不如从前，半年了，厂子只接到一个订单，偌大一个修理厂改建的织毯间，十几架高及屋顶的机梁，只一个女工在那里孤零零像被时间消弭了似的默然地织毯。那毯的颜色看起来依旧那样的绚烂，织好的下半段也依旧那样紧密得仿佛连滴水都渗不进去，但日子却同厂房整个的寂静和空旷一样，郁郁地有那么一种拂不去的灰，让人对今后的生活终究多了些惆怅。

倘若父亲健在，这种境况是可以同他聊一聊的。从小到大，无论他怎样地闹腾，父亲都会无条件站在他这边支持他帮助他。自去年父亲因病离世，便再没了听他倾诉帮他出主意的人，怎么都感觉自己像被一阵狂风吹得乱摇，需百倍的努力才能勉强站得稳。

说到这里，五十三岁的老尚竟当着我的面哽咽起来，想要说下一句，却嘴上颤抖着好长时间都说不出——他有些想念自己的父亲了。

李锥锥

"这就是我这个锥锥的幸福生活。"李锥锥说这话时面无表情，看不出幸福，也看不出不幸福。他说的是他曾经给生产队放羊、放驴、熟皮、用芨芨草编草席草筐、给煤窑背煤以及其他，还有现在锥锥的活。

锥锥就是修鞋匠。

"除了画画，我什么活都干过。"

他所谓的画画有两种：

一种是真的画画，纸上艺术。因为有一天他正在修鞋，看到一个画画的在远处画他。过了半月，他修鞋的样子便在县文化馆的展厅里挂了出来。他专门去看了，嘴上脱口骂出一句："个狗日的，我有什么好画头！"心里却无比惊喜："这家伙，简直是太像了！"

——长檐帽下一张黑皱的鞋拔子脸，低头时眼睛睁着也像是闭着；膝盖上铺着一块破窗漏洞的护布。文化馆的画里就是这个模样。只不过他帽檐上锈得有些发光的污渍，以及一套常年不换的旧衣服胸襟部位斑驳的油污，都被画家进行了类似古董的做旧处理，从而只表现出他沧桑的那一面。因此，他在画中更像一位手艺纯熟的老匠人。

另一种是给寿棺漆色并勾花。这在当地也被称作是画画。他哥就是由原来的锥锥改行为画寿棺的，并且十里八乡都很出名。而他，在他爹的固执己见下，不得不子承父业，继起了他哥不愿意干的熟皮以及锥锥的活——首先臭皮子气味就让人受不了。

他专门提到"除了画画"这几个字眼，大概觉得唯这事可望而不可即，除外其他活都难不倒他。而他确实也曾动过画画这个念头，并将画画同最有声有色的幸福生活联系在一起，无奈造化弄人。

锥锥这活自然最难不到他，干了四十多年了。即便刚开始跟他父亲干起，手底下也曾哆嗦过几日，但仍是第一次正式出手便博得个满堂彩。那一次他亲手给生产队长做了一双皮底皮面的皮窝窝，式样周正，皮面锃亮，可以算得上一等一的品相，生产队长拿在手里不停地"啧啧"，连着穿了很多年，高兴得不得了。要知道在当时所有的锥锥活里，皮窝窝的制作是难度最高的。一整张皮，怎样的褶皱，怎样的弧度，针线哪里多哪里少，既十分的讲究，还要手底下拿捏得准。等到做出来，不单穿着像棉贴在脚上那样舒服，就是下雨天把鞋打湿了，只要往皮窝窝里搛些干草进去，就不冻脚了。那皮窝窝用的是他父亲珍藏很多年的一张上好牛皮，就为当初村里人嫉妒，在生产队长面前说他和他爹不干农活，成天在外面熟皮子吃了湿的拿干的享福，他爹才狠心拿出来让他做一双皮窝窝来讨好生产队长。也确实管了些用，那之后他们的生活平稳了很长一段时间。

其实是村里那些人无厘头，熟皮那活儿又能轻松到哪里去呢？

李锥锥出生那地方叫南泉，周边有成片的沼泽地。秋天冷霜把草杀死的时候，地表会泛出一层白碱，收集回来加些盐颗子，便可以用来熟皮。所谓熟皮，是将牛皮先用水泡软，晾干后初步除去皮上残带的肉和油，再放入加了白碱盐颗子的水溶液里缸泡七日，取出来晾干，用形似《西游记》里沙和尚的月牙铲那样的工具将皮上的毛、油等杂物彻底清除干净，再用石磙子碾轧，挂起来揉软和，即成一张熟皮。那时的农事紧，各处的生产队常请皮匠做这样熟皮的活，之后做成皮头、皮拥子、皮绳，用来驾牛驭马，耕田种地。

还有熟羊皮，单以芒硝为原料泡制，将皮里残肉残油除掉的同时，皮面的羊毛完好无损，并被熟得像亮鬃一样，是专用来做羊皮袄的。将熟好的羊皮手工裁制成衣服式样，拿到县城裁缝那里加一个蓝色的卡布料（当时的一种面料）的衣服面子，再装一个黑羊绒的毛领子，穿在身上软绵绵厚墩墩的，外戴一条时兴的毛茸茸的道道儿围巾，既时尚又保暖，简直凶（很有气势的意思）得不得了！

只是，李锥锥跟他父亲干皮匠这个活，除了能为家里多挣几个工分，一家老小满足最基本的生活需求外，自己是无福享受皮窝窝和羊皮袄的。那时候牛羊皮多金贵啊，而且私自杀牛都是犯法的，在生产队里，一头牛抵得上一个重要劳力。他撑死了只能给自己锥一双并不值钱的猪皮鞋穿，天暖时倒也软和，整个人提了不少精气神（毕竟是皮子鞋）；遇天冷，猪皮冻成了硬片，褶皱处硌得脚生疼，且成日被他的臭皮熏的，别人都不愿到他跟前去。一双年轻且充满期待的手，则被芒硝、白碱之类腐蚀的，就像冬天树枝上残留的被风抽干了水分的枯果，皱巴巴的没有一点光泽。

也正是那时候干熟皮那活，给李锥锥做锥锥的活打了先锋，奠了个好底子。由于熟识皮子的特性，又干得年月多，如今在县城所有的锥锥里，他做的活是顶好的。尤其东区这一片基本算属于他地盘上的平头老百姓，无不知李锥锥这个人。

"你看你这个老婆子！你不到你们城西王锥锥那里修鞋，大老远跑我这里，是不是勺（意为傻）着呢？"坐在杂七碎八摆了一地的钉鞋摊子上，李锥锥一边忙活一边打趣。

对面马扎上坐等的那老婆子也笑着接口："我就偏找你这个老尻修，难道你不给我修？"

"修，怎么能不修呢，你都那么远颠过来了，我不修我就勺着呢！"

一会儿，鞋修好了，合面平整，缝线横是横竖是竖，线头子还被剪得干干净净，那老婆子一张皱脸笑得跟花儿一样，高高兴兴拿着就走了。

接着是一个老头。见李锥锥拿他的鞋不单细细研究了一番，修起来还谨谨慎慎的速度极慢，急得他眼跟着李锥锥的手，嘴里直嘟哝："我说李锥锥你能不能快点啊，差不多随便修修能凑合着穿就行了。"李锥锥"哼"一声："你这个老尻，急个啥呢！你找我来修，就得给你修好，不然你说我不负责任呢！"

那老头便不再言语。

又来一个熟识的老婆子提着鞋，李锥锥抬起头皱着眉大声说："我忙得连放屁的时间都没有了，你把鞋放下，明天过来取吧！"

老婆子不愿意，说："我就现在等着取，明天我才没工夫再来呢。"

"你看你这个老婆子！我们前后排住着，要不你明一早到我家里来取，我给你个泡泡糖吃，行了吧！"

"我才不要你的泡泡糖呢！"老婆子笑着放下鞋走了。

——瞧，李锥锥可真是不愁没生意做。

所说的前后排住着，是县政府在城东近郊修建的廉租平房，他租住了一间，一个人。老婆仍在农村老房子那里，守着家里几亩耕地，另放着几只羊。

"住城里花费那么大，还不敞亮，不如在村里自自在在放我的羊！"他老婆说。

最开始他也在农村老房子住。清晨骑自行车带着他的修鞋家当丁零当啷来城里，晚上再丁零当啷骑回去。一条高高低低的土疙瘩路，来回要折腾两个多小时。春夏秋冬，自行车链条换了又换，轮胎补了又补，还摔过好几次跟头。后来，年岁越来越大，自行车实在骑不动了，便狠心租了房。

他老婆同他一样长得并不十分好看。按当地人的话说，"两个窝瓜"。然而即便如此，他老婆当初还瞧不上他，嫌他是个成天同臭皮烂鞋打交道的锥锥，几次把媒人推出家门。倘若不是那时候包办婚姻，他后来的老丈人觉得他有这门手艺，强逼着自己姑娘嫁给他，估计他现在还在打光棍。

两口子磕磕绊绊，大半辈子过去了。期间还曾有人故意逗那老婆：你怎么最后还是把那锥锥找上了？那老婆不示弱，说，锥锥差啥了？你们家男人，手绵得像个女人，按摩起来有啥意思？像我家男人，手粗飒飒的，摸在身上，多刺激，多稳当！——这话听起来糙些，却也在理。至少因这手艺，一儿一女加上老两口，日子过得并不比谁家差，如今连孙子都抱在怀里了。

每隔五六天，他老婆来城里看他一回，给他做两顿像样的饭，再擀些面条留着后两天吃。他儿子一家也时不时从打工所在的另一个镇子过来看他，在他鞋摊边上照个面，孙子嫩嫩地喊一声"爷爷",就去逛县城了。

李锥锥在城里的花费其实是挣得出来的。县城有很多生活很一般的人,鞋子破了大都会补一下接着穿。何况,李锥锥修鞋的费用也实在符合这些平头老百姓的预期。女人高跟鞋钉一副后掌五块钱,学生断了的书包带子缝合三块钱,年轻女孩挎包带子基部裂口缝一下也三块钱。一个十来岁的男孩子,说补一下球鞋面裂开的缝,因着鞋的带子也掉了,李锥锥主动给配了带子,问那男孩要五块钱,男孩说他娘只给了三块五,李锥锥便一边说其他的钱你是不是吃掉了,一边也就收下了。

也有要四块给五块的,李锥锥推手不要,那人扔下也就走了。

这样一来,李锥锥每天的收入大概在三四十元左右,一个月合计有一千多元。除过房租,足够他城里的日常开销,另还有些余钱给老婆买些零七碎八。

如果按城西在商场内摆摊修鞋的陆锥锥那样的收费,也许还可以帮儿子还一下房贷。陆锥锥那里,钉一副鞋后掌最低也得十五元,随便修一下鞋面二十元,更不要说换鞋底、给鞋上色等其他更为繁杂的修复,那费用高的,根本就不是常找李锥锥修鞋的那些人所愿意承担的。

也不能因此说人家陆锥锥心狠。陆锥锥那里,修鞋的大都是县城一些收入较高的公务员、生意人之类,只为他摊面上那一台据说既可以修鞋又可以给鞋上色的机器很上档次，很为修鞋的人脸上增光。当然也花了陆锥锥不少的钱。每年的租摊位钱不说，李锥锥目前是没钱买那样的机器的。

李锥锥也没打算要买那台机器。他现在修鞋的摊位在临街供电局收费营业厅的水泥屋顶朝南伸出的一段方檐下，既可以部分抵挡夏天淋漓而至的暴雨，又能在寒冷的冬日多晒得一点暖煦的阳光。这样敞亮的地方，工商所收取的管理费还不高，很适合他这样一个"洒蛋"（邋遢随性的意思）人。而且，他手底下那架简易的手摇式锥鞋机，虽然上面积了厚厚一层油垢，但用起来却得心应手，足够他一个人随便怎么耍哒了。

"洒蛋"惯了，他可不喜欢整天待在室内一个格子大小的地方，转个身都困难，更不要说臭皮子味散都没地方散去。

摊位在冬天尤其好。太阳暖融融地从上午一直晒到下午，晒得他骨头缝里都暖洋洋的。那些闲得无聊的老头老太常提个马扎子来他这里，一坐就是大半天。一天下来，锥锥活也干了，漫天慌也宣了，那个自在劲儿，神仙都比不上！并且修鞋生意在冬天也尤为好，因着人大都穿皮鞋保暖，免不了会有钉后跟换鞋底缝合这样的活，有时候忙得连慌都没时间宣。只一点不足，修鞋时双手必得露在外面，时常冻得红肿起疮，还裂口子。那些裂开的口子难免会进去污渍，所以李锥锥那手，不仅皴皮鼓青筋，指甲缝里积满黑泥，还满手纵横交错的黑口子，很不忍心看在眼里。

也无所谓，既然干了锥锥的活，就得受锥锥的苦。"匠人不富，富人不动"，大钱虽挣不上，但只要能挣上点小钱养活住自己，不向儿女们伸手，李锥锥心里便觉得格外安心。

人老了，最怕给孩子添负担了。他之前已经算是给孩子添了负担。儿子谈了个对象，人家问你爹是干什么的，儿子说是锥锥，那女的直接就说："哦，那就算了。"急得他儿子跑回家一个劲儿地抱怨："爹，锥锥那活你不干了行不行！"

最后也没"算了"，那女的还是成了他儿媳妇。他也仍在干锥锥的活。那女的说，也行吧，至少老的不问我们要钱花。

为此，李锥锥颇有些沾沾自喜，要知道村里很多像他这样年纪的人，因为没什么收入又干不动活，被子女嫌弃，饭桌上多盛一碗饭都得看儿媳妇脸色。

"我锥锥咋了，至少能把自己的嘴糊弄住。"对背地里看不起他这样锥锥的那些闲人，他明确告诉自己一定也要看不起他们。当初命运捣乱没能画上画，一辈子干了锥锥这活，已经是很憋屈了，怎么也得给自己多鼓点劲。

但毕竟是要摆摊做生意的，笑脸得放在明面上，于是心里垒起的那份看不起便只能藏在低头别人看不到的表情里，或者干脆就藏在家里不带出来。

然而有一次，他在抬头的时候那表情被别人看到了。

是一个女人提了双鞋来找他修。那女人很蛮横的样子，走到他跟前，把鞋往他脚底下一扔，撇着嘴问："钉个后跟掌，多少钱？"

"八块钱。"李锥锥拿起鞋，注意到那后跟是个大方跟。

"咦，一个街头摆摊的破锥锥，钉个鞋掌还要八块钱，这么砝码！"那女人很轻蔑地瞟他一眼。

这一次李锥锥是真的生气了："嫌砝码了到陆锥锥那里钉去，我这儿不钉你这样的鞋跟！"

他把那女人的鞋拎起来往旁边一搁，自顾干起了其他活，再没看那女人一眼。

那女人站在那儿好一会儿，一直没说话。

后来，那女人提着未修的鞋走了。

李锥锥仍旧低头干他的活。

织褐的女人

一

女人漂亮。这么说吧，一个人从女人身边走过，原本只是随意地瞥她一眼，待要继续往前走时，脑子里却忽而闪出一幕青山绿水，眼睛不由得随着女人转了过去，并在心里喊出一句："哎呀，这姑娘，咋这样俊哦！"而那个时候，女人已经不紧不慢地走出去好远了。

女人确实漂亮，尤其在她十六七岁时。如果村里那些小伙子不是为着凹进肚子里的饿，眼睛只牢牢地挂在村头那几棵榆树的苦树皮上，定会站在那里把女人足足地盯上几天，如此还嫌时间太短，如果一辈子都能盯着她该有多好。有一次，一个开拖拉机的外村小伙子路过，不小心多看了她几眼，硬是把拖拉机直直开上了树，把好端端一棵树给撞折了，气得生产队长说："你这娃年纪轻轻的心术不正，看到女人连路都走不清楚了！"

只可惜，女人十六岁那年正值自然灾害，没多少人能顾得上肚子以外的事。甚至，等那三年过去，队里开始开荒种田，所有人的眼睛又都盯着那些荒了几年的鞍皮地，女人的漂亮也就灰蒙蒙地罩在一身破补丁的衣裳里，只在每日早晨洗完脸要去生产队干活时，在一面边框生了锈的圆镜子里左右漾动那么几下，很快便折进自己不透光的心里，急匆匆地出门了。

生产队需要干的活很多。抡铁锹打土块，浑身难有一处干净；绞木轮取水，一桶一桶咬着牙往远处的地里挑；赶牲口拉石碌子碾麦，转一天下来人站那儿直打摆；大暑天运麦草，被焐热的麦草濡得像个汗水人；推磨、盖房上泥、修路修渠……拉拉杂杂，男人干的女人都得干。可怜这样一个漂亮姑娘，一张俊脸被七八月的太阳晒得黢黑，两只巧手被铁锹把磨得茧子褪一层生一层，自己摸起来都扎手。

到了晚上，帮辛苦的母亲在昏暗的煤油灯下织完那一天的褐布，默无声息地躺在大炕上，听几个兄弟姊妹在炕头发出均匀的鼻息声，女人这才把心微微地打开一条缝，透出一些少女梦里的光，想要认真地理清一些事，却脑子里混乱。

女人将要嫁人了，托媒婆说给了邻村的一个小伙子。也不知道那男人长啥样，人实诚不实诚，有没有腿瘸什么的。媒婆盘着油头敷着粉面，眼珠子左右晃着对她爹说："那小伙子攒劲呢，长得像书里说的皇太子，干起活来像一头牛，十里八乡也难得见，你姑娘要跟了去，要吃白面有白面，要穿好衣有好衣，真正两个人有缘分对上呢。"

媒婆的话谁敢信呢！村里一个和女人相好的姑娘，被媒婆天花乱坠地说给一家，高高兴兴嫁过去后，才知道那男的有些脑子不清楚，不仅生活不大能自理，还常常打那姑娘，悔得那姑娘一回娘家就哭，她娘干看着硬是没一点办法。

想到媒婆那尖嘴猴腮眉眼乱撞的样子，女人心里便有说不出的慌。因着漂亮，又因骨子里很不希望自己像村里其他女人那样一生平平的像路边的一块土坷垃，她从六七岁就开始怀着一颗竞争的心，帮母亲做饭添柴时火一定要旺旺的，喂羊拔草料草一定要宽宽的。尤其晚上，帮织褐的母亲递线递梭子，手快心又细，没多久便学会了织褐，并成为村里女人们当中手艺最好的。然而一事归一事，这并没能让她在自己的婚姻上多做一点的主，爹娘又老实得像地里憨拙的牛，都不知道怎样地被媒婆忽悠。眼看着家里人已经开始准备嫁妆，并不许女人出门多露脸了。

女人就只能在屋子里待着，心里纵有上万句话也没办法说。吃饭，喂羊，织褐，对着镜子发呆，夜里常常醒来，听老鼠在纸糊的顶棚上窸窸窣窣地跑，心里莫名有些哀伤。

二

日子穷，嫁妆准备得便快。不过是用自个儿织的褐布裁两件衣裳，余下的边角料缒一双布鞋，五毛钱买一双袜子、一面镜子，再从村西头刚结婚的王家媳妇那里借床稍好些的被褥充个门面，就等邻村那小伙骑个戴红花的小毛驴，从娘家炕上往驴背上一抱，一颠一颠出了院门，女人就成人家的人了，由长发如瀑的大姑娘转而成抿油盘髻的小媳妇。

洞房那天却仓皇。从小到大只母亲近过身子，迟钝又敏感，心上还藏着不知是排斥是羞涩还是期冀，就那样不知所措地坐在床边，头被红盖头蒙着，心上嗵嗵地跳。之前的日子其实很清晰，一根一根像她每日清晨悉心梳理好的头发。之后的日子呢，却在脑子里乱七八糟地团着，像一屋子藏都藏不住的陌生。

夜黑了，听得门"哐"的一声，男人进了屋。男人在她旁边坐下，她忍不住身子颤一下。男人抓住了她的手，竟感觉他也在发抖。忽然一下，好像连盖头都没顾上揭，就稀里糊涂倒床上了。她觉得一阵子眩晕。

女人紧紧地闭着眼睛。生活好像是毁了，但又像在重新开始。感觉有些如意，又不知这如意是不是真正的如意。有些恐惧，又觉得一切理应如此。整整一个晚上，她的心她的身子都像在半空中打架，既落不下来，又升不上去。

然后，天就亮了。

男人并没媒婆吹的那样皇太子般的俊，但相貌清秀，身体也看着健硕，干活应该是个好手。女人长舒了一口气，只要没什么大疾，能顺顺当当撑起这个家，往后的日子就不会太难过，也算上天给她安排了一个不坏的命。

真的算一个好命。除了模样儿一般些，小伙子憨厚勤快，常年给生产队放骆驼，挣的工分比别人多；年底也不像有些人家那样需要靠底限粮吃饭，巴巴地预支第二年的口粮，惹得人笑话。便是连女人每月那事，他竟也懵懵的，似乎不太懂，好像还吓了一跳，问她咋了。等问清楚后，又主动给她倒一碗热水喝，让她乏了就到炕上多躺一会儿，重活也不让她动手。

女人开始把自己尊起来不轻看。当然不是指她的漂亮，那当不了饭吃。她是暗暗攒了要同着男人往前奔的心，虽瘦胳膊细腿，却土里风里，渠上坝下，一门心思地把命都拼上，只为能多挣点工分，年底多分点口粮，多几毛钱，好推着日子一步一步往前往好里走。

唯不能自己掌控的，是男人常年在外回不了家。那是放骆驼啊，在离家很远的无人的荒滩上，披着风刮不动雨淋不透的毡衣，跟着一群不爱听话的犟骆驼漫山遍野地跑，整个人被西北风抽得像冬天旱地里的干树杈子。每月只得回来一趟，端上碗就像被饿了几天几夜，做起那事像一匹发了疯的野狼，几乎要把她整个人撕烂。女人很觉得心疼，觉得自己男人实在是太苦了。她没什么文化，不知道"爱"这个字咋写，只每天提心吊胆，怕自己男人在荒山上被野狼吃了。

女人自己在家的日子也不好过，尤其家里没个男人，不要说地上的活拿锹搬锨风吹雨淋的辛苦，就是和邻居为着鸡毛蒜皮的事，打架也打不过。若遇到一些是非，女人更是心疲力软得几乎撑不住。有一次，村里有个男的看她干活吃力，过去帮她，还没帮几下，几个闲事女人便凑一块儿朝她挤眉弄眼，想编派个事出来，气得她回到家一阵子大哭，还不敢对公婆说。

其实她根本就不想那男的帮她，知道他不怀好意。之前好几次遇到，见他眼珠子转着圈地在自己身上晃，唬得她一遇到就赶紧躲。那次是因为身上来事，队里给她派的活干得慢，那男的便乘机往她身边凑，口口声声说要帮她，她也实在没了力气，想他帮就帮吧，总好过这一天的工分没了。结果，那么宽堂堂的地方，他硬是像堵墙一样往她身上倒，从她手里拿铁锹时还故意抓她的手不放，急得她猛一下子甩开，想转身走又怕队长说。亏得队长看到，把那男的支开了，可还是被村里捣闲话那几个女人当了事，虽没成什么气候，但究竟让她心里不那么好过。

女人不想让别人捣她闲话，尤其男人不在家，就更不能让闲事人碎嘴。她虽漂亮却守本分地安静，安安静静守家侍奉公婆，安安静静白天上工晚上在煤油灯下为一大家子织布缝衣，尽可能多织几块褐子同邻居换点自家没有的东西。男人挖空心思抠省下带回家的不多一点驼毛，女人织成比别家厚三倍的驼毛袜子，全家一个寒冬脚底下都暖暖的。

织褐这门手艺虽然祖传，但村里很多女人都会。褐布衣服抗造，织好可以穿一季，一年下来省不少钱。可它又实在是个细致活，须得心神合一，安安静静，方能在织布机上一根一根织得密而不糙，摸在手里既结实又绵软，穿在身上则像刀削了一样的展刮。村里很多的女人，浮皮潦草得像秋天风吹起的黄树叶子，织出来的褐子都快赶得上使旧的破渔网了。也因此，但凡有人家的女儿出嫁需要褐布，村里的老人都会远远指着女人家的院门说："让那个媳妇子帮你织上点，阔气得很！"

怎么说呢，日子虽有些难，却河水一样总能蹚得过去。而且，她的能干和安静使男人更加看重了她，除精心地伺候好山上那些骆驼，一得点儿空便往家里跑，满心满脑女人的柔和漂亮。在外忍不住得意，回家贴身一样黏着，等再回到孤山上，恨不能那一两个月当天就过完。

三

女人有了几个孩子。1960年结婚，吃不饱肚子，没力气生孩子。1962年有了自留地，生了第一个孩子。之后，两年一个两年一个，一直到四个儿子三个女儿——按村里老人话说，像拉驴粪蛋一样简单。到1982年包产到户，儿子女儿不单一个个都上了学睁开了眼，还能到地里帮着干很多活。

男人仍在山上放骆驼，已成村里经验最丰富的牧驼人了。不单是给生产队牧驼，还有的村里人将自家分得的几匹骆驼很信任地交给男人去放，每年给一定的牧养费。

手上有了点钱，心里就踏实，可以到附近镇上买的确良衣服穿，细褐子几乎用不上了。也有心思让生活多些花样：将驼毛洗干净，手撕成云团，在线捻子上旋成花一样的捻，捻成的长长的线染了色，一根根绷直在男人为她钉在院中的木制地绷上，再用长长的剁刀一刀刀在经纬交接处剁紧剁密剁实。如此下来，家里的沙发、炕沿、沿炕半圈的墙壁，便都有了彩虹一样的护布，把一个四面都是黄泥墙的土房子装点得像城里那种花园子似的，村里相好的几个女人看到，都忍不住再而三地夸。

日子的确是有了好奔头。当女人包着男人进城时特意给她买的花头巾，在院子里铺开长长的彩线一刀一刀织褐子时，心里渐已成了真正的安静。从前的安静，是生活迫不得已的安静，女人是心里狠着忍着，再多的苦只自个儿悄悄受着，从不愿也根本没必要说给任何人听。如今，家里再不用为碗大的一块布犯愁了，所有农活几个儿女也都可以利利索索干完，自己只需每天伺候他们吃好喝好睡好，将后院圈里的鸡啊羊啊牛啊的喂结实，日子比从前简直不知道要好到哪里去。

这样日子就足够了，真的，如果没什么特别的事，一辈子这样下去就挺好。

……四十多岁时，飞来的一场车祸，一个儿子殁了。

女人就在现场。

眼睁睁看着殁了，血汩汩地从儿子脑子里流出来。

她当场昏死过去。醒来后，一切都是灰的，天、庄稼、房子、路……

你说，我要当时不让他过马路赶那头牛就好了，就不会被车撞了。

你说，都二十岁了，长成一个大小伙，媳妇也快进门了，怎么就殁了。

你说，那么懂事听话的一个儿子，家里活一个顶仨，原指着顶门壮户，光宗耀祖，说殁就殁了。

……女人不知道这世上还有个祥林嫂同她一样，每天几乎重复着同样的话。她只觉得她一个女人怎么这么苦，全天下最苦的事单就落到她头上，你看村里那些同儿子一样大小的孩子，一个个活得那样好。

她想让日子倒回出事那天，好让自己替那儿子殁，他还刚长成个人，补丁衣服也才刚刚脱掉。

她想用之前有奔头的日子换回她那个儿子，哪怕让她重新吃不上饭、穿不上衣，重新苦上一遍。

可是，那只是想啊，想变不了现实，也变不回来儿子。

哭也不能。但忍不住哭，心里的虚空只有靠"哭"这个实实在在的东西才不至于更空。

天天哭，月月哭，把炕上的席子哭湿，把身上的力气哭尽，把自己哭成了一个只记得喘气的骷髅。

就不哭了。也不说了。

像一个哑巴，还像一个聋子。

只默然地在心上缺着。

四

女人将更多的心思用在了织褐子上。

如果说这世上还有什么能够填充女人丧子后虚弱的心，那就只有织褐子了。

织褐子可以让她把什么都忘了，或者说假装忘了。

何况，有时间这个催命鬼催着，日子终不可能停在某一刻。

女人的褐子也织得越加的好了，因为每往地绷上拉线，女人都要提前想好一阵子。村上那几个女人织出的褐子花色单一，只简单地将各色线排在一起，一顺儿并过去，红色就是一顺儿红，绿色就是一顺儿绿，还有黄色、粉色、蓝色、白色、黑色，都一顺儿地顺过去，看多了难免眼烦。倘若能让这些线交叉起来，织成菱形、圆形或一个花瓣连一个花瓣图案，并且让它艳而不俗，定然别有一种好姿色。

只是，要这一排众多的线在长长的、有时甚至要经过几个桩子的近百米那样的阵势里进行这样的交叉，确实要多费些脑子多费些功夫。是手工活啊，线得一根一根拉、一根一根穿，一不小心将哪根穿错了，整个儿的花样就扭了，就比不过别家女人织的褐子了。

女人有这个耐心。这么多年的苦和乐，还有心上的那一处缺，已让她的心越来越硬。抱着初嫁时那个往前奔的心，不要说织褐子，就是连平日里普普通通的一锅清水面条，她也会顶着大太阳，从沙滩上拔些羊胡花的花穗晒干了，用平日抠省出来的一点清油呛一下，"刺刺"地泼进面条里，那面条吃起来也就比别的懒女人家的寡水面条要香很多。

多少年过去，她将那儿子带给她的缺藏在心底，把自己的一股子狠劲悄悄织进院子长长铺开的彩虹一般的褐子里，呛进屋子炉台上原本清汤寡水的饭里，一家人即便在最困难时期，日子也比别人家的好。

三个儿子陆陆续续娶了媳妇。刚开始在一个院子里过，儿媳之间偶尔为着什么事当她面吵个架什么的，但碗哪有不磕着锅的时候，她只什么也不说，默默听她们吵完，就出门去了，反而弄得几个儿媳不好意思，以后也就不当着她的面吵。后来分了家，各是各的日子，吵不吵的她也不知道，但逢年过节到她这儿却也和和睦睦的，她也就不去管那些闲事，任她们爱咋咋。

几个女儿也都嫁了不错的人家，偶尔回一趟娘家，带些糖果点心，絮叨絮叨拉些家常，又急匆匆走了。嫁出去的女儿泼出去的水，譬如她自己，除了爹娘生病必须过去照顾，再就很难回一趟老人那里。自己的一个家也有纷纷扰扰的事，真是顾得了这头顾不上那头。

总的说来，这一辈子……唉，如果那个儿子活着，也该有几个孩子了。

罢了，认命吧，这一辈子还能怎样。即便村口那棵老杨树，长了几百年，树干都空心了，娃娃们在里面钻来钻去的，也还不是那样一棵老杨树，难不成能再翻出个啥花样来？

只有家里那个男人，随着年龄的增长，越来越离不开这个女人。尤其忙活一天下来，回家盘腿坐在炕上，衔一袋子烟，看女人在地上忙来忙去，虽不是刚过门时的年轻，漂亮模样也慢慢皱成了一堆，心里却无比的安稳踏实。

他这一辈子没干过什么大事，忙忙碌碌就只为能填饱一家人的肚子，但他知道，没有眼皮底下这个女人，他可能连这样的平常日子都过不好。就像院子里的那台织褐机，她把日子一天一天穿在那上面，一根线一根线那样细细地捋顺拉长，织成又细又密又结实的一块褐布，把扑向这个家的寒冷全都挡在了门外面，她才是这个家的主心骨啊！

这个安静的柔韧的女人。

这个，天底下最普通的女人。

五

女人老了。七十七岁了。背也驼了，腿也弯了，走在路上像一只带壳的老虫子。

"唉，干不动也吃不动了，就等哪天老天爷来收我回去了！"斜坐在炕沿上，她窝着的嘴似乎还在往下陷，脸上的皱纹像墙角吊着的破蜘蛛网。

　　屋子还是那个她初嫁过来的屋子，大炕、沙发、茶几、铁皮炉，被炕洞烟熏暗了的黄泥墙壁，甚至炕沿的炕围子，也还是她二十多岁时在院子那台织褐机上一条线一条线捋顺捋成一个花样织出来的。只不过，这一切都已不是当初的鲜艳颜色，变得遥远而陈旧。

　　这样的陈旧女人如今已不大看得清楚了。常年煤油灯下的熬，加上那些年为殁了的那儿子哭，视力一天比一天坏，所有撞进眼里的东西都像蒙了一层灰色的纱。便是连她自己，也被这层灰色的纱罩着，像一幅孤独的将要被人遗弃的老照片。

　　其实她不应该孤独。如今同小儿子一家住在这个熟门熟路的老院子，其他几个儿孙一到周末也都会过来看看，她算得上老年享福了。但她反而不那么喜欢热闹。她自来就是个安静人，就是到老了，也希望生活安安静静再别翻出什么压不住的浪花来。

　　男人两年前就走了。病着的那几年很折腾，成天地喊着疼。走的那一刻却平静，似乎还长舒了一口气，女人也就显得平静。办事时儿子说，妈你也吃上点，她就吃上点，女儿说，妈你去睡一睡吧，她也就上炕去睡了，五岁的孙女说，奶奶你别挡着我爷爷的小山坡，她就赶紧给让开。她心里有底，男人在他孙女所说的那个小山坡里等着她呢。

　　老了的岁月，女人除了在屋里做些应该做的事，就是在院子里坐着织褐子。小儿子几次要把织褐机拆了，说娘你再别织了，现在褐子已经没用了，何况你眼睛也看不清楚，织出来的更没用。可她坚持留着，并每天要上机织几下。很多老了无用的东西都是从年轻时的有用处走过来的，她舍不得。到这个年龄又成天的没事干，只有将年轻时就用过的东西摸在手里记在心里，才觉得这一辈子很扎实，不似现在眼睛里的模糊不清。

人一辈子多慢啊，回忆起年轻时的日子，觉得那么苦那么难挨。可等一辈子快要结束的时候，又觉得其实也没那么苦，还有很多事想起来都会笑。你看，现在一切不都好了吗，想吃啥吃啥想穿啥穿啥，儿女都有自己的儿女，耳垂也戴上了女儿给买的金耳环。还有手，左右中指各一个戒指。

但手这个东西，即便戴再多的首饰，都不能让它闲着。手一闲，心也就闲了。心一闲，日子也就松垮了。

可不能让日子垮了，以后还有好些日子要过呢。苦也罢，乐也罢，总得让这一辈子完完整整过完，到那头也好向老伴交代。

要知道，这一辈子很快就要过去了。

流

珠

秋深处的光影戏

　　"那时候这地方水多，像你们女人这样的高跟鞋都能踩出一窝水来。"吕爷看了一眼我的鞋说。我将脚往后缩了缩，随之又觉得好笑，别说吕爷家的院子如今已铺上了坚硬的水泥，就是院子外面风一吹都能浮起一层尘浪的黄土路，我细高的鞋跟即使用十倍的力也踩不出一个水窝来。自上游修建起水库，水源这地方的地下水早就没几十年前那么恣意了。

　　然而，相较邻近几个村镇，这里的水依旧丰沛。夏天来的时候，村子放眼皆是绿意葱茏，墨绿叶的玉米排排齐刷刷立在地里，很有江南那样的朦胧水意。如今秋收，农户房前屋后到处晾晒着金黄色的玉米棒，这儿一片，那儿一堆，虽是飒飒地在晒秋，却无形中多了一层炫耀，让那些历来缺水的村子免不了嫉妒。

　　吕爷家的院子里便堆着这样的玉米棒，铺地金灿灿的，像被醉黄的夕阳染了色。院墙后面露着上半身的杨树的叶同样是它秋日的黄，说不清有多少只麻雀藏在那里叽叽喳喳地叫，好像发生了天大的事。天是西北特有的澄净的蓝，像一块色纯且无褶皱的幕布，衬得周围的一切显得格外宁静，农具、鸡舍、牛圈、斑驳的木门、土黄色的墙、桃红色的绣着鸳鸯图案缀着流苏的门帘。

站在玉米堆旁，吕爷打开一个蓝色的棉布包袱，取出十几本据说是从他爷爷那一辈就流传下来的戏本摊开在玉米棒上，并试图用干枯的手将那些卷了角的页面抹平，却怎么都抹不平。年代太久了，乍一看那些戏本倒像一堆腐烂了的即将化成灰的朽物，不单边缘麻婆婆的残破不堪，便是随手翻开的页面上都这儿一片那儿一块似被煤油浸黄甚至熏黑了的污渍，很有些难看地洇在那些略显粗糙的毛边纸上，散发出一种接近霉烂甚而让人有些嫌恶的气息。然而上面的字迹却十分工整，毛笔的楷书一列列纵向排列，显得认真又严谨，旁边还画着很多的红圈，不知是何意。其中一本的扉页从左至右写着几行竖的繁体墨字——"民国卅壹年吉日吕毓生""新漢圖圖全本""百官圖全本"，另有几行细细的钢笔字有些违和地缀在下面——"此书不可（送？）""吕兰生""好好保护"，显然是后加上去的。

"吕兰生"便是吕爷的名讳，"吕毓生"则不知是他的哪一辈，名字十分有古意。据《永昌县志》记载，清河、水源一带的皮影戏自清朝乾隆年间由西安传入，杜家寨人刘成得最早创建了"得盛班"。光绪二十几年，"得盛班"分两班演出，后由刘春林传艺给当地吕、樊两家。所提到的"当地吕"，即吕爷祖辈。

原来的戏本不止这些，"文革"后被吕爷哥哥偷偷卖掉了一些，一个字一个字数着卖的，却是贱卖，没得几个钱。为此吕爷和他哥哥在院子里狠狠地打了一架，直到现在也仍是陌路。祖辈传下来的东西啊，且嘱明了要吕爷好好保护，简直是割了他的心头肉。亦常常地悔自己疏忽，远远看到哥哥便拿眼睛狠狠地剜，随后绕个大圈躲开，却始终没能躲开心里的那层阴影。

包括屋里那一大箱子皮影道具，很大一部分也是祖辈传下来的。吕爷后来便警惕了，箱钥匙穿个皮绳日夜挂在裤腰上，连老婆碰一下都会大斥，吓得她以后再也不往那一处看。是旧时那样朱红色漆面的箱，细细的金线描着牡丹花图样，表层已有许多处剥落，裂开的木纹灰迹斑斑。

吕爷从腰间摸了许久才摸出那把钥匙。他微颤着手打开箱门——八十三岁的人手脚已不那么灵便，却像在开启一个珍藏多年的聚宝盆。亦果真是一个聚宝盆，扑眼一箱子的丁零当啷，拥拥嚷嚷像要冲出箱外，让人一时间有些眼花。吕爷忍不住得意，说话的声调都止不住地飞："这可是皮影的全副家当啊，整个村子都没这么齐全的。"我们立刻表示吃惊，心里亦早已知道，村子包括邻村成为这样"箱主"的人并不多，因着不单能雕刻皮影并上场耍弄几下，还能完整组织起一大帮子人吹拉弹唱演，那阵仗可不是随便什么人都能弄起的。

"可惜现在不行喽，现在又是电视又是手机的，没多少人看这个了。"吕爷顿时又失落，语调也转而黯然。他将最上层铺着的那些乐器一件一件小心翼翼地拿出来，鼓、锣、钵、板胡，还有一束挑皮影的竹签，依次摆放在院子的水泥空地上，整个院子便立时荡动起鼓锣钵的回响，"咚锵咚锵咚咚锵……"想从前，一听到这样的锣鼓声，无论婚丧嫁娶，还是祈愿祝福，全村的大人小孩都会赶集一样笑盈盈地抢了来，肩推着肩，脚碰着脚，连草垛上都缀着一串又一串黑乌乌的脑袋，端的是那样一个热闹。而现在，偌大个村子除了像吕爷这样老得走不出去的人，再就是杨树上那些聒噪的麻雀，以及圈里那些呆头呆脑只知道吃食的牛羊鸡，想要弄起从前那样一个热闹场面，简直比手里强攥住一把沙子还要难。常常地，当吕爷一个人孤零零走在村子里，便觉得这世界已变得让他反应不过来，他这个难得的箱主真的是老了旧了，再也不会有人需要他并想起他了。

那顺次摆了一地的锣鼓器乐也显出苍老，铜色暗哑，鼓面磨损，且各种的陈迹斑斑，若不经意碰出一点声音，便幽幽的像从地深处传来。但鼓锣这些东西不怕老，越老声音越透越纯厚越显得行当，像坛存百年的老酒，只一口便可引出它的悠长余味。但那一面鼓，今年"四月八"庙会演出时，被同行当的一个老婆子偷梁换柱成了一面粗糙的劣鼓，害得吕爷颠着老身子几次前去追问，无奈那老婆子死活不承认，非说吕爷栽赃，拿去那鼓不是她的，后来索性连人影都躲着不见了。吕爷只得郁郁地拿回来，看一眼气一眼，几天了吃不进去饭。有一次孙子当他面拿出来玩，将那鼓"砰砰砰"敲出闷而短促的声音，像裹了一层厚厚的布，气得吕爷当头便把那最喜欢的孙子大骂了一顿，心上则一下比一下锥了似的痛。

"那个老婆子啊，真是坏了良心！"吕爷摇摇头继续骂，像往水坑里砸石头，每个字都能狠出一个涡。然而有什么办法，日子一天一天往前，光阴一寸一寸往后，很多过去的好东西都在一点一点遗失，就像水源这地方的地下水，一丝一丝渗入时间的狭缝里，要想用脚再踩出一个水窝来，竟好比是登天了。

箱中间一层放着的是皮影，亦算得上整个皮影戏的灵魂。依旧有一部分是祖上传下来的，因着制作它的牛皮经年不坏，除了上面沾着污渍，像常年腐在陈泥里，不似最初的光鲜亮丽，依旧是过去烛影摇红的老样子。吕爷小心翼翼地拿出一棵树的皮样，冲着门口透进来的光亮看，只见那树的样子像土黄枝干上一团团绿色的云，浓处墨一般的浓，淡处羽一般的淡，每一团都是自己的方向自己的意思，格外有那么一种姿态。吕爷的声调随之兴奋起来："看看这树，多攒劲啊，就像真的一样。"于是那树果真就看起来攒劲，团团绿绿的像是在天上飘。又拿起一个"帅"字旗，滴里嘟噜一长串，边角插着三角旗，花里胡哨像过年悬挂在县城路边上的彩灯笼。"这可是皇上出场前的声势，招展开来，威风得很！"这样说着，"帅"字旗已在他手中呼呼地晃起了风。

接着又看抬轿子、花头虎、孔雀等，以及吕爷正刻着的一些。

其实，按吕爷这岁数，他大可不必非要去刻皮影，箱里那些存货足够他这个省级非遗传承人在逢年过节需要时弄出几场子戏，也是在这新鲜得让人眼花缭乱的年代把一些旧的、人们还存些怀念之意的东西传承下去的意思。可到了这猪嫌狗不爱的年龄，除日常的吃喝拉撒以及帮儿子喂个牛羊鸡之类，他实在没能力也不知道再能干点啥。最起码，刻皮影让他觉得自己还与村里那些"等死队"的老汉们不一样，还有着别人对他的某种需要，而且每天有了这样固定的事情干，日子不会空荡荡地难挨。

再说了，刻皮影这活还真不是随便什么人都能干的。前期的选皮制皮倒不十分难，只稍微勤快点，将精选的两三年的牛皮用三天时间泡水软化，剔去其上残留的肉末，继续水泡三天后刮去皮上的毛，再揉上一天，便可以在上面画样稿并进行雕刻，而这画样稿及雕刻才是整个皮影制作过程中最难也是最为关键的环节。皮坯上要勾勒出生旦净末丑、腾龙、游凤、孔雀、抬轿、褶褶儿、花花儿等各种纷繁复杂的图案，虽有祖辈传下来的样谱坐底，但仍需一定的美术功底，要勾得形神兼备且线条均匀流畅。方木盒里那一排十多支长短不一、偏锋不同的刻刀，落在又韧又硬的牛皮上，几乎全身的力气都得使上。一个皮影至少要刻一千多刀甚至三千余刀，那么多细细密密的线条，圆了、直了、曲了，稍不慎刀就会滑线。线条用虚还是实，阴刻还是阳刻，暗线还是绘线，也都得分分寸寸毫无差池。譬如吕爷手底下正刻着的这个包公头，前期悉心画出的大黑脸，要白色眼眶显出他的忠良正义，就得用阳刻；眼眶内上下两根细长的蝌蚪形状的黑色眼线，那"细长"就得用刀像鱼一样游走出柔中带刚的弧线，若手中的刀游走得不够稳当，或是思想抛锚，都很容易将那"细长"刻断，前功尽弃。文头包（文官或书生的头）、武头包（武官或蛮汉子的头），正面角色要五分面，显得威严端庄；反面角色要七分面，要他的丑头陋怪。人整个的身体，头要多大，身子要多宽，手脚要多长，都得按比例分段画出样稿然后悉心地一笔一笔刻出来。总之，一张看似简单的皮影，光是刻就得花四五天的时间，更不要说后期的叠次上色，硬是把一个粗粗拉拉的西北大男人磨成了比水还要柔的性子——吕爷的性子即是这样的柔，说话慢慢的，像一边还在想着什么心事，走路缓缓的，生怕踩着路上的一只蚂蚁，坐在桌前刻皮影时则更是一副淡定从容姿态，似乎天大的事在他那里都会悠悠地弭了音，然后归于平静。

实在是经历太多，把年轻时打架的性子磨得像砂纸打平了的一块细木板，没了一点起伏。想小时候为着吃饱肚子，每日里披星戴月跟着爷爷父亲在村内村外的黄土路上奔命。最初是到农户家里去演，他只是个小跑堂，帮着撑杆子递东西，跑前跑后腿都跑得像细树枝一样支撑不起身子。一场戏下来也不过换几斗粮食，全家几天能吃个饱饭。何况那时候人人家里穷，能请得起戏班子的农户人家毕竟少，没戏演的当儿就没有饭吃，饿得没招就和兄弟几个到附近一步一脚灰的荒滩上抖沙米粒吃。沙米是什么？戈壁滩长着的那种叫沙柴的浑身长满干枝利刺的植物，开着小小的几乎看不见的花，结出针尖那样大小的米粒，采摘时很容易落在沙子里找不到，就得在地上先铺上一层草纸，用手抓着利刺枝使劲晃使劲地拨拉，让那些肉眼看着都费劲的沙米一粒一粒落在草纸上。虽一天下来最多采到一手捧那样，却好过嘴里死枯枯的什么都没有。只是那手受罪，被沙柴上的刺扎得血丝呼啦没一处完整，十多天都化脓好不了。回想那时候的艰难，心上像紧着一根细细的橡皮筋，勒得脑袋都要发疼。

待把皮影的全套武功学满，可以自己弄一个戏班子挣点零用钱了，又逢"文革"，不单皮影演不了，还得把所有家当无条件上交。全村四五家耍皮影戏的，集起来那么多的戏本啊皮影啊鼓啊锣，堆在村头麦场上像远处祁连山冒出的一个顶，燃起的火苗比树还要高，牛皮烧出的味儿能把人熏晕过去。还有一些戏本子，被拿去村上的中药铺一页一页撕了包药，等药熬好了，那些老祖宗当宝贝一样留下来的东西也一并进了炉膛里当了火，让人一想起便心惊肉跳，像自己也被架在炉火上烤。

"唉，人简直得魔怔了！"吕爷忍不住长叹一口气，继而紧紧地抿住嘴，脸上的皱纹蹙成了一疙瘩。

"那你的戏本还有皮影怎么还留了这么多？"我好奇地问，也为着转移吕爷情绪上的低落。吕爷这才又高兴起来："那是我聪明啊，主动上交了一部分，另一部分藏在西屋炕洞里，那些人想都想不到那里。"

"只是那年冬天可把人冻坏了，炕不敢烧，全屋就一个铁皮炉子，把家里人冻得感冒了又感冒，手上脚上一个冬天都是冻疮，没容易熬过来。"说着，吕爷身子不由得颤了一下，好像当年那样的冷一直藏在身体的隐蔽处，这天终于有机会抖了出来。

他又朝箱子的最底层翻。

最底层是亮子，还有牛皮纸包起的文头包、武头包这些。要说那老箱子可真是深，吕爷几乎整个身子都钻进去那样地往外掏。

"亮子"便是皮影戏里的影窗，两米宽四米多长的一张旧白布，蓝布镶了边，上边横缀着桃红色流苏的垂饰，像过年门楣上挂起的喜洋洋的剪纸花。这就好比写意用的宣纸，胡麻或菜籽油燃起的灯幽而不黯暖暖地在影窗上笼着，由人用几根细木杆挑着皮影或站，或坐，翻跟头，打架，磕头作揖，远处是山，天上飞鸟，加上本身花花绿绿的色，虽影影绰绰的不甚清晰，却活灵活现像另一个世界里的梦，很是逗引人。文头包、武头包，同一场戏里用不同的人，不同的戏换头不换身仍是不同的人，如此两个包翻来覆去可演到七八十出戏，简直一个花样年华。可惜吕爷现如今已记不得太多戏，一是人老容易健忘，二者也没那么多机会演，只每年按有关部门要求应景地演上一两回，四五出戏便到了头。

怎么说呢，如今这时代同从前那时候简直像换了个天，以至于吕爷时常感到恍惚，觉得那时候也好也快乐着呢，但这时候似乎又更好，吃得饱穿得暖心情也不错。就是眼看从小与自己如影随形的皮影很快就像要没影了的样子，心里有些莫名的惆怅，觉得自己把什么东西给弄丢了，又想不明白究竟丢了什么，只好强迫自己将这惆怅当多余，当吃饱了撑的，你说这好端端日子不好好过下去难道还想回到过去的穷日子不成？

这样翻着想着的时候已是晌午了，吕爷的老伴开始准备午饭。她几乎是个沉默的女人，初见时只浅浅笑一下，随后略胖的身子在院子里忙忙碌碌穿来穿去，并两次问吕爷肉冻着还没化怎么办。吕爷不抬头，两次都甩出同样一句："那就想办法化！"于是老伴也就不再说什么，继续在屋里院子里穿来穿去地忙，偶尔朝我们这边看一眼。旁边有人问吕爷："您老伴为啥不跟您学皮影啊？"吕爷便趁老伴又从屋里出来时朝她大喝一句："喂，听到没，问你怎么不跟我学皮影子。"那老伴一时没能明白，呆愣在那里不知说什么好，待明白过来，便又嘿嘿地笑。吕爷也笑，说："我倒是想让她学，可那人猪笨猪笨的，学不会。"老伴听了，也不作声，兀自颠颠地又进了屋。

晌午饭做好了。没见老伴嘴上挂了两次的肉。只一锅白泱泱的汤面条，水源人叫中面条，一盘碧绿的凉拌黄瓜。黄瓜应该是专为我们准备的，水灵灵像刚从藤上摘下来，吕爷一家都不往里伸筷子。他小儿媳有性格，早晨出门时不看人，也不说话，涩得像一张生柿子皮，午饭亦只低了头呼噜噜地自顾吃。儿子话倒多，却全部心思都在他的蔬菜大棚上，黄瓜、西红柿、茄子、芹菜，还有刚从棚里摘下来的绿油油的小西瓜。他如今正在申报皮影戏市级传承人，以期将吕爷的绝活接传下去，吕爷也很寄希望于他。但地里农活加上经营着的两个蔬菜大棚，整日里忙得连气都喘不过来，根本就没时间专门去学。到如今，除了能临时帮父亲组织一下演出，搭个台子什么的，他连个完整的皮影都刻不出，更不要说吹拉弹唱那些。扯开了讲，倘若他父亲是皮影戏长河里的一滴水，那他不过是一个淡水印子，若再不润点水进去，随了时间的推移，怕是连那淡的印子都会消失无踪。

吕爷这滴水亦在日月里逐渐地淡。他家世代皮影箱主，按理早该是声名鹊起，然而问起周围一些人，知道的竟寥寥。倒是前阵子兰州职业技术学院传媒专业的一个老师带了几个学生来找他，说要做关于皮影艺人的专题片。那师生四人在附近镇子上连住了三天，每日天不亮便赶来，拍他起床、刷牙、洗脸、吃饭、走路、上房、喂羊、刻皮影，连他感冒去乡上卫生所输液也都跟前跟后四台摄像机围了拍，搞得他走路都不会甩腿了。"你说谁人不刷牙洗脸吃饭啊，连这些个吃喝拉撒都要拍，不知人家那纪录片到底想要讲啥。"吕爷像是在抱怨，脸上却掩饰不住地开心。祖辈留下的这些东西，虽已过了时，至少还有一些年轻人记得并愿意用这样高科技的方式记录下来。若干年后，倘若他儿子做不了提线传承人，他和他的皮影肯定还在另一处留着，还有一些人能通过另一种方式看得到。

只是，那师生四人拍完后，至今尚未传得一些消息。也不知道在那部专题片里，吕爷会是一个什么样子。

能是一个什么样子呢？不过是西北农村再普通不过的一个男人。为着吃饱肚子学会了皮影，却仍免不了在特殊时期挨饿受冻。也快乐，也忧伤。也烦恼，也向往。喝酒，打架。娶妻养子，侍奉老人。认认真真种地，热热闹闹演戏。直到有一天，皮影一样地消失在人们的视线里。

人这一辈子，大都不过如此。

所不同的是，每天，当太阳从东边缓缓升起，照入院子的西北角，全村就只有这个普通的，已经老了的男人从西屋搬出一张不知用了多少年的古旧的小木桌，开始了他一天最要紧的事——刻皮影。那个时候，阳光暖暖地在院子里一点点铺开，窗台、地上到处都是晒干了的黄澄澄的玉米棒，屋子外墙的白色瓷砖闪着莹莹的光。东侧，饲养家畜堆放草料的那个偏院，间或传来几声悠闲的羊叫或是鸡叫。院门口另一株老杨树，另一群麻雀在上面喳喳地叫。吕爷戴着他的老花镜，身着农村老人惯常见的藏蓝色衣服，静静地坐在院子西北角那一处橙色的阳光里，话不多说，目不斜视，全身心沉浸在皮影雕刻中，像油画调子里最深的那一处色，既醒目又显得凝重，当真是西北秋天里的一幅好景致。

王爷

"今儿个呢，王爷？"晚饭毕，眼看着王爷已跨出饭馆门，戏班子几个人赶紧起身，用手胡乱抹几下嘴，追了出去。

"排戏！"王爷的回答像往地上砸一块大石头。他拖着并不灵便的腿，头也不回地径自往排练厅走去。

几人不再吭声，递个眼色，努了努嘴，跟着往前走。——王爷今天气性大着呢，惹不得！逛庙会的那念头还是待明天再说吧。

王爷平素不这样，今天像一块生冷的铁，实在是被气着了。中午从他家往车上装那些木偶时，一个搬东西的人毛手毛脚，把铁架子一角直直压在了一个木偶身上，心疼得王爷一个大步跨上去，把那铁架子哗啦一下就推开了，叫旁边的人着实一惊：他几乎是歪着身子跨上前去的，若不小心摔着，八十三岁的人了怎能经得起。

那木偶没多大事，只脸上被新漆过的铁架子剐蹭了一些漆渍上去，王爷的脸却变成了猪肝色，一边嘴里咕咕叨叨骂起来，一边从口袋掏出平日里擦嘴用的手帕，沾了些唾沫，使劲在那木偶脸上擦。见擦不干净，又从口袋里掏出一个小刀（不知道还能掏出啥来），把着力度轻轻地刮，那漆渍竟然就被刮掉了。

木偶脸上本来的漆色却完好，小刀的利刃对它竟毫无损伤。王爷将眼睛几乎贴在那木偶脸上刮那些新蹭上的铁漆时，犹如从瓷器表面刮下一些将干的泥渍。

"王爷当年可是清河农中出了名的油油匠，他油过的东西，那色漆是长在上面一辈子都不会掉的。"旁边一个人显然有些夸张，但从他的语气里，不难看出他对王爷是打心眼里佩服的。

油油匠？我有些疑惑地看着前面一步拖一步走着的王爷（前些年他骑自行车摔倒，右腿骨折做了手术），他原来不是学校的炊事员吗？

"不仅是炊事员，他还是学校的修理工、理发师、养驴的、清理厕所的、垦荒种田的……"那人又说。

王爷回头看了我一眼，瘦削的脸上，那双深陷在眼眶里的眼睛既淡然又显得固执。

他听到了我们在议论他。

我朝他笑了笑。王爷自小生活的清河那地方，水多土肥，滋润得人多有灵气。

众多人七嘴八舌商量了很久才开始排练。王爷是领头，但他不怎么多说话，等别人商量差不多了，问王爷：行不行？王爷仍是淡然地丢出一句：先排吧！

就先排了，《朱春登哭坟》。

尊一声年迈的母

你阴魂来听

天不幸

我的父早已命丧

娘为儿守寡居孤若伶仃

娘为儿顾不得雪积霜冻

娘为儿顾不得烈日烘烘

娘为儿忍饥渴犹如染病

娘为儿日夜里坐卧不宁

养育恩比天还高更比地厚

娘啊比泰山还要重，老娘啊

……

　　一个胖大的女子负责须生的苦音腔 —— 她不是这戏班子的人，王爷在小区花园闲耍木偶时遇到，觉得她唱花脸行，嗓音姿态都有那个范，就让她跟了来 —— 王爷自己肘木偶。唱的是朱春登代叔从军，立功，封侯归省，杀宋成，听朱婶谎言母妻已故，痛去坟台哭祭……至悲愤处，只见王爷手中那一身孝衣的"朱春登"浑身颤抖，黑色长髯被长袖撩起又抛下撩起又抛下，帽翅随着脸的颤动不停地振来振去，那情形仿佛世上所有的苦都被那朱春登此时一个人受着了。

看着王爷举八字步忽前忽后、那木偶忽侧目掩泪忽正颜怒斥，我浑身的血都在呼呼地往上涌，差一点儿眼泪就流出来。不单是王爷那一身肘木偶"手、眼、身、法、步"的功夫惊人，关键那木偶表现出的悲愤模样，竟比真人哭在眼前还让人揪心。

能将木偶肘到如此形神兼备，整个戏班子里也只有王爷。他最常说的一句话是：别把木偶当木偶，既然肘在你手上，就得连着你的身体人的心，你怎么想它怎么想，它怎么想你就得怎么想。他是把整个身心都化在这木偶里了。

我于是很怀疑王爷表演朱春登那个角色时，是不是也下意识将自己的心渡到了那角色身上。不过，他的痛不是儿失慈娘的悲痛，而是父失孝子——在王爷近七十岁时，二儿子一次醉酒，便再也没有醒来。

朱春登直哭得昏迷不醒

要相逢除非是南柯梦中

······

那日，王爷没有哭得"昏迷不醒"。甚至，在外人面前他似乎并没流多少眼泪。七十多岁的人了，眼泪像他的身体一样早就干枯了。或者，是倒流回他的身体里，涨得他身体难受却没有倾泻的缺口，只好一直那样涨着。

他一头扎进他的木偶里，除了必须，一天都难得说一句话。

他的眼窝也愈加深陷像两个黑洞，颧骨高高地凸起，仿佛一伸手都能从那骨上抓下一嘟噜的皱皮来。

他是要借朱春登把这哀苦哭出来吧，浑身颤抖，黑色长髯被长袖撩起又抛下撩起又抛下，帽翅随着脸的颤动上下振来振去……

排完《朱春登哭坟》，王爷坐在排练厅正前方的低台上休息。他显得有些疲惫，恹恹的，整个身子塌下去，鼻尖上全都是汗。

排练厅的低台是用红色地毯铺了面的，并不大，但因着王爷瘦，又是坐着，所以那低台仿佛在他身后空而寂寥地延伸了一大片过去。

他抽出一根烟点燃，眼睛盯着前方不知何处，像是陷入了沉思。

烟雾在王爷身边缭绕开来。

戏班子其他人正在排练下一个节目，他们在王爷面前大声地舞大声地唱，显得异常热闹。王爷坐在那里，整个人似乎越来越小，越来越小，像要消弭在过去的时光里。

过去时里的王爷究竟是个什么样子呢？

有人说，过去时光里的王爷是高而壮的。他年轻。他精力十足。他做那人说的，"不仅是炊事员，他还是学校的修理工、理发师、养驴的、清理厕所的、垦荒种田的……"

还有人说，过去时光里的王爷做那些，完全是为了能拿上国家的铁饭碗。他一个农民，不那样累死累活地干，怎么可能吃上公家饭？

王爷后来果真就拿上了国家的铁饭碗。学区七十多名临时工，就他一个人转了正。

就他一个人。

很多人心里都不舒服，说来说去的很长一段时间，之后又都闭了口。试问一下，别人除过自己的工作，去淘厕所把自己弄得臭烘烘连老婆孩子都不愿近身了？去牵着驴顶着毒日头口干舌燥满山沟地给它找吃的去了？还是在假期本该休息时一个人寡兮兮地在学校修理那些被淘气孩子损坏的课桌？还是给同事和村里人的家具义务上油漆，给学校充大工修理房子，当农工苦呛呛地去垦荒田了？

天晓得，这些事别人除过自己的工作会不会干。一天下来，人都累成个瘫人儿，连老婆把洗脚水端到跟前都懒得把脚伸到盆子里。

就他一个人——王爷，默不作声地干了。

他干得极好，学校同事还有村里人后来常常提起他。

他也愿意干得好，你说人这一辈子谁不想过好日子！

他只是从不多说什么。

说那么多干吗？别人爱怎么说怎么说去，这个世界谁能懂得谁。

就即便是老天爷也不懂。不然怎么会让王爷四十三岁就生病做手术伤元气，不得不离开他辛苦得来的正式工作，病退在家呢。

老天爷还亲眼看到王爷拿到那张转正通知后，喜极而泣，一个人跑到后山上坐了整整一下午。

老天爷……

算了，不提了，还是回到王爷的现在吧。过去了的，好坏都已经过去了，人得看着前面的路走。人家老天爷要这样，难不成你砸他一个窟窿？

抽完一根烟，王爷又走进了排练的戏班子人群里。

这会儿排练的是演出刚开场的武戏。要几个武将依次上台各舞一段，显出开场的气势足，人爱看。

武戏自然就热闹些，武将们负旌旗持锋刀，八字步一步高过一步，铿锵铿锵铿锵锵。伴乐的那几个老头秃头皱脸的，手底下忙着拉胡打鼓，头也跟着不停地晃，恣意得很！

这当是王爷小时候最喜欢看的戏了。男孩子嘛，喜欢打打杀杀的。

犹记得小时候，一个陕西的木偶戏班子来王爷他们村演出，正是台上那些武将如此这般"铿锵铿锵铿锵锵"的，简直把他的魂都给勾去了，晚上做梦都是那些木偶的影子。

你说天底下竟有这么好玩的东西，无须自个儿露面（王爷小时候虽淘气，人面前却是那样的羞涩），只幕后把那些个花花绿绿的木偶肘在手上，张飞李逵关云长，想怎样就怎样，稀里哗啦猛打一气，实在是太合着小时候的王爷那颗心了，恨不能直接跟着那戏班子就上台去。

但他的父母反对他爱这个。在众人眼里，那是低一等的戏子才干的活，就是做个农民种田养猪，也比像他们那样四处奔波还不定能吃上一口饭的强。他父母似乎后来也略略有些后悔。事实上这样的民间艺人，凭一身技艺，除了可以吃饱肚子穿暖衣，还少些农民种田的苦。谁知道儿子生那场大病是不是因着之前为一大家子太苦太累把自己身体给搞垮了，早知还不如让他去当这样的戏子呢。

所幸的是，王爷小时候那个上台的木偶梦在四十三岁后生活逐渐稳定时被启封了。病退后，除了按月领取不多一点的病退工资，种好父母老婆孩子那一点耕地，其他时候也实在是没什么事可干。活脱了半辈子的人，即便病了身体不如从前，精神上也没那么容易就空下来。

是被其时陕西来的又一个戏班子启封的。说来这似乎应当和那戏班子里一名女子有那么一点关系。那个女子也胖大（同他这次找来的那个胖大的女子竟有些相像，有命里注定却已然隔世的意思），秦腔的唱音既宏阔还自带扩音效果，能将那木偶像他现在这样耍得活灵活现跟个真人儿似的。甚至，她连在台下的一举手一投足都满满地带着一股子戏派，简直迷住了其时四十多岁的王爷。

王爷开始追着那戏班子还有那女子台前台后地看，并对那些明里暗里嘲笑他四十多岁还在他们面前晃来晃去的人，尽可能表现出无动于衷。一直晃到一个月后他们走了，王爷对木偶的制作以及基本的演出也掌握得差不多了。

那女子自然也走了。王爷对她的痴迷她不知道。王爷也从没想过让她知道。王爷有自己的老婆，漂亮、贤惠，且在村里出了名的心好。几十年苦了累了她都不离不弃地相跟着，王爷怎能生出其他妄念。那戏班子女子，他不过是被她一身的戏气暂时给迷住了，待那"暂时"一过，除生活中多了木偶牵绊他，日子还是原来踏踏实实的日子。要不别人怎么总说，王爷这人，年轻时长得俊，又那么能干那么能守得家，他媳妇简直是得着大便宜了。

这话王爷听在耳朵里很多次。他不言语，只笑笑。一个女人，不嫌自己淘厕所身上臭，不嫌公婆病了她用瘦弱的身子独自拖架子车送到十几公里远的镇卫生站，更不嫌他病退后不另想办法多挣点钱成天务弄这些个没用的，应该算是王爷他自己得着了大便宜，这样的女人如今到哪里找、谁又能替代得了呢？

人不能太贪心的。

这次演出他老婆没像往常一样因担心他而相跟上来。老太太把一只蚊子打死在厨房窗户上，看着脏，就上灶台擦，结果下不来了，喊王爷，王爷在另一端屋子做木偶，太专心，没听到，老太太只好自己跳下来，就崴了脚。这些天被他大儿子在城里的楼房里照顾着。每天，王爷打电话过去问问情况。

演出计划是两场。县文化馆给他们包了酒店住、饭馆吃。早晨晚上搞传习，下午到四月八庙会临时搭建的舞台上演出。说传习其实就是排练。传习的是他，被传习的是戏班子这些人。都绕不开同村的这些人这些事。事实上，直到后来他进城了，仍是想着他那个村，那些村子里的人。他甚至主意坚定，搞木偶的非遗传承，也要传给他那地方的人，好似血脉相连，代代连下去。

"不知道明天天气怎样，每年的四月八都要下雨，那台子可是露天的！"我有些担心地说。要是因天气缘故这两日都演不了，一班子人也就白来了，王爷新做的打算初次露面的七十个木偶中的那四十个，就只能等下一次不知道什么时候才能露面。实际上，这一次也可能是王爷最后一次带戏班子演出，年龄太大了，出了事谁也担不起。

王爷没有应我的话。他拖着步子，面无表情地在木偶中间穿来穿去，替这个捋捋胡须，替那个正正衣襟，眼睛一丝儿都不肯离开它们。我不知道他心里怎么想。他应该比我更担忧这句话。他其实早就期待这些新木偶能面世了。你看看，它们一个个多光鲜多漂亮，"等到了台上，那灯光一打，那脸面亮光光的，凤冠帽子'哗哗哗'，红是红的颜色绿是绿的姿态，简直就好看得不得了！"王爷说这话的时候，眼睛里亮亮的。

在台上看不到的是，它们的漂亮和光鲜，王爷黑天白日地不知熬了多少心力进去。这个满脸堆笑的公主，头戴的凤冠霞帔是他从杂货市场买来的头箍、珠子、绣花的布，一针一线缝缀起来的；那个黑脸包公，身上的官袍是他扯了彩缎在二女儿家里的缝纫机上"踢踏踢踏"一脚一脚踏出来的；美猴王脸上那浓密的棕红色髯，是他费了很多口舌才从那个马贩子手里讨来了马鬃，又小心翼翼漂过色后一根一根细细地粘上去的；还有那个大额亮面笑呵呵的老寿星，当初塑它那个头型时一时竟不知道该怎么塑，直到一天夜里他做了个梦，梦里出现了这样寿星的头的模样，于是大冬天半夜起来衣服都未及多披一件，赶紧按那模样捏了出来。为此，他重感冒好多天，折腾到住进医院，还差点留了后疾。

整整三年时间啊，他就跟自己赌了气似的没日没夜地做。不停地修不停地改，不停地皱了眉头苦苦地想，以至于那么好性情的老婆都免不了心疼他的老身子骨，怕太累了熬不住，又恼火他心里全是木偶，自己一个老太婆在家里简直成了多余。

眼看着他腿脚越发不灵便了，仍每天不是盯着那木偶琢磨，就是忙忙叨叨跑去外面采购那些零七碎八，老婆子一改往日的好性情，紧蹙着眉在他旁边一遍又一遍地唠叨："我说你就别做了，我就一天破烦着，破烦死了！"

王爷照例不言语，也不像西北这边的大男子主义会狠狠地剜自己老婆一眼。该干啥他还继续干啥，听到了也像是没听到。这么多年了，除了小时候听父母话不让他务弄木偶，谁曾改变过他想要做的事？根本就是一根筋！

　　看他装聋，老婆子只得长叹一口气，索性闭上眼，双手在脸上使劲地揉搓，好似要搓掉那担心和烦忧，或直接看它不见，但最后还是忍不住狠狠丢出一句："别人说你是神经病呢，吃饱了撑的！"

　　王爷有时候也觉得累，偶尔也会觉得没有意义。从前那些人，是靠着这个养家糊口，外出演几场，家里一月的口粮差不多就够了。而他，则只一味地往外掏，要买衣料，买头饰，买色漆，买这买那，眼瞅着这些东西越来越贵，他每月涨至两千元的退休工资除了老两口日常吃用，剩下的全部投进去都还不够，真格像别人说的，就是个神经病。

　　然而不做又怎么可能？小时候那个来他村子演出的戏班子，在他心里都已酵了三十多年，早该出来透透气了。中年遇到的那个胖大女子，如今竟鬼使神差地换了个模样来到他的身边，简直就是来宽他心的。到现在，人已老得不成样子了，却每天看不到木偶连梦都做不好，心里无着无落的。这一切，难道不是命运给他置办的人生吗？

　　在这样的人生里，他遇到过数不清的形形色色的面孔，善良的，狡诈的，敦厚的，心机的，还有阴阳两面的，都无一例外在他的木偶戏里活脱脱地搬演过。他要木偶要得活灵活现，叫别人看得那么过瘾，而自己也正像木偶那样被生活中那些看不见的手摆弄过来摆弄过去，无论好坏都得受着。苦时"身上无衣又无盖，我冷冷清清，清清冷冷饿难挨"（《苏武牧羊》唱词），喜时"满园花儿齐开放，绿树荫浓细草长"（《火焰驹·表花》唱词），人这一辈子啊，各种滋味都得尝都得受，虽然回头也不过是烟花一瞬，"哗"地就散了。

……夜深了，明天演出的戏已排练就绪，戏班子的人一个一个接连打起了哈欠。王爷心里似乎也踏实了很多。他让那些人先回宾馆休息，自己留在那里修复一个不小心又伤着的木偶。

排练厅顿时安静了下来。王爷将厅内其他的灯都熄灭，只留低台上端的那盏灯亮着，一个人坐在那里。黑夜幽深，那灯光打在他身上，就像舞台上一束追灯，将他整个人塑成了一尊雕塑。那雕塑，他有一张苍老而固执的脸，时光的痕迹在其上游弋起伏，有柔软有凌厉。那雕塑，他与手中的木偶持久地对视着，彼此的目光里充满了深情，却无不让人感受到一种历经百世的安详和宁静。

"明天，明天让它是个好天气吧，"低台上端的那盏灯替王爷在心里默默地说，"这些新木偶定要让它们露个面的。老了，真的再做不动了。谁知道哪一天，人就悄悄走了呢。"

"走了以后，那些个喜啊，忧啊，苦啊，乐啊，就都烟消云散了。一辈子，也就过去了。"王爷这样想着的时候，内心很平静。

他就那样一直坐着。

窗外，不知何时下起了雨，噼噼啪啪打得窗玻璃响，让人为着明天陡生出一种焦忧。王爷却兀自轻轻地笑了。这地方的天气，凡前夜下雨或者大风，次日惯常都会是晴的。

这么说，明天一定会是个晴天？

当然会。

节子飞舞

赵定庄原来不叫赵定庄。

赵定庄原来什么也不叫，它只是祁连山脚的一棵沙枣树、一株红柳或者一墩芨芨草，因为只它们耐旱可以在西北无边的荒寂中存活下来。大概哪只飞鸟经过时扇了扇翅膀，掉下来一粒种子，逢着不多的一点雨发了芽，长了枝，散了叶，开了花，结了果，被寻荒的人远远看到追了来，以为这地方有草有树必有水，而只要有水人就能够活下来，便从此落地生根，长成了这样一个村庄。

那寻荒之人恰是姓赵。

赵定庄还曾叫过赵家庄。那寻荒人后来成为高古城军营里的一位士兵，他将家眷安顿于附近一处，自己随军征战，在一个叫平羌口的地方多次打退羌族人侵犯，且后来再也没回来。幸而还有他的子孙，像掉落赵定庄的那粒种子，在那里长了枝，散了叶，开了花，结了果，渐成一棵枝叶繁茂的大树，于是将那地方起名为赵家庄。解放前，一段时期社会治安不好，有人抢劫村庄，将赵家人抢的抢杀的杀，撵来撵去又迁了几处，最终才在现在这地方长久安顿下来，遂将村子命名为赵定庄，取安定祥和之意。村里最初清一色赵姓，随后来了王姓，王姓是地主家，在赵家人穷得叮当响的时候将赵家人的土地买了去，由他家外来的刘姓或其他姓的长工们耕种，久而久之，姓氏便没那么清一色了。

赵定庄的节子舞却域外独一枝，无论怎样的世事颠簸，都毫无偏移地生长到现在，且早已是花开在外了。

想象一下，足球场那样宽敞地，数百人身着锦绣黄绸衣，头戴绒珠霸王盔，手持二尺四寸长（一年的二十四节气）的节子（木棒），变阵齐舞，鼓乐喧天，并伴有呐喊声正威，那一种排山倒海的气势，足可以比那"城头铁鼓声犹震，匣里金刀血未干"，而节子舞恰是当年从高古城军营里流传出来的一种作战阵数。

是当年军营里那位赵姓士兵的功劳。当初，他不过一时起兴，将军营里一种类似刀剑枪棍的短兵器及相应作战阵数教给他家族的几个男子，以防外敌侵犯并强身健体，不料代代相传到无需打仗时，竟成了赵定庄人娱乐身心的一种民间舞蹈。若那男子泉下有知，定要高兴得再耍它一次。

节子拿在手里是木棒材质的轻，力气大些的彪汉当了竹筷也足够，也不知当初怎样作兵器又怎样抵御敌兵侵犯，但赵定庄如今年近七十的赵爷却将它比作尉迟恭手中的警鞭，并立时宝贝一样地从柜子里取出来，在他那土炕占了半间屋、柜子裂了漆油皮的老房子里上上下下耍弄起来，节子里还发出"嚓嚓嚓"的响声，很为悦心。

如此还不过瘾，赵爷又跑到他宽敞整洁的院子里大展声势，由那响声伴着他击、劈、砍、搏、回旋等开合有致、铿锵有力的行武动作，结合"串花子""虎抱头""打四门"等套路，亦舞亦武，刚柔相济，竟打出一种格外的粗犷，原本寂静的赵定庄顿时生动如盛世年景，旁观者也禁不住跟着舞起来，院子里笑声一片。

节子里那"嚓嚓嚓"的响声是有来源的。不像现在的鼓锣齐鸣喧天哗地，旧时的赵定庄人太穷了，穷到逢年过节取个乐都找不出一件能发出声响的器乐。不知赵姓士兵之后的哪一个聪明人，突发奇想在节子里匀距掏了四个小孔（一年的四季），每孔拴了三枚麻钱（铜钱；一季三个月），竟意外得到一种声势上的威武和律动，简直称得上惊天之作。

为增加氛围，赵定庄人还在节子两端各绑了红绿绸缎，以红绸喻太阳，绿绸喻月亮，同十二枚麻钱寓意的十二个月一起，将日月天地通通寄予那一段小小的木质节子中，逢节或是逢闲恣意舞动那么几下，便平素所有的辛劳都瞬间得以消散，浸透在日子里的苦也就没那么难熬了。

"人啊，一节节一节节过去不容易呢！"赵爷轻叹。他是节子舞的非遗传承人，也是赵定庄的"江南七怪"之一。

何为"七怪"？眼睛不行，腿子不行，腰节骨不行，耳朵不行……是这样能顺嘴说出的身体组织，几个蹲南墙根晒太阳的留守老头一时没能给自己编全，大概就是这意思了。

再看赵爷本人，除了脸黑点、核桃壳一样皱点，说话响亮，行走自如，竟也没见所谓的哪一怪。可人老了，自己看自己都不顺眼，与其让那些出外打工很少回村的年轻人当成是深山老妖，不如自己先就把身段降一些，也好讨个自得其乐，虽然心里隐隐也有些酸楚。时间过得真快，转眼六十多年水一样淌过去了。

又本心里不敢让自己老，甚而还得强撑着继续年轻。因为孩子们要在城里买房子买小车，孙子们得上大学，媳妇子还要穿裙子，生活过得紧张力巴，自己不撑得像个年轻人那样干点活挣点钱，给孩子们减轻点生活负担，便是蹲在南墙根和那几个糟老头说闲话，心里也不踏实，估计老先人都要在坟头跌着脚骂呢。

再说了，人一闲蹲下吃起来更歪（方言，意为厉害），和老婆一月就能造好几袋子面，政府发的那一百块养老金还要买点去痛片安乃近啥的，又万不能问孩子们要，你不打工你到哪儿找钱去！闲得把肚子搓得搓得搓圆了，你还想干啥去呢？

赵爷干的是开拖拉机的活。像其他"江南七怪"给菜老板种菜、间苗、装菜，一天下来两口子七八百，一月收入一万多，这种活赵爷委实干不动了。虽然开拖拉机也操心，不能把它开翻掉，不能把人碰下，种土豆时后面坐着的两个人，一会儿往高里提一会儿往低里放，你得注意他们的安全，但不用蹲下了站起来地折腾，随便糊弄个肚子还是不成问题。于是每日一大早起来，喝上一碗老婆铺的荷包蛋就馍馍，甩着并不结实的老腰赶紧就得到地上去，晚了让人家菜老板斜上一眼，老脸都没地方挂。

初夏，庄稼早已泛了绿，路边的树叶也在阳光下闪闪地浓密起来。虽然彼时赵爷的院子里是那样的热闹，但当赵爷舞起的节子声一落，整个赵定庄便又回到了它的静无声息，大路、庄稼地几乎不见人影。其他的"江南七怪"们到哪里干活去了，怎么放眼都不见一个？年轻人都在城里打工，只逢年过节才来看看老人搅搭一下，村子新建起的那二十九套样板房，看起来整整齐齐还有些江南的徽派气质，可住进来的也不过六七户，之所以还固执地修起来哪怕空放着，无非是想老了以后落叶归根有个归处，人是不可能无根的。

原来不是这样。原来赵定庄有两千五百多户人，忙时都人仰马翻地在田里忙，闲时便聚在一起捣闲话打节子，整个村庄虽偏远陈旧却热气腾腾，完全是一个村庄应有的模样。

村里所有的男子都会打节子舞，这是他们引以为荣的娱乐方式，且学起来也比其他地方人快。比如赵爷后来教外地学生，有的憨头笨脑好几天都掌握不了要领，而他六岁的孙子只两个小时便学得像模像样。"门里出身会三分"，赵家人天生就有这方面的聪慧和灵气。高兴的时候也打，不如意的时候也打，既能图个吉利，又觉得自己像个盖世英雄，威武得很。逢过年更是可以穿了彩服随社火一同挣吃的，每家一个菜，集中端到一个地点，闹完社火一起吃，百家饭那样。有财主那时候，哄财主家的那个馍馍吃。一见膏药匠（社火队伍的领头雁，一手拿拨浪鼓，一手拿膏药网子也就是灯笼，白天听拨浪鼓指令，晚上看灯笼明暗）领社火进了屋，便桃儿也献上了，油花子也上来了，牛鼻子也上来了——都是当地面食，肚子吃饱蹦得更高更攒劲。闹到最后收尾的花和尚（据说是能吃肉能喝酒还能编着话儿骂人的济公）一看，哦，这家人大气，就上去唱开了：

这个庄子庄门朝南开，斗大的元宝也滚进来。

天爷下雨淅淅洒，王家的馍馍车轱辘大！

你若不放炮不拾个馍馍不摆个钱，花和尚那就骂得那个难听：

南湾里有个王永兰，恶里恶啰说话听不来。

你说人家张姑爹恶啰说不来，一起跑得比狗快！

——骂的是这王地主家的张姑爹，嫌他抠搜。平日里哪有人敢骂。过年花和尚就敢，别人还不能计较。骂了一顿，张姑爹听到以后，赶紧把馍馍也使出来了，缸里的油香也上开了，糖花子也上开了，牛鼻子也上开了，还得低身把笑脸赔上。

花和尚唱的这些，只是社火里其他分项的唱词。节子舞有它自己的唱词，并由膏药匠负责开唱，但绝不允许像花和尚那样胡唱。包括小丫头唱的那个"慢悠悠""花花朵妹""二姑娘害相思"，以及其他粗笨些的，节子舞里都不能唱。若有人偏逆着唱了，旁边看热闹的老年人先就出来嘴上捣呢！还有春官老爷，当场不打你，等社火结束后，板子拿上能把你往死里打。——春官老爷是社火的组织者，德高望重之人，兼唱社火的开场白，其"春"字寓意一年之始阳气开。

节子舞唱什么？唱民族英雄、巾帼英豪，唱三国、《四大景》：

> 春景天，阳气升，张翼德喝退了曹操的兵；骣马单鞭的尉迟恭，姚期挂鞭的显威名（嘛可说）；李刚强打破金阳，李刚强打破金阳。

> 夏景天，百草长，赵王天子放好梁；老爷赴会去过江，康茂才遇着的陈友谅（嘛可说）；马刚强带过

调令，马刚强带过调令。

秋景天，秋风凉，伍子胥打马过乌江；薛礼征东保唐王，周瑜计打在了双西江（嘛可说）；杨六郎攒过御状，杨六郎攒过御状。

冬景天，水成冰，诸葛亮祭起了东南风；扶周灭纣的姜太公，袖捅八卦的唐李靖（嘛可说）；刘伯温执掌待命，刘伯温执掌待命。

四景天的节气永不同，仲伍元打南京，樊梨花打败的苏宝同，大破天门的穆桂英（嘛可说），刘金定力杀四门，刘金定力杀四门。

——既然是军营里传出来的，那就得威武方正，绝不允许半点戏谑。包括正式上场跳节子舞，也得方方面面没有劣迹的人才行，其他人根本挨不上。想过去老百姓日子虽那样的起伏不定，却仍是靠这样朴素的方式来宣扬伦理、扬善避恶，虽不及如今电视报纸网络那样的轰轰烈烈，却足够渗透旧时庄稼人所求不多亦并不复杂的心，追世道于清明。

赵爷说的是地道的方言，连说带唱听得人新鲜。尤其他说"一节节一节节"那一句，好像真的把那日子切成了一小节一小节，使我们忍不住都笑。待回过神细细咂摸，又发现这话听起来虽像绕指的一个小线头那样轻短，但等那线头一点一点扯开，悠长岁月里的每一个起伏却都打了结在那里面缠着。

赵爷这辈子就是一节节一节节过来的。

出生后遇上自然灾害，饿得直接提不成，你能吃上这样一个馍馍吗？就山上长的那种沙柴蒿子，将那个沙柴籽捋来磨上吃，又苦又咸，但你不吃就得饿肚子。长大了又是"文革"，农业学大寨，就跟上陈永贵学办条田，把那个地弄成一条一条的，平田整地，整完还得去修渠，苦巴巴一天就挣九分钱，也只是画上那个工分，连人民币都很少见。改革开放后，个人有了田，才渐渐好了，就一洼水地种地（只做这一件事的意思），一直种到现在。不像现在都是机械化，那时候连个手扶拖拉机都没有，犁地靠的是牛，人在后面一手扶犁头一手拿牛鞭，你是够扶犁头呢还是够打牛呢？别人家的牛走了你的牛不走那队长会骂你，扣你工分呢。但若你打牛又把牛身上打出疙瘩，也不行，就难肠得很！遇上利索些的人，人家牛也打上了犁头也扶上了，你力量不行，牛就把你古住了，难肠得很！

日子虽苦，从赵爷嘴里说出来却轻巧得有趣，加上我们时不时学他方言插几句，逗得他自己也笑，整个屋子弥漫着民俗漫画里那样的洋洋喜气。

"我们乡里人嘛，都是蹲在墙根说下闲话的。"赵爷笑着说，手指桌上的馍馍让我们吃。便拿起一块掰开了吃。

是土灶上烤出来的那种，外层金黄嚼起来有韧劲，内里白暄像面包一样酥软，"香得能把人跌过去！"

赵爷的老婆也坐在旁边炕头上默不作声地听，除端馍过来时微微笑了笑，并不见一句话。眼见她一张脸也成了老树皮，却仍有年轻时漂亮的影子。

"你老婆挺漂亮的。"看她又出了门，我说。赵爷竟坏笑着跟了一句："那女人，坏得很！"惹得我们又一阵子哄笑。

同村里其他人一样，赵爷和他老婆也是包办婚姻，婚前连面都没见过，只父母操持着订的婚，到三年后结婚入了洞房，才看清彼此的长相。幸亏赵爷当时五官周正，老婆村里数一数二，否则定像很多家庭那样，不是男人看不顺眼就是女人觉得憋屈。俩人性格要好了，就能忍一辈子，哪怕天天嚷仗月月打捶。若男人攒劲，你给人家包办的是塌鼻子不是大重眼睛，就见不得，就离掉，就重新找，漂亮姑娘人家也就碰上了。若女娃娃攒劲，看不上这个男娃娃，一看你就是个火坑，我就不跟你，我就走了；或是婚后才发觉是火坑，不给她钱使，早上也打晚上也打，吃不上喝不上，见不得她，狠心离也就离了，且离得快再嫁得也快，村上六七个儿子那样的家庭多的是。穷得说不起媳妇，看上的姑娘人家要六尺花布没钱给人家扯，把媳妇娶上门仓里无一颗粮食，谁家的丫头愿意给他？所以村里光棍多得很，要听到哪个媳妇离婚了，那种二不楞寡妇带个孩子的，就得赶紧抢着收拾到屋里，总比一辈子没老婆的好。

"那你老婆属于哪一种？"我们笑着问。

"她属于'中间货'，打一顿她就不骂你，不打她就会骂你，你要是不动弹，不打工去，就不开心，说我这辈子嫁给你就倒霉透了，那你倒霉也没办法，你歪了走掉，你又不敢。"顿了片刻，赵爷得出这样一个结论，又招得我们笑他那句"中间货"。却心里明白赵爷对老婆还是挺用心，不然也不会在她出门后才促狭似的扮个鬼脸说"坏得很"。锅还有磕着碗的时候，再不要说两个大活人，怎可能时时都合心，还不是一辈子你磕我我磕你，把彼此身上的粗沙砾子磕掉，再也扎不着人。

然而关系到节子舞这事，赵定庄过去一直都有自己的规矩，即便赵爷和老婆几十年夫妻磨合得那样融洽，他老婆也无资格学到，节子舞传男不传女，大概因断定柔弱女人打不出什么声势，毕竟需要更多男性的力量。就只能和村里其他爷们儿的老婆们相跟着，和那些已经打不动节子的老汉们一起蹲墙根评头论足说闲话，"那个，跟上连个八字步都不会跳，还把那个放上！""过去他爷爷都干不来，现在他们能干个啥！""你看你干的是啥，几辈子就没有做好这么个东西，你让人伤心不！"——都是几十年耳濡目染的专业"评审员"，评审结果自然不会错。

连评带审骂到现在，反而不容易看到了。村里男人们都在外面打工，兰州的、四川的、新疆的，每次上面通知赵爷组织节子舞参加什么重大活动，找人先就让他头疼。让人家大老远从外地赶回来，就为两三天的节子舞，人家老板先就不愿意，怕是连工作都保不住。只得把女人们也放上，声势和力量虽弱了很多，总好过让这个东西断了代，老天爷首先都不饶。还有一些学生娃娃，也可以学，他们倒很灵光，不但学起来快，还能创点新花样出来。过日子看钱，就让外地辛苦的那些男人们安心打工吧，等过年挣回一大包钱带回家，老婆孩子脸上也多点笑。

人这辈子，不就是为了这一张嘴嘛！

况且，如今这社会，人只要肯干肯吃苦，后头有你的好日子过。等老了实在挣不动了再回来，反正那空着的样板房风刮不跑，这一天比一天寂静的赵定庄雨淋不塌。到那个时候，人闲了，心闲了，虽自己没力气打节子舞，但蹲在墙根晒着太阳，看那些年轻人打节子舞，听膏药匠那满嘴喷花的吉祥唱词，也是一件乐事：

正月间闹社火提起欢乐

双把手打家私点儿不错

一头子打的是平安无事

一头子打的是五谷丰登

……

正月里呀是新年

一

瞎仙（又名"瞎弦"，旧时以唱贤孝为生的盲艺人）从没想过这辈子还能娶到老婆。根本不可能，哪个姑娘会愿意嫁给他。要说弹三弦唱贤孝那一套，他的确算得上方圆百里最出名的。可一旦成了盲眼人，就是再大的名气也得打五折，且这五折只能用在他勉强地填饱肚子，苟活于世。

也因此，当初他远亲舅舅要给他介绍对象，说这姑娘除了神经稍稍有些问题，照顾他绰绰有余的时候，他连想都没想便满口答应了。

有什么资格去挑剔呢？一个两眼团团黑、被别人既怜悯又当成异类的残疾人，能有幸找上一个明眼女人，照顾他的日常起居，他再靠弹三弦唱贤孝把这女人养活住，俩人各取所需，互惠互利，也就是这辈子找对象成家的大体意义了。至于女人的模样，反正自己也看不见，漂不漂亮的都没啥要紧。只有远亲舅舅说到的那姑娘神经上所谓的"稍稍"，因为实在无法判断它的程度，心里难免七上八下，被他爹一路牵着去相亲的时候，手心里一层一层的汗。

姑娘家就在邻村，五里路，不算远，只脚底下稍稍留意些，走一趟也就记住了。老天在识路方面很宽待他这种人，好比此消彼长，一方面弱了另一方面就强。何况，要这一次相亲成功，以后这条路就得时常走，早记住早方便。

相亲其实是两家大人的相看，他只坐在姑娘家的堂屋里一动不动，也无需说话。原是不打算来的，又心里不踏实，想听听那姑娘说话。他能凭借人说话的声音大概听出人的高矮胖瘦以及人善不善良。虽则个子高矮同样跟他关系不大，但声音好听的女人大都比较善，只要她愿意，是能一辈子踏踏实实过日子的。

屋子里五六个人，大声压小声，有些嘈杂，却很快就分清了：柔和的老女人的声音是姑娘她妈的，意外地带着些讨好的意味；低沉的老男人的声音，是姑娘她爹的，硬撅撅的像木棍，但似乎并不排拒；再就是他远亲舅舅和他爹的，除了比平常略略热情了些，实际的卑微怎么都藏得住。只是，不知何故竟没听到那姑娘说一句话，凭直觉那姑娘是在屋子里的。

也许是那姑娘不爱说话，太害羞了吧！——他深吸了一口气，在心里替自己鼓了鼓劲。

返回只是一路地走，都不说话。快进家门了，爹才以一种淡淡的语气说："行呢，长得也行，个子也高，圆白白的，胖着呢，找上吧，反正你也看不着，将来有了娃我们给你抓养。"

那就没问题了，爹都想到以后有娃的事上了。他长舒了一口气，即刻跟了娘去附近镇子置办订婚用的东西，布料、肉、点心、八十元现金等，村里人订婚必备的十六样子，在他手里一样一样细细地摸过。

然后，订了婚，行了仪式，吃了饭，却仍是面对面未听到那姑娘说话的声音。

心里不安，不过几句话的事，姑娘至于两次都害羞到那个程度吗？不行，得再去探一探感觉感觉，之前人多，心思太慌乱了。那姑娘始终不说话，定是有什么问题。

就一个人又去了，盲棍都没带。心里有些急，还无端地有些怕，脚擦着地，手摸着空气摸着墙摸着树，很快就到了那姑娘家，只一步便跨上了她家的门槛。

那姑娘一个人在家。相亲加上订婚，他清晰地记得那姑娘身上的味道。扶着她家的门槛，他大声地问："哝，你妈妈呢？"

姑娘的声音终于传到了他耳朵里："我……妈……妈……ququ（出去）了。"

老天啊，原来这姑娘连话都说不清，哪里是"神经稍稍有些问题"，根本就是别人嘴里说过的那种脑瘫嘛！这样的女人，将来一旦成了家，究竟谁来照顾谁？

他感觉天都要塌下来了。

头也不回地走出姑娘家大门，一路跌跌撞撞，好容易走到家。一个人呆呆地坐在大炕上，心里乱糟糟搅成了一团麻。怪自己性急，没摸清底细就稀里糊涂订了婚。怪他那个爹，明明这姑娘不行偏偏说是行，还用将来生娃的事糊弄他。怪自己瞎眼，找个媳妇这样的难肠，连家里人都恨不得早点甩掉他这个包袱。怪……心上简直烧起了一团火，想找个人狠狠地打一架，或者撕碎这屋子，或者干脆一把火把这家点了，连亲爹亲娘都合起伙来哄骗他，这日子还怎么个过法！

"奶奶，你怎么就走了呀，你不知道孙子在这里受苦吗！"瞎仙哭了，他想起了过世的奶奶。

二

在这世上，没有谁能替代奶奶在瞎仙心目中的位置。

三岁那年，一场大病，差点连命都保不住。等好了以后，眼睛却被蒙上了一层厚雾，只模糊看得到一片黑影（他奶奶背着他走来走去）、一片红影（一个穿红衣服的女人从他身边经过）、一片绿影（夏天绿油油的麦地），还有其他一片一片的影。人小，不懂"瞎"这个字，只两手在眼前不停地划，想撕开那层雾，却怎么也撕不开。便哭，不停地哭，好像眼泪因着不需要他爹花钱来买，说来就来了。若眼泪真要花钱，那他爹肯定让他连一小滴都要憋回去的。那时候挣钱多不容易啊，爹娘拼了命也才勉强够一家不饿肚子，哪有钱来买眼泪这样多余的东西。

甚至，到了大概懂事的时候，自己都感觉到在这个家里的多余。日子穷，就怕家里多一张无用的嘴，存在即是一种负担。更不可能听到爹娘在耳边说一句"我的娃就心疼着"之类，或者摸摸他的头拉拉他的手，他们的心思全都在两个弟弟一个妹妹身上。

幸亏还有奶奶在。

奶奶说："我的娃就心疼着，可怜着！"随后眼泪也跟着扑簌簌地往下淌。奶奶用一个草筐不离身地背着他，以至于肩膀被草绳勒出深深的血印，到后来躺棺材里了那血印子还在。奶奶还把地里刚长饱尚未来得及老黄的麦穗偷偷剪下来几枝，专门烧青麦子给他吃，只盼着他能快快长大，长大一切就好了。

而且，听奶奶这样子说话，随奶奶在那个背筐里一颠一颠，嚼着奶奶烧的青麦子，心里的害怕竟钝了很多，眼泪也渐渐少了。

"奶奶，收音机是什么样子啊？"

"奶奶，自行车是什么样子啊？"

"奶奶，王婶婶家的兰兰长什么样子啊？她的声音好听呢！"

"奶奶，学校是什么样子啊？"

"奶奶，我想上学！"

却不可能去上学。在家闹来闹去也不可能。摸到学校后墙根听老师讲课，听村里的孩子们参差不齐地背课文，哭死了也不可能。倒是后来他还当真死过一回，却不是为着上不了学。当奶奶抹着泪告诉他不能上学的原因后，他已放弃那个念头了。就即便不上学去，村里那几个顽劣孩子还常欺负他呢。有一次骗他从一个土坡上用力冲下来，直直撞在对面一棵树上，血丝呼啦地把几颗牙都碰没了，害得他嘴漏风，直到后来唱贤孝挣了点钱才把牙镶全了。

他那一次的死是为着家里的一只鸡。

那时他又长大了些，不用奶奶背也可以熟练地在屋里屋外摸索着走动，他开始承担起为全家人做饭这项奶奶极力反对但爹娘坚决分摊给他的任务——家里实在养不起闲人，即便他是个四面黑的盲眼人。

饭做得好坏爹娘并不计较，反正过来过去都是面条饭，只要把面放在盆里揉匀了，在案板上擀薄，切成条或片，等家人忙完回家后及时下进锅里，再从院里摘点自家种的香菜、小葱之类，炝锅调一调味便成了。

"这么简单的活，他有什么干不成的！"他爹悻悻地对他奶奶说。

可是，就他三岁前的那点记忆，连切菜刀具体是个啥样子都不知道。刀是一个长方形的，一端锋利一端钝厚的东西，可长方形又是什么意思呢？他没上过学，不知道长方形是什么，只知道所谓刀就是他手摸到的那个样子。只能奶奶手把手地教，要他事先摸清刀的大小，认清刀的空间位置，要他切面时刀背朝上刀锋朝下，要他压着面的那只手蜷起来用骨节顶着刀面以防刀把手指头切断，不然血就会顺着手指簌簌地往案板上流。血的颜色血的样子他其实早已忘了，对疼痛的感觉却像野地里疯长的草，越来越长越来越敏锐。甚至，因为忘了血的颜色血的样子，那疼就显得更为疼，几乎疼到了心里骨头里。

终于，他把一顿饭完完整整顺顺当当给做出来了，并在爹娘忙完农活、弟妹上完学通通回到家时，很像那么一回事地端到了他们手里——他有点用了。

关键是那只鸡啊，简直像专门来害他的。灶房地上一袋敞着口的粮食，那鸡不知怎么找到这儿，进来，撵出去，又进来，又撵出去。等再进来时，他一脚狠踢了过去，不想那鸡竟"咯咯"几声惨叫后再无一点声息了。

他吓得心都要跳出来，一只鸡每天可以下一个鸡蛋，一个鸡蛋一毛钱，十个鸡蛋一块钱，一百个鸡蛋……等还没算清楚那只鸡最终能下多少个蛋卖多少钱，他娘已从地上干完活回来了。看到地上的死鸡，累成一摊泥的娘简直跌了脚，抄起烧火棒就劈头盖脸地打过来，他连躲都没地方躲。打完了，他娘还不忘咬牙切齿地扔一句："就是你死了我都不可惜，我只可惜我那只鸡！"

"我只可惜我那只鸡！"那一刻，他不是连死的心都有，他是直接就想赶紧死了算了。顶大一个人，连一只鸡都不如，活着还有啥意思！从小到大，想干什么干不成，想看什么看不见，七灾八难地，好不容易熬到现在，竟连一只鸡都比不上，倒不如死了干净。死了，日子就没那么长那么苦了。死了，也就没人嫌没人欺负没人拿自己当拖累了。

拖着烧火棒留在身上的痛，他从厨房走出来，直接上炕躺着，不吃不喝，一声不吭，横下心只求得一死。爹娘自然是顾不上他的，地里的活正干不完，却把他奶奶急疯了，跪在炕头又是哭又是哄又是求："我的娃啊，我把你从小到大没容易背过来，你要是不活了，我也就不活了……"

终究没死成。到了第七天，他奶奶哭得撕心裂肺几乎要晕过去时，他实在忍不住了，满脑子都是奶奶对他的好，心一软，弱弱地喊出了一声："奶奶……"继而放声大哭起来。

那一场哭啊，连村头那条没人管的老狗都听到了，跟着他嚎了很久。

三

也幸亏没死成，否则瞎仙真的连老婆都没机会娶了。何况，他后来娶的那老婆实在是未曾想到的好。

那姑娘是另一个村的。他被她们村请去唱贤孝。是生产队专派一个村民牵着马驮他去的，其时他的贤孝已经唱出了大名堂。村里没电视看，没其他娱乐，他唱的又都是当地的方言腔、自古以来的老故事，《汗巾记》《门栓记》《闫小娃拉柳笆》《十劝人心》，到后来还将《薛刚反唐》《薛仁贵征西》等评书也编成了贤孝，加上他弹唱时表情会

135

跟着声音走，一会儿痛哭流涕声调苦呛呛的引人哀，一会儿喜形于色调子哗啦啦的让人乐，惹得那些听曲儿的人跟着又是哭又是笑的，过足了瘾。他又嘴上功夫深，常在表演间隙夹个荤素段子——当地人叫作"溜水蛋"，调动得现场气氛如涨潮的河水，一波高过一波的浪，人心儿都跟着不停地晃。他长得又神气，虽生在农村，却一股子白面书生的清秀俊雅，常把自己捯饬得干干净净，倘若不是眼睛有疾，当个电影里的男一号都没问题。

这一切，都被那姑娘牢牢地看在眼里记在了心里。她是自小没上过学的，性子直脾气倔，但特别能干。比如同样是放马的活，别人放马是牵着马到处找草吃，她是马屁股上铺一件外衣，任马自由自在地找草吃，她则在马屁股上玩、睡觉、吃野果子、瞎想。正因了这样恣肆的生活，她的性情就比别家的女子开阔得多，想要干的事任何人都阻止不了。这一次，她是想好了要跟着瞎仙听贤孝的，那姿态那神情那腔调简直把她的魂给勾住，他到哪里她就跟到哪里，他唱多久她就听多久，仿佛这世上只有他唱的那些曲儿最好听总也听不厌似的。她是着了魔了，甚至对村里一些人的闲话都懒怠搭理。

他也有点着魔了。当闲事人告诉他有个姑娘、且是个长得不错一切都很健全的姑娘成日里跟着他听曲儿的时候，他心上的那个颤啊！谁说一个瞎子就没有姑娘喜欢？谁说他这辈子就只能找个残疾老婆或者干脆就找不到老婆？这个姑娘啊，她究竟长什么模样呢？她是真的喜欢他吗？她为啥要喜欢他啊，他不过是一个瞎子。她……

他的心再一次被搅成了七零八乱。之前也有过退婚的念头，但一想到订婚时送过去的十六样子东西和八十元现金拿不回来，脑子里那念头立刻就被卡住了，要是爹知道他这个心思肯定会打断他的腿，按当时的生活条件，那几乎是一家人半年的积蓄。可如今碰到了这个姑娘，且人家竟主动来靠近他，那如此金贵的十六样子东西以及他爹的态度又有什么可重要的呢？

起初，他尚不能感觉到那姑娘的气息，每次唱曲儿围在他旁边的人太多了。等那姑娘跟的次数多了，他又满心里寻她，便人群中一下就辨出了她的声音她的位置，唱曲儿时也就脸朝着她，好像每一首曲子都是专为她唱的，倒叫那姑娘在人面前常常感到脸烧心跳，想躲又不舍得躲。两颗年轻的心啊，虽然一颗为着自己的残疾那么自卑，但另一颗的热情很快把那自卑烧得无影无踪，它们彼此你缠我绕地越靠越近，只差那姑娘向她爹娘摊牌了。

所以说瞎仙还是命好，当他苦于不知怎样才能改变订婚的事实时，那姑娘的娘竟也鬼使神差地相中了他。一次她在田里薅草，看瞎仙经过，毫不客气就拦住了，说："娃，你这么聪明机灵的一个小伙子，找上那个傻姑娘就把你害下了，你去退去，我有六个姑娘，我豁出去给你一个。"听得一起薅草的几个女人起哄："婶婶，你真的给呢吗？"那姑娘的娘说："给呢嘛，怎么不给！它遇上个年成，这方不行，可以领上到那方去，混个肚子没问题。"

姑娘的爹却死活不同意，觉得把自己这么好的姑娘给一个瞎子，简直就是往火坑里送。他把姑娘锁在屋子里，只按顿送进饭去。他把姑娘的娘压在炕上狠狠地打过好几次，骂她比狼还狠心。他还找了姑娘一起的玩伴去做姑娘的思想工作，就是不让姑娘找这个瞎子。可那姑娘的魔早已入了髓，哭，吵，绝食，跳窗，甚而寻死，十头牛都拉不回来。

"这都是命啊！"她爹对着天长叹。

也真是命，当他几乎冒着挨打的风险跑到订婚那家，他们竟一下就同意了退婚——自家姑娘问题大，心虚着呢。那些订婚的东西，除八十块钱花了没钱还，其他的大都退了回来。他爹便也反过来觉得庆幸，将来的儿媳妇真要是个傻子，那他老了的日子也不好过。

像从囚笼里逃出来，他心上那个畅快啊，都不知怎样才好。曲儿也不唱了，琴也不弹了，就跟着他娘和妹妹忙活结婚的事。也帮不上什么忙，只买东西时相跟着去，摸摸将要给新媳妇做衣服用的布料，脑子里想象一下新媳妇穿上新衣服的样子，心里软绵绵的，整张脸都在替那双盲眼发光。从小到大，第一次有了一种幸福的感觉，仿佛整个人化在了糖水里，整个身体陷进了棉花堆里，整个精气神飘到了高天上。

你说，当初如果不是狠下心来学这个贤孝，没把贤孝唱得十里八乡都有了名气，他怎么能遇上这么个好姑娘，又怎会有这样的幸福呢！

四

瞎仙是十五岁那年开始学贤孝的。

那时候他还算不得盲，眼前各种模糊的影子也都在。到十五岁时，赶上"四清"运动，工作组入驻他们乡，带来了卫生队，说国家免费给他们这些人治疗病疾。

当然得治。何况，卫生队的女大夫看他既清秀又聪明，喜欢得不得了，同去的那么多孩子，独把他领回宿舍住。女大夫对他说，孩子啊，但凡有一点办法，我都会让你重见光明，到时候眼睛治好了，我就是你的干妈了，就得一辈子相亲了。激动得他头点得跟鸡啄米似的，想即便女大夫治不好他的眼睛，他也愿意叫她一声干妈，自奶奶去世后就再也没人对他这样温柔地说过话了。

满怀希望地上了手术台。眼睛都被打开了，大夫将他爹叫到一边，要签医嘱，说根据孩子眼睛的情况，要不就治好了，要不就全瞎了，概率各占一半，看能不能承担这个结果。这其实是手术前的常规，一般人都会默认，他爹却推手不干了："我带娃来，就是为了治好他的病，如果要治成个全瞎，还不如不做这个手术。"大夫只得将他的眼睛又缝合住。

这些事他无从知道，下了手术台还问女大夫："阿姨，我的眼睛治好了没？"女大夫难过，抹了抹泪说，治好了治好了，等纱布一取线一拆，你就什么都可以看见了。

几天后，纱布取了，线也拆了，他却连最开始的那些影子都感觉不到——全瞎了。

一个人彻底看不见东西是什么样的感觉呢？在早已摸熟了的大院子大屋子里，那些原本有点颜色的影子全都连成了黑黑的一片，人像陷入一个永不见底的深渊。抬脚每往前迈一步都心惊胆战，生怕碰坏自己更怕碰坏家里的东西，却胳膊腿仍被撞得青一块紫一块。耳边但凡有一点奇怪的声音都会吓得头发直立，身体绷得比一块铁还要硬，再若有人拿棒子甚至拿刀子捅过来，就只能等死了。

这应该比鸡死那一次更让人有死的心吧。

然而，这一次他并没有想到死，也没想一把火把房子烧了，也没想一刀把那个从来就不能有正主意的爹砍了。他是心死了，像碎了一地的枯树叶子，连一点生的影子都没有。一个人，当心都死了的时候，活与不活还有什么区别吗？

"你们不是都嫌我多余吗，我就要活着让你们摆脱不了麻烦！"他咬着牙对自己说。

半年后，他爹给他找来了贤孝师父，为得将来不用去讨饭。

整整三年，他都把自己关在地窖里，赌了命般要把贤孝学到最好。他心里明白，这世上人人都可以欺骗他背叛他，只有他手里的三弦琴不会。即便他学贤孝待的那地窖冬天把他的手冻得起了烂疮，夏天让他浑身起湿疹奇痒难耐，他都能承受得了。即便他师父看他学得太快怕抢了自己饭碗，教了他一半就跑了，他不得不强打着精神到别处的贤孝场子，躲在人家的门背后偷偷地学，以至于让人家知道后几乎将他打得半死，他也能承受得了。即便他初次在外面免费给别人试唱，被一个淘气孩子把他好不容易攒钱买到的三弦琴的琴弦剪断，他去打那个孩子却怎么也追不到，引得周围人哄堂大笑，他也承受得了。甚至，等他后来终于能够走街串巷去往邻近的村子唱贤孝挣口粮，有一次黄风天迷了路不得不大冷天靠着荒滩上一个羊圈的围墙睡一夜，第二天整个身体都冻硬了人都快要冻死了，他也能承受。

只有一次，他遇了件好事情。仍是外出，夜半才摸索着到另一个村子，不敢惊动村里人，稀里糊涂摸进了一间房子，竟然在房顶正中的掉架上摸到了一件厚厚的羊皮袄。

那晚睡得可真香啊，就像小时候奶奶搂着他睡觉时那样的暖和和安稳，以至于后来每次同那喜欢他的姑娘说起，那姑娘都哭得稀里哗啦，发誓结婚后一定会好好照顾他。

五

结婚的喜房很快便收拾好了。是院子东头的一间屋。

一扇门，一扇窗户，一个立柜，一盘大炕，一张四方桌带几个小凳子，还有一个火炉。

听妹妹说，新房里贴了很多大红的喜字，红彤彤一片。

瞎仙不知道喜字是个啥样子，妹妹就牵着他的手在窗户上摸，在门扇上摸，在柜子上摸，甚至在暖水瓶上摸。在他的触摸里，喜字就是横横竖竖很多条纸连起来的，感觉上很复杂。然而这复杂的众多条纸，摸起来竟热乎乎暖融融的，让他一直以来冰凉的心突然间像被炉火烧暖了，暖得他仿佛看见那新媳妇长什么样子，他今后的日子是什么样子，他将来还会有好几个孩子，在院子里跑来跑去，有的在哭，有的在笑，有的在闹……所有这一切，都让他觉得他的世界简直发生了翻天覆地的变化。最重要的是，从此他再也不是一个人了。

是的，不再是一个人了。新婚之夜，他一遍一遍摸着旁边女人的身体，很长时间了还觉得跟做梦一样。他闻着女人身上特有的略略带着些湿草气的香味，恨不能那一刻就沉醉过去再也别醒来。他用心地和身边的女人干着新婚夜应该干的那件事，觉得那是世界上最好的一件事，他把自己交给了那女人，那女人也把自己交给了他，他们就成一体永远也不会分开了。他再也不会感到害怕了，那些在他身体里囤积了二十多年的恐惧被那女人轻轻一抱就挤没了，那曾有过的死的念头如今想起竟那样的可笑和滑稽，活着是多么的好啊！

是的，再也不是一个人了。虽然夜是黑的，他眼睛里也是黑的，但身边有个人并排躺着或者紧抱在一起，那黑也就不是黑了，而是白色的、亮的，像他记忆里三岁前看到的那种青天白日的白，那种好几盏煤油灯同时点燃时的煌煌的亮。

他突然特别想起身唱几句贤孝。

他已经起身将三弦拿到手里了：

正月里呀是新年

打罢了春风过罢了年

一劝劝了你们做官人听

做官人听罢了个也有从心

丰成春夏归各仓

风调雨顺国泰民安

二劝劝了你们庄稼人听

庄稼人听罢了也有从心

白水地里上粪要用功

三劝啊劝了你们买卖人听

……

黄毛鞑子

他现在讨厌车轱辘，他们叫他"黄毛鞑子"。那之前他太小了，不知道"黄毛鞑子"是对他的藐视。

这会儿，他顶着黄头发，挺着高鼻梁，瞪着一对发狠的蓝眼珠子，紧握双拳，准备随时向车轱辘他们冲过去。他在等车轱辘他们，只要他们谁敢再叫他一声"黄毛鞑子"，他立刻就冲过去。

几个孩子被他的样子吓住，后退了几步。但他还是太小了，比他高一个头的车轱辘往前一步，只轻轻地推他一下，他便一屁股坐在了地上。

车轱辘没再说什么，转身就走了。那几个孩子也跟着走了。只剩他一个人，呆呆地坐在土窝里。

好一会儿，他才起身，一边走一边默默地哭起来。他经过自家大门敞着的院子，他娘正在院子里忙活，喊他一声他没答应；经过车轱辘家那片麦地，麦子正铆足了劲往上蹿，他忘了在麦苗上狠狠地踩几脚；经过一片乱石滩，因鞋子太旧鞋底快要磨穿，脚被碎石子划出了血，他竟也没感觉到，仍一个劲地往前走。最后，他在乱石滩的边上停下来，一下子哭出了声。他的高鼻子蓝眼睛还有半黄不黄的眉毛紧紧地皱成一团，眼泪都要把他的两个袖筒湿透了。

他的哭声把戈壁滩的荒寂划开了一个大口子。

事实上，连爹娘都不明白他为何长成了这模样，他们自己完全是黑头发黑眼睛当地人正常的鼻梁高度。如果不是亲自看着他生出来，再难相信这个越来越像黄毛鞑子（当地人只有将黄头发高鼻梁蓝眼睛的外国人才称为黄毛鞑子）的男孩子跟他们有什么关系。幸而有村里的接生婆向村人们作证，否则连他的身世都会进一步遭受他们的质疑。

他娘知道他的心思，一边给猪剁食，一边朝他喊："我的娃，娘连你们几个都养活不住，哪有闲工夫捡别一个领回来养，还不赶紧给圈里的羊拔草去！"

那时候他正盯着娘的黑头发发呆，想给娘说一句什么的，终于什么也没说，就去给圈里的羊拔草了。是夏天，村子西头一眼望不到边的荒滩虽不见一丝绿痕，脚下绿油油的麦田地垄却一伸手就能扯上一大把草。这草也只有西北凌厉的风才能催生得出，叶面生硬粗糙，边缘龇着一排细细的锯齿，他的手不一会儿就火辣辣地疼。他停了下来，蹲在那里一动不动，手底那些青绿的在阳光下微微泛着亮的草一时间仿佛变成了黄色，像他头上乱蓬蓬的黄发的颜色，映照在他蓝色眼珠的大眼眶里，像钻了很多棱角尖锐的沙子进去。他狠狠地挤了下眼睛，甩了甩头，沮丧地从嘴里冒出一句："黄毛鞑子！"

然而即便是黄毛鞑子，也总不能一个人玩啊，委实太孤单了。他让娘将他一头惹眼的黄毛剃掉，从炕席底下拿出辛苦大半年才攒到的纸烟盒精心叠成的一厚沓 pia 子（音译，一种游戏纸牌，烟盒叠成的三角形，小孩在地上拍打着由翻面定输赢），垂着头去找车轱辘他们。这一沓 pia 子应该可以讨好到车轱辘他们，就像之前曾用几根煮熟的胡萝卜或是土豆成功地讨好过他们一样。

离车轱辘他们越来越近了，他强压着心颤，一句话不说，径直走到车轱辘面前，庄重地把那一沓 pia 子送到车轱辘尚有些惊讶的手上。车轱辘看着他，略微停顿了一下，很快将那沓 pia 子攥紧在手心里，顺势装入衣前襟那个平时用来装弹弓小石子的口袋——他可以加入他们一伙儿玩了。

他们开始玩了。是老牛驮垛的游戏。一人平趴在土窝里（那时候村子地坪全都是土），另两人在他身上屁股对屁股、双腿伸展交叠、手扳住对方脚踝紧绷成一条直线强压下去，看地上平趴那人能不能顶起来。

当然由他来扮演那牛的角色。其他孩子不愿意，一低头都能吃一嘴的土。他愿意，只要不让他一个人玩，哪怕由最胖的两个孩子扮演压牛的垛。他趴在地上，脸鼓成包子几乎用尽了全身气力，身上那两个"垛"仍旧纹丝不动，旁边几个孩子则拍手跳脚又忍不住大喊起来："黄毛鞑子起不来喽，黄毛鞑子起不来喽！"

有大人经过，偏头喊了一句："你们别欺负他，一块儿好好玩！"车轱辘毫不客气地回了一句："这个黄毛鞑子，长得那么骇（当地方言，意为难看），将来媳妇都娶不上，谁跟他好好玩！"

那大人不吭声走了，孩子们说的是实话。他的眼泪在眼眶里打着转，一使劲，竟将身上那两个胖"垛"四仰八叉掀翻在塘土里，自己爬起来满脸满身的土呼呼地往外走。车轱辘被他一时的猛劲吓住，愣在了那里。

这一次他没哭。他忍住了。他不能让村里那些孩子说他黄毛鞑子的同时还觉得他软弱。

他朝南向河沟的方向走去。

河沟是祁连山积雪融流下来的一条支脉，据说沟里原来河水汹涌，不知何故水越来越少，最后只剩上游一处叫河马泉的冒出一股细小的水，绕着河沟的乱石往下流，竟也常年不竭。之所以叫河马泉，是因那泉眼上担着一块形似河马的石头。这石头很有些神迹，若天旱久不下雨，逢农历五月十三日，只要村里人精心挑选一只草头羊宰了并恭敬地供于石头之上，不出几日，村里多少就能下一点雨。而且，村里行将离世的人放命（待命）那些日子，难以进食，全靠这泉水延缓薄凉的一丝生息，直等远房亲戚都来探望过了，交代过了，方安然离去。那泉水夏天冰凉冬天温润，人离世前身体大都一个火疙瘩，用它来降温润体最好不过了。

他一边走一边想，这河马泉的水喝了能不能将他的黄毛变黑眼珠子变乌高挺的鼻子略微地缩回去那么一点点，这是当前他唯一想要改变的事。他还将石滩上捡到的一个死人脑壳套在自己头上（他人小力气小胆子却不小），掩盖住满头的黄毛和五官格外的高低起伏。

戈壁滩一望无际，而他显得那么小，像个渺茫的小黑点。这个小黑点心里装的全是苦恼。

你说河马泉的水能消解这个小黑点心里的苦恼吗？

谁知道呢。那一段时间，他每天都跑去河马泉那里喝几口泉水，结果他仍是黄头发、高鼻梁、蓝眼珠子。甚至，随着年龄越大个子越高，他的黄毛鞑子特征越鲜明，若不开口说话，简直就是一个标准的黄毛鞑子。

"他可真是个异物啊！"村里的大人们想。

"要继续这样下去，可真是有问题。"那些大人们很为他担忧。

想也没办法。担忧也没法。

有问题也没办法——同龄的车轱辘都娶媳妇了，孩子也快要生了，他还是独身。

是村里和邻村的姑娘都不愿嫁给他。死活都不愿意。她们好像约好了一般，远远看到他爹娘请来的媒人，便躲瘟疫一样躲开了。

"那个人嘛，长得那么骇，谁愿意嫁给他！"连村里那些不好看的姑娘都在背后这样议论他。

"再没见过那么骇的人了！"她们像小时候的车轱辘一样轻视着他。

她们不单远远地躲着那些到她们家门口牵线的媒人，连他，她们也开始有意无意地避着。

他爹娘简直急坏了。你说他是个多么好的儿子啊，虽然性格孤僻些，学习也不怎么用心（高中毕业再没上学），却在家里能给爹娘洗脚，在地里干活像一头力大无穷的牛。你说这么好的儿子，那些姑娘简直瞎眼了，她们自己都长那么骇还来挑我儿子的不是！

有一阵子，爹娘甚至动了个心思，想从外地给他买个媳妇回来。村里就有一个略带黄毛鞑子长相但说话木讷做事呆滞的小伙子，他爹娘给从外地买了一个媳妇回来。

"那媳妇子后来不是又跑了嘛！"他极不情愿地朝爹娘甩了一句，为他们竟然拿他同那木讷人比，心里很不是滋味。

确实那媳妇后来跑了，不知是受不了那人的黄毛鞑子长相，还是他说话行事太过愚钝，留下尚未足月的女儿，只带了随身的衣服便跑了。因为没有合法的婚姻程序，那人没处追究，等于买媳妇那些钱白花了。

"娘，您放心，我一定能找上媳妇的！"他宽慰着娘，其实也在宽慰自己。随后，一边压着性子等这个"一定"，一边顶着那不可能变黑的黄头发，挂着一脸的络腮胡子，瞪着蓝眼睛，挺着高鼻梁，每天都装作毫不在乎的样子，吃饭，下地，白天忙忙吵吵，晚上自个儿在炕上翻来覆去。

他还同几个兄弟把自家旧房重新翻修了一下，把其中一间定为自己将来的婚房，故意大声地对他娘说："娘，你看，这就是我将来的婚房。"

他爹娘怀疑地看了看他，叹口气，再没说什么。

翻修房子用的是骊靬村原来厚而高的、两侧立有城楼的城墙上的黄土。那时的西北农村，建房大都是这样黄土，干打垒工艺筑就的墙体，多年生的杨树主干作椽子平铺在屋顶，再一层泥一层草地把屋顶蓬起来。骊靬村厚厚的城墙有取之不尽的土。在城墙上掏个洞，搁上自制炸药，引爆燃线，听得"轰"的一声，一地碎土。将这些碎土略微归拢一下，放水狠狠地泡了几日，便将他家一院子旧房翻修成了亮崭崭的新房。

他在心里默默地等待着，期望能有一个他喜欢的姑娘嫁入那间新房。虽然这等待似乎遥遥无期，他满脸的络腮胡子越加稠密了。

后来才知道，他用来取泥盖房子、村里大人小孩背过身就能往它身上随意撒尿的城墙，等只剩下五六米长的一小段城墙孤零零在夕阳余晖下黯然神伤时，有考古学家对其一层一层抽丝剥茧测定成分，竟断定它已有两千多年的历史，追溯起来大约应该是汉朝时期的古物。

这也是骊靬村的所有村民都没想到的。他们曾毫不吝惜地掏取着城墙上的黄土，盖房、修渠、整路、沤制种地用的肥料。

那段时间，不知从哪里冒出来一些史学家、汉学家，在骊靬村的塘土里穿来穿去，想要通过出土的一些文物、历史记载、流传下来的风俗人情，证明这里曾是一支神秘消失的古罗马军团避难并从此驻留的一个村落。另有一些遗传学专家，他们将骊靬村所有黄毛鞑子相貌特征的男人女人，带到他们从未去过的大城市免费做 DNA 鉴定，结果发现其 Y 染色体多为东亚本地固有类型，且大部分单倍形和罗马人没有关系。这些持不同观点的学者专家，他们你一句我一言争论了很多年也没论出什么结果，骊靬村却因他们的争论，成为国内游客乃至国外尤其是意大利人争相猎奇或追古抚今的地方。

他也像村里其他人一样，跟前跟后地凑热闹，并被第一个拉去做了 DNA 鉴定。然后，有一天，旅游公司的人去找他，说你到我们这里上班吧，我们每月给你开工资。

这可真是惊呆了他！要知道，之前他一直都是在家里种地，从未奢望能去什么地方上班并按月领工资。如今旅游公司这一出，倒让他总以为是自己听错了话，又专门跑去旅游公司证实了一趟。然后，差点像高中课文《范进中举》里的范进一样晕过去。

他爹娘闻听消息后，第一句话便是："这下我的娃终于可以娶到媳妇了。"

"罗马王子"，稀里糊涂的，一个新的称呼在旅游公司及周边像水波纹一样漫开，原来"黄毛鞑子"那称呼倒像人间蒸发了一样。那些日子，他脑子里晕乎乎的，走路轻一脚重一脚的，好几夜都没能睡着觉。

村里来的游客越来越多，他得赶紧稳住怦怦跳的心。好吧，那些不远千里来这里探究的深情而善良的意大利人，你们就认为我是罗马人后裔吧，你们就唏嘘西北农村这从未见过的荒僻与岑寂吧，你们就乘着景区的骆驼在这偏远古老的小村子尽情释放你们的好奇心吧！既然连那些专家翻来覆去都没能证实什么，你们仍反客为主地来这里寻亲，那么我热烈地欢迎你们！

"这老天爷是不是喝醉酒乱发牌呢？"夜间贴炕头时，他又免不了心虚，综合之前黄毛鞑子时遭受的嫌恶，觉得像是刚从一个噩梦醒来又进入另一个并不清晰的梦。

再后来就没时间多想了。他要给游客当导游，要接受国内外媒体的录制采访，要参加相关项目的文艺表演和身份展示。除此之外，还得在离骊靬村一公里外新建的融东西方建筑风格为一体的骊靬古城的停车场负责收费及治安工作。

工作杂而乱，但他干得卖力极了，生怕有一天老天爷酒醒了把他扔回原处。他还不断地提醒自己：一定要努力啊，可不能把这馅饼给糟蹋了！

很快，他成了当地的名人，一个罗马人后裔的形象代言人。没有人再叫他"黄毛鞑子"了，他爹娘走在村子里脸上也像是打了聚光灯，而那些曾经鄙视过他的人更是不知暗地里有多羡慕他。可是天晓得啊，他根本就是爹娘亲生的孩子，他爹娘根本就是黑头发黑眼睛地地道道的本地人。这世道，简直是谁在同他开玩笑！

"看你们还小看我不？"他把之前的委屈拢在一起，狠狠地在心里说。

"不能小看了，这小子真是转运了！"车轱辘他们一边打工一边朝旅游公司的方向看。

他一定能找上个漂亮媳妇。车轱辘想。

我定能找上个漂亮媳妇。他想。

村里的人都在这样想。

直到有一天，一个猴脸的外媒记者采访，神色特别地对他说："你就在摄像机镜头面前说你是个罗马人，你一定要这样说啊！"

这是哪门子话啊？他当时就愣住，觉得满脑子都是乱。又瞬间想起之前好像听别人有说过他是叛徒，不由得心颤了几下，连忙说，我不是罗马人啊，我是土生土长的本地人。

随后，这样的事竟多了起来。一些图谋不良的记者，为着不可告人的目的，就采访内容断章取义借题发挥，甚而胡说八道，将他置于一种莫名又尴尬的境地，连日子都变得糊涂起来。旅游公司说，需要时也可以这样说的，不过就是个噱头。知情的记者说，没什么的，就那一句话，满足一下别人的好奇心而已。村子里的人则在背后撇嘴："黄毛鞑子个叛徒！"

村里人这句话像锤子一样重重地砸向他。他不知道自己究竟应该是罗马人，还应该是土生土长的本地人，这不是简单地由黄毛鞑子的称呼变为罗马王子，里面似乎有很多复杂甚至涉及所谓政治觉悟的问题，这在他根本就梳理不清。这更不像他在家里种地，只要肯下功夫，怎么都会有沉甸甸金灿灿的麦穗在秋天等着他。在这里，他越来越觉得是一口深井，自己正不由自主地往下坠。

"罗马王子"的日子一天天变得漫长而冗重起来。他也变得越来越不爱说话，必要时可以一句话不说，以至于旅游公司的人都不知道是该同情他，还是应该为他的这种沉默叫好。当然，他也渐渐变得聪明了，对那些总想绕弯子从他嘴里获得"意外惊喜"的记者，已然能够游刃有余地对付，并不至于惹怒他们。

一想到"对付"这个词，他便不免苦笑，心里说不出的一种难过。黄毛鞑子这称呼是去掉了，工作也有了，但每日里寸土必争，寸心难防，全不如小时候被车轱辘他们嫌弃后一个人在村里村外瞎逛，看看近处绿蒙蒙的麦田远处一眼望不到天际的戈壁滩，心里会渐渐平静并开阔起来。如今，他时常觉得心里像塞着一堆杂草，既堵得慌又干枯得要命，恨不能立时跑到河马泉闷头狠狠地喝上几大口。

然而又有什么办法呢！村里像车轱辘他们常年在外打工累死累活的，也不过他每年这两万多的收入。何况，他因之前没好好学习，除了会种地再没其他专长，真要离了那工作，不要说他自己，连他爹娘都不知要怎样地伤心呢，他可不想充当不孝之子。

车辖辘会怎么看这件事呢？他突然十分地想念他，想和他聊聊从前的事还有现在心里头的那种堵塞和干枯。

穿那套特制的仿古罗马将士的服装，在公众面前进行展示或文艺表演，是略略让他感到开心的事。那服装由一套弹性布料的紧身衣裤打底，黄土的颜色，感觉是和大地连在一起的，心里很踏实。外套是一件金黄色布质盔甲，箍在身上有一种连骨头都刚硬起来的力量感。就是得配同样金黄色的短裙让他觉得可笑，古罗马人原来是穿着裙子打仗的吗，这多娘娘腔，似乎行动也不如直接穿裤子那么方便呀。那根束起来让人精气神十足的黑色宽腰带倒也不赖。还有那双棕色的长筒靴，一蹬上便觉觉已经在策马奔腾了。以及金属色感的长翎头盔，风一吹便像火一样燃烧着的橙红色披风，手持的高挑凌厉的长剑，能把前胸牢牢护起的古铜色盾牌。

看看，这装备多威武，配上他"罗马王子"的相貌，他应该很快就会称王而不是王子了！每次着装完，他都觉得和平时不一样，好像体内有一种强劲的力量，正推着他义无反顾地投身到勇士们披荆斩棘所向披靡的战斗中去，哪怕是进行最后的殊死搏斗。那可是只有顶天立地的男子汉才配有的战场啊，哪个英雄的男人不向往。

就是穿起来确实有些麻烦，里三层外三层的很显累赘，需要很长时间才能比较规范地穿好它。这使得他常常在瞬间又被打回到现实，清晰地觉出一种虚妄和不真实。他这副模样，究其根本不过是在作秀，就像村里那些妇女手中绣出的花，仅是一种形式上的摆设，算不得什么能耐。况且，他已听到村里很多人说，他不过是因黄毛鞑子的外貌被旅游公司利用着而已，如果有一天他没这个利用价值了，还不就是曾经那个"骇得不行"的黄毛鞑子嘛。

黄毛鞑子！罗马王子！他觉得自己就像一个被人拿皮鞭赶着的陀螺，人家想让他怎样转他就得怎样转，人家想让他转多久他就得转多久，而他自己根本就无力改变。

可是，需要改变什么呢？这不就是他曾经想要的生活吗！不再有人叫他黄毛鞑子，有了正式工作，被别人暗地里羡慕，他父母开心地等待着儿媳妇降临……

"黄毛鞑子，罗马王子。"他在嘴里不停地嘀咕，竟第一次发现，他自小就恨之入骨的黄毛鞑子这一称呼，竟有一种无比亲切的真实感。就像他原本就是真实的骊靬村的人，而不是什么罗马人；就像他之前虽被车轱辘他们因外貌而嫌弃，但只要踏踏实实在地里干活，心里也就分外踏实。相反，"罗马王子"这称号，却让他一说出口，便觉得自己既像踩在棉花堆里那样轻飘飘的，又像身上有一个重

"垛"压得他总也喘不过气来。

他再一次陷入了难以言说的苦恼之中，甚至比他小时候那种苦恼还要繁重。不同的是，这一次的苦恼，他只要能够下一个决心，也许很快就能从心里把它彻底地清除掉。但他能够下这个决心吗？他需要下这个决心吗？他有勇气下这个决心吗？

有一天，他沿着新建古城的石板路，一路走到他原来生活过的那个黄土的骊靬村，发现村子北端几乎所有的农房都因长期闲置而显得破败不堪，以至于他一个人独独地走着，竟周身生出一些凄凉之意。村子南端的那些土坯房，虽偶可见人，但基本都是些年老力衰孱弱不堪的留守老人。他们一个个躬着身子，顶着一张容不下更多皱纹的枯树脸，幽幽缓缓地走在村子里，让人觉出村子有一种万事已去无法挽回的暮气，似乎略大一些的西北风就能把整个村子吹化了吹散了从此便吹没影了。

他觉得自己很像这个村子，在经历之前所有的起伏颠簸之后，整个身体都被掏空了。甚至，他连这个村子都不如，至少村子是老了之后才空的，而他是未老就已经空了。人身体空了的时候，同一根干枯的木头有什么两样呢！

他突然想起了河马泉，很想喝上一口那清凉的泉水。那泉水曾经不但慰藉着村里一些行将离去的老人火疙瘩一样的身体，让他们有时间等所有的亲人来作最后的告别，也慰藉了他之前作为黄毛鞑子的诸多心事。那是一泓神泉啊，它夏天冰凉冬天温润，常年不竭。

　　他深吸了一口气，转过身，疾步向河马泉的方向走去……

伴

侣

张老汉和他的驴

村里就只有张老汉家有驴了。

一个搞摄影的说要拍他的驴。

牲畜有什么好拍的？张老汉有些不明白，这城里人真是吃饱了撑的。

张老汉在家里等着。入秋了，靠墙的两株老杨树的叶子已经发黄，但还可以遮住顶头的大太阳。秋老虎，贴脸的热。村西的李老三躬着身子背手经过，问，张老汉干吗呢？没事就掀个牛九（西北一种牌类游戏）去。张老汉说，今天有事呢，等个人，明天掀。

一身行头的摄影师从村口那条路走过来。张老汉往前几步迎上去，握住摄影师的手。他没意识到自己的仓皇，但感觉到摄影师的手在他手里顿了一下，不知道为什么。

院子很大，驴套上架子车也能使转得开。不过那头驴这会儿在后院的圈里，刚从地上拉完玉米秆回来，在吃草料。今年的玉米收成好，南面那间屋子堆了一地，黄簌簌的，全可以卖个好价钱。就是老房子寒碜些，几十年前干打垒的黄土墙，很多处泥皮都脱落了。门窗的红油漆也大部分脱落，底端裂了皮，风把黄土嵌进裂缝里，土苍苍的。前阵子想要翻修，又觉得花那钱没意思，儿女们都已另过，老伴也走了，就自个儿，花那钱干啥。一只大公鸡倒是攒劲，头冠艳红，尾巴翘着，屁股毛墩墩的像一把团扇，在院子里踱来踱去，很神气的样子。西墙斜立着几捆芨芨草，上地时顺手拔回来的，秆子绿白色，一看就很韧，赶明儿扎几把大扫帚，扫院子好使。拢草的铁耙也在墙角倒立着，耙叉戳向蓝莹莹的天。墙上挂着几串红辣椒，每次做饭时揪一两个下来。还有一些零七碎八，靠墙乱堆着。一个人的日子，怎么着都行，不讲究。也不知那个摄影师要拍些啥。

他要拍张老汉的手。

张老汉笑了，黑红脸上的皱纹变换着方向。他将双手摊开来。是一双庄稼人褐色的手，皮肤粗糙，指关节一个个都变了形，像秋天被晒焦了的蚕豆秧上的荚果壳，皮皱豆鼓的很难看。还脏，洗不干净，泥污渗进指甲缝里，整个指甲盖都是黑的。指纹和掌心纹里也都是泥，泥像刺青一样渗入皮肤，很多地方皲裂着。前阵子，儿子拿来几副线手套，让他戴上干活。他喜滋滋地戴上了，高兴儿子有这份心。可操作起来不方便，皮肉和锨把隔着，像把他从他的地里推出去了一样，心里不踏实，就把手套丢一边了。这样一双手摆在人面前，委实有些难为情。但摄影师执意要拍，说就是要这效果，院门口握手时他的手在老汉手里的那一"顿"，大概正是为着这个。那就让他拍吧。农民嘛，成天和土打交道，哪能那么干净。最近又在地里挖洋芋，将铁锹翻出的洋芋一个个捡到筐里，横竖都在土坷垃里，由不得手不脏。好在今年的洋芋也好，水吃得足，个大粒圆，还匀实。就是挖起来有些吃力，老了，弯腰低头的那些活，一天下来浑身酸痛，真是没法和年轻时候比。

拍完了手，这才说到那驴，要听听驴的事儿。

驴的事儿，那就多了。犁地，磨面，拉水拉粮食，拉全家人进城买东西，被张老汉调教得比一个人还强。春耕，驴在前面拉犁，张老汉在后面吆喝，"吁……""喔……""驾……"，说前绝不往后，说右绝不往左，把那僵了一冬的地翻得软酥酥的，麦种撒进去欻欻地长，不几天地里就泛出一片青。磨面，家里那两三百斤重的磨盘，被驴一圈圈拉着不停歇地转，还要用布蒙住它眼睛防它发晕，大白天都跟黑夜似的，真是难为了它。出外拉东西，架子车往院中间一横，驴自然就把屁股冲着架子车两侧的拉杆，专等着张老汉来给它套绳。前些年张老汉在山上养的那几头骆驼，吃水全是靠这驴一桶一桶往上驮，每次都累得哼哧哼哧，却不见它歇口气，悄没声息就把水送到骆驼那里。

当然，这家伙也有犯浑的时候。一次，全家人进城，平素都是套了牛车去，恰好那天牛不舒服，便套了那头驴。一路上赶得紧，用鞭子将那驴多抽了几下，那家伙不干了，后屁股一撅一晃，将后车斗整个儿掀翻在地，一家人全都摔在了土窝里。也幸亏是摔到了土窝窝里，人没事，否则还不定会怎样。另有一次，张老汉赶驴车出外，天下着雨，那驴走得慢，怕回家晚了，张老汉不停地用鞭子抽，抽得累了乏了，歇了手，在驴车上睡着了，以为那驴会像往常一样把他从那条老路上送回家。谁知道，等他醒来，发现驴车正停在村子附近的一块坟地里——那驴一生气，竟把他从岔道一径拉到了坟地。后来，他把这事告诉了同村人，他们笑得前俯后仰，说那驴成精了，以后可不敢惹。

驴成没成精张老汉不知道，除了帮他干些好事，这家伙确实也给他惹了不少麻烦。让它在自家地埂上吃草，它不好好吃，跑到别家地里吃麦子，害得那家女人到他家院子里破口骂，让他左右地赔不是，真是丢尽了他的脸。偷吃了人家地里种的美国红辣椒，辣急辣疯了，到处窜，把村里一个原本就很可怜的跛子的鼻子都给咬了下来。那次把他害得够惨，赔了医疗费不说，还差点和那家打官司，幸得村里人调停，事情才没有闹大。

还有很多故事，听得摄影师止不住地笑，让赶紧把那头聪明驴拉出来。张老汉自己也笑，像是回忆自个儿孩子从前那些个淘气事，连不好的也觉出了好，心里暖洋洋的。

那驴的样子真是好看，全身黢黑，皮毛油光滑亮的沾不住水。尤其长脸上那双黑眼睛，好似粗线条的白眼廓里两汪深水，温温静静的，还带着些娇态，像个刚过门的新媳妇。也不知人为何老拿驴来骂人，真要看到驴这乖巧样，喜都喜不过来。摄影师要在南墙根那儿拍，下午的太阳把人影子照墙上，很入画。张老汉和驴贴身依偎着，用那双糙手摸驴的长耳朵，"啪啪"拍几下驴的身子⋯⋯这些场景，虽说是摄影师导演，其实在张老汉和他的驴之间早已惯常，每一个情节都"表演"得自然而然。与这驴相处二十多年，几乎算得上耳鬓厮磨，除过进了城的儿女们得闲回来看他一下，也就这头驴天天见着，天天伴着，有时还听他叨叨些没法和儿女们说出的话，张老汉觉得他其实是和这头驴在这个越来越空的院子里相依为命，彼此气息交融，简直就像是亲人。这驴也重感情，不要说懂得他张老汉的好，就是别人的好它也记得。张老汉六岁的小孙女，有一次跟在驴屁股后面吃桃，那驴不知哪根筋搭错了，抬起后脚就将小孙女踢出去两三米远。也真是孩子傻，从地上一骨碌翻起，不去责怪那驴，反而满地找她早已成土蛋蛋的桃子。那驴知道自己犯了错，此后竟对小孙女格外亲近起来，也最听她的话。它要炸蹶子不干活，往院子外面跑，只要小孙女撒兔子一般追出去，跳起来按住驴的头，驴便即刻乖乖地跟着小孙女返回院里干活了。小孙女呢，一随她爸妈来村里看他，便成天围着那头驴，又是喂草，又是抱它，又是跟它说话，俩俩好得跟亲兄妹一样。你说说，这驴虽说是畜生，脑子里有时候比人都清楚呢。

扯远了。继续拍照。拍张老汉套了驴车从外面拉麦秸秆回来，一垛一垛码放在草棚里。麦秸秆可是个好东西，砌墙时往泥里掺点，墙结实；搭牛棚时作棚顶，遮风挡雨；冬天还可以喂羊，虽不及夏天的青草有水分，羊仍吃得有滋有味。又拍张老汉在地里干活，撅了屁股翻捡洋芋，一地的洋芋不知道什么时候可以捡完，驴在旁边默不作声地等。还拍张老汉提了铁皮桶给菜地浇水，因着太用力身子有些歪斜，像一棵歪脖子老槐树，驴在不远处帮他鼓劲。拍干完活，张老汉将驴拉到一窝溏土处，让驴在溏土里舒舒服服打几个滚，他在一边衔根烟，心满意足地等着。还有张老汉背手剪着铁锹走在回家的路上，那木质的铁锹把比他的手还干净，后面跟着他的驴。

最后，拍了张老汉一个人的背影消失在路的尽头，路边的芨芨草很茂盛，没有那头驴。

摄影师走了。本来要留他吃晚饭的，想了想，算了。张老汉一个人，吃饭凑合，土豆白菜，哄肚子罢了，估计摄影师也吃不惯。那会儿从碗柜里拿出来招待摄影师的几个苹果，青不青黄不黄的，特意在一个水盆里洗了洗，但摄影师拿手里不一会儿就放下了。并不是张老汉的日子有多紧张，像他这样七十多岁年龄，苦了一辈子，总不舍得太铺张。农民嘛，又不像城里人，吃的穿的都要在人面前显光鲜。农民最实在的，就是吃饱喝足了，大太阳底下和村里李老三他们掀牛九谝谎，一直谝到太阳下山。

只是，摄影师一走，整个院子就剩张老汉一个人，心里头突然觉出一种寡淡。摄影师手里那架照相机，像阵风一样把他和他的驴身上的东西刮带了一些去，最终是个什么结果自己也不知道。说是要用这种方式把很多快要消失的东西记录下来，但就摄影师手里那么个小物件，将来即便出成了照片，有些东西能不能真正记下来还很难说。关键是，摄影师这一下午的折腾，把张老汉藏在心底好几天的一件事突然翻浆似的搅动起来——这头驴，张老汉打算要卖掉了。

是的，这头驴，要卖掉了。

论理，驴在张老汉家二十多年，虽然有时候捣蛋，也确实干了不少活，没有功劳也有苦劳。可如今农业机械化，所有驴能干的活都被机器包了，驴在农村几乎没什么用途。之前说到的犁地拉架子车那些，都是很久以前的事了。即便今天拉玉米秆，也是张老汉自个儿闲着没事，将前些日子拖拉机拉剩下的不多一点收拾了来。事实上，家里这头驴，很长时间了，既不靠它犁地，又不需它驮水，它又没狗的看家本事，搁家里白养着，就是几个儿女偶尔回家，看着也碍眼。就像张老汉自己，老了，没用了，虽这些年干活干得手那么糙，也终究比不了儿子临时雇来的那些机械管用，不要说儿女们懒怠来看他，连他自己都觉出多余。

那买驴人来他家看驴的时候，忆前追后帮他算了笔账。一头驴时价一万多块钱，相当于从前万元户的资产，也相当于现在半年的种地收入。他思来想去，觉得确实划算，又想起儿子早就唠叨着让他把驴卖了，他一个冲动一狠心便答应了。可是，眼看着驴将要被牵走，张老汉反而心里空荡荡的，几天了睡在炕上翻来覆去的不得劲。半夜里醒来，忍不住就去院里看他那头驴，身贴着它一站就是好长时间。那驴自然是不知情，只管像往常一样站在那里闭眼睛睡觉，不时发出轻微的鼻息声。乡村的夜晚格外安静，狗叫声都听不到，月亮圆圆的在正高头看着他，他只觉得心里闷，像有一块什么东西压在上面，沉沉的，推不开。

那头驴被驴贩子牵了去，肯定没什么好结果。原来村里人养驴，全为着充当家里一个好劳力。如今，农村不需要了，驴开始在城里金贵起来。驴皮养血会被用来熬制阿胶，驴肉保健很多城里人都爱吃，驴奶更是比牛奶羊奶营养丰富要贵上几百倍，就是连驴下水如今也被炒到了很高的价钱。反正，驴贩子肯花大价钱买他张老汉的驴，定然会连本带利捞回来，不是去杀，难道还有其他更赚钱的方法吗？

当然也有。听说别村也有个养驴的，家里三头驴。驴贩子到他家去了，人家硬是不卖，说要自己养着。那哪是自己养着啊！他家第一头驴原是用一头牛从亲戚那里换来的怀孕的母驴，买回来后母驴下了崽，还没等母驴身体恢复好，就让那母驴和她生下不久的那个小公崽交配，一年后就又怀孕生下了另一头驴。据说那家人还要用这种办法继续让那母驴下崽，每年一头，一直到那母驴再也下不了崽。你说说，长年累月不停地生了又怀，怀了又生，这不是在糟践那母驴吗？即便再挣钱，驴也是个性命啊！

还有，一些地方，把驴捆起四个蹄子固定了，活生生地用开水烫驴屁股上的肉，将那肉烫熟了用刀现割着吃，说那样吃新鲜有营养，还都是有钱或有权的人在吃。想想那个场面，驴疼得嚎叫，人却在一边不动声色地等，他们也真能下得去手。如今的人为了自个儿寻乐，真是连心都变黑了！也不知道家里这头驴被驴贩子牵走后是个什么结果。

而且，这头驴被驴贩子牵走以后，张老汉要是想看看他的驴，听听那驴叫的声音，都没地方去找了。他村里原来一个养驴户的女儿，在城里工作，有一次坐火车，竟然和她同伴一起在火车站学起驴叫，吓坏了城里那些人，几个小孩子大哭。这事固然好笑，但要是他在那火车站，定会冲着那声音非要找出那头驴看看，最好还是他自己家养的那头驴。城里人没见过或者没和驴相处过，自然不知道驴的种种的好。包括那摄影师，专门找到他这里，看似很用心地拍了那么多驴的照片，其实也不过拍了些皮毛。事实上，这头驴以及摄影师最开始就执意要拍的他那双枯豆荚一样的手，在他们相守的二十多年，甚至追溯到张老汉自己的七十多年，每天都是不同的样子，每天也都经历着不同的喜或者怒、哀或者乐，由这些天串成的月，再由月串成的年年岁岁，不是摄影师手里那架相机用短短的一个下午就能够拍得出来，也绝不是墙上挂起的几张简单的照片能实实在在留存下来的。而如今，驴在这里已经没用了，被卖了，卖掉之后的"用"又不得而知。张老汉自己呢，也渐渐成了个老无用，并只能在这个世界上继续老无用下去，直到某一天不得不离去。

太阳已经西落。张老汉一个人站在那里，神思有些恍惚，心被这一个个或清晰或模糊的想法先是塞得满满的，以至于憋闷。站久了一些，又发觉心上一阵阵的虚空，仿佛置身于一片无人的荒野，说不出的一种孤独。他不知道接下来该做些什么。

秋天的傍晚已起了寒意。一阵风扫过，将几片早落的黄叶刮拉到张老汉的脚边，一个转身，又刮走了。张老汉站在院子里，很久没动一下。

杀牛队

"杀牛队"这个名称是他们其中一个想了片刻，正了正脸上的表情，眼盯着我很认真地说出来的。我还在犹豫该不该信他这句话，旁边那个猴样干瘦、胡子两端卷曲上翘、很有些阿凡提式喜剧特点的男人早已转过脸去收拾不住地笑，"哈哈哈，杀牛队，哈哈哈……"他们的同伙也跟着笑，那些震荡在屋子里的肆无忌惮的笑声，使得原本不大的小镇饭馆胀鼓鼓的快要爆开。而实际上，当他们突然像一阵猛风灌入饭馆之后，每个小圆凳周围乃至更远的空间早已被他们拉开双腿各是各地拓展疆域占满了，旁侧几个空座显得局促，仿佛连个小物件都安插不下。

饭馆的两个主人却安静。老年男人默不作声一碗接一碗地为那几个"杀牛队"成员端上饭，动作迟缓但很镇定。年轻女人在里侧半隔的厨间低了头炒菜，并不时地抬头朝外看一眼。待饭碗端至那翘胡子男人处，那男人立刻从胡子里冒出几句很有些不堪的玩笑，关于那老年男人和年轻女人，惹得他的同伙又一阵大笑。但老年男人依旧无声，微笑着返回了后堂。看得出，"杀牛队"几个成员是这家饭馆的老主顾。

见我问得仔细，称"杀牛队"那人这才敛起他的戏谑表情，开始认真解答起我的疑惑和好奇。旁边那翘胡子男人一边听一边继续地插科打诨，总也不能安静。最为年轻、青涩气尚未从脸上褪去的那个青年静静地、满怀好奇地盯着我，大概正在揣测我的意图。而那年龄最大、后来称自己六十多岁的老年男子坐姿最端正，帽檐下一张方阔敦实的脸，被两鬓窜出的白发染了很多沧桑；端碗的一双手背部青筋暴起，结实得像两个石礅子。最靠里坐着的那个清瘦男人，则纸片一样，自始至终无任何表情。

所谓"杀牛队"正是这五个人。

"就是屠夫啊。"我的同伴低着声音说。事实上，当那几个人刚刚拥入饭馆，他便嗅到了他们身上挟裹着的血腥味道，而我竟浑然不觉。我开始琢磨"屠夫"这个词，除了曾在小学课本里遇到过它，其后的岁月并无更多机会让我深入地了解。称"杀牛队"那人一定也想到了这个词，为避免其间太多的粗野成分，他巧妙地将它替换为"杀牛队"。挺好，"杀牛队"，既充分表明了他们的职业属性，又显得文气。如同他后来形容那个年长的两鬓斑白的同伙，"健壮得像一头公牛"，亦同样有一种意料之外的文学意味。

具体问了他们一些什么问题，此刻竟全都忘了。五个男人荡动在饭馆里的带有侵略性的生猛气息让我的内心过于紧张，生怕某个不合时宜的问题不小心触犯到他们，他们只需伸出两根手指就会把我捏得粉碎。等他们将要吃完，我深吸了一口气，强作镇定地说，我们去看你们杀牛吧。不承想翘胡子男人又一次大笑，"哈哈哈，可以啊，看我们杀完，你们每人再买一些牛肉回去，哈哈哈"。

一时竟不知怎么回答，却见称"杀牛队"那人白了他一眼，转过头对我们说："别听他胡说，等我们吃完饭一起去看。"

五个"杀牛队"成员走出了饭馆，小镇宽阔的马路立时像旋起了一阵风。翘胡子男人走在最前面，他个子高，腿长，走起路来像一根扭曲的粗树枝被风吹得左摇右晃，迷彩服式样的衣裤沾着很多或深或浅的红色污渍，显然是杀牛时新溅上去以及之前未能洗干净的血迹。称"杀牛队"的那人个子矮，略微地胖，一步踏一步沉稳地走在翘胡子男人身后，姿态显得格外矫健。最年长的那个，石碌子一样的双手在他厚实的身体两侧有力地摆动着，脚底一双白色球鞋同样布满了新旧驳杂的血渍。略显青涩的青年仍一副安静模样，一边往前走，一边继续侧着头看我们。那自始至终没什么表情的清瘦男子，则像正午阳光下越来越小的一个影子，虽一路跟着，却几乎感觉不到他的存在。

他们跨入了沿街一家肉店的侧门。左拐进去一个矩形小院，往深处的栅栏内见将近二十多头大小差不多的牛。许是后面一堵墙的缘故，那二十多头牛并列一排很整齐地挤在栅栏的后端，眼睛一溜儿黑乌乌地盯着我们，却没有一头牛表现出我所预想的骚动不安。在它们前方，正对着栅栏门的平地上，一个很深的圆坑内淤满了污血，表层已经凝固，像糊了一层红色的浆。

后来我们回忆那个场面，一个朋友说起他曾见过的另一个杀猴场面：知道将要被杀，众猴会把其中年老、年幼或是生病的猴子用力推向持刀人，为着想要保全自己。我们一个个惊骇，以为聪颖如猴，竟可以做到如此地狡诈和险恶，可见动物间的优胜劣汰实在是可怕。相较而言，这栅栏内的牛便老实和愚笨多了，对将临的危险竟恍若无感。然而也不好说，那猴是野生的猴，有它们的物竞天择。而这些家养的牛，则生来就是为着杀了吃肉，也许它们只是顺命也未可知。若不然，刚"杀牛队"那几人一身血迹汹汹涌涌地走在大街上的时候，满街的行人也不会那样的熟视无睹，大概他们早已经是习惯了。

杀牛便这样开始了。

喜欢开玩笑的翘胡子男人显然是"杀牛队"里最有经验的，因为套牛这项最需技巧的工作自然而然地由他来承担。一根十几米长的粗绳，顶端熟练地挽起一个活套环，绳的另一端穿过血坑旁深栽于地的粗铁环，绕一圈（后续拉绳时可以借此固力），之后又伸出去，套牛的前期工作便做好了。

被"杀牛队"嬉笑选中的，是一头全身黑毛的牛，据翘胡子男人估计，至少可以杀两百多斤肉。但那黑牛不知情，见翘胡子男人拿绳套甩向它，只轻轻地往旁侧躲了躲，继而随其他的牛一起拥挤着往后退。整个栏内未见任何的混乱，其他牛仅是随黑牛的晃动左右调整着步子。更让我不解的是，那二十多头牛一个个那么大的体量，除它们往后退时步子难免有些凌乱，竟不见有谁发出哪怕一丝表达恐惧的声音，它们的目光如往常般平静。

称"杀牛队"的那人说："不到被杀那一刻，牛不会意识到身处的危险，它们后退也不过是随便地躲一躲。"

我想我应该相信他的话，他比我了解牛，理论认知更应该符合真相。但之前每一头牛的宰杀，都是在毫无遮蔽的情况下对着栏内这些牛当面进行的。也就是说，这二十多头牛曾眼睁睁地看着它们的同类被栏外这几个人嬉笑着拉出门外然后宰杀，那冒着热气的鲜血亦曾汩汩地流入栅栏门口的圆坑内，难道那个时候它们也毫无感知吗？

"有感知的。牛是很有灵性的一种动物，被杀前会不停地流泪。"一个同伴肯定地说。但我后来查资料，发现有生物学家辩驳：牛的流泪其实和鳄鱼眼泪一样，是为着用泪腺来排除体内多余的盐分，与情感无关。对此，我是个外行，无法判定。只吃惊于眼前这一真实场景，那被套的牛的眼中并未见得一滴眼泪，包括旁边任何一头牛的眼中也都没有眼泪。它们与此刻以旁观者身份出现的我一样，表情木然。

唯有那黑牛多些警觉，左闪右躲好几次都从翘胡子男人甩出去的绳套下逃脱了。旁边那些牛，则好长时间了仍一长排挤在那里，未曾发出任何的叫声。甚至，当翘胡子男人因用力过猛，将绳套甩向了其他牛，它们连最基本的躲避都显得那样漫不经心，几近于冷漠。

无法断定那些牛究竟是无知，还是有知却只能作无知，它们的漫不经心乃至冷漠给了我深深的恐惧。我想这绝不是一个群体的自愿自发，而是一种惯性，一种由最初的不接受到不得不接受，到耐受，到最终自然而然的承受。

无奈，却无可抗拒。

黑牛还是被绳索套住了。直到包括翘胡子男人在内的四个"杀牛队"成员扯紧了绳使劲往栅栏外拉它时，它才似乎意识到真正的危险。也或者，在被套的那一瞬间，它记起了之前同类被宰杀的场景。它开始铆足了劲往后退，把套在脖子上的那根粗绳拉得笔直，眼睛因用力而狠狠地鼓出来，恐惧像眼眶深处向外撒开的一张网，还有无助，以及深深的绝望。即便如此，它仍是不出一声，只半张着嘴不停地喘粗气。待快要被绳子拉出栏外时，只见它猛一侧头，将牛角紧紧地抵在栅栏的门框上，同时前蹄用力蹬紧地面，后蹄挣扎着一步一步往后退，像一个拼了命都想取得头筹的拔河队员。

彼时，除了最年长的那人似乎漠不关心地在一边旁观外，"杀牛队"其他四个成员都上了手，依次攀紧在粗绳上挣得气喘吁吁。那黑牛的力气实在太大了，四个成员好不容易往后拉了几步,又被它一下子拉了回去。短短几米的距离,在他们之间忽而进忽而退,像敌我双方一场激烈的地盘争夺战。

又何尝不是一场战斗呢?于牛,那是命悬一线的距离和空间;于杀牛的人,杀一头牛可从雇主手里换得百元酬劳。生死的距离,即是这几米之间的惊心动魄。

最终,在翘胡子男人的一声喝令下,那黑牛由四个人绷足劲齐力拉出了栏外。套在牛脖子近端的绳被他们拉至地上那个粗铁环上结结实实地绕了很多圈,牛头被牢牢地固定在了铁环的旁边。这头被制服的牛再也无法挣脱了,也再也没有了任何挣扎的空间。甚至,当翘胡子男人用双手熟练地将牛头扳向一侧,只轻轻地推了一下牛的身体,它便顺势倒在了地上。整个过程,除因用力而喘着粗气,那头牛自始至终都没发出任何的声音。

我无端想起网上关于牛的一句陈述:牛能帮助人类进行农业生产——它原是人类最忠实的朋友。

"可这样高寒地区,气候这么恶劣,藏民若不吃牛肉,拿什么来补充身体所需的高能量呢?"同伴沉着声问。

我无言。

很快,院子里响起了磨刀声,"嚓嚓……嚓嚓……",耳朵边划来划去,刺得人心跳。"杀牛队"几个成员已经着手杀牛前的准备了。

还是那安静又青涩的青年,一边磨刀,一边拿眼睛瞟向我。

——他在看我的反应。

我表现得毫无反应。我看着那称"杀牛队"的人持刀走近了侧身躺在地上的牛；看着他将牛头往旁边拽了拽，让牛脖子对准地上那淤满污血的圆坑，用绳的另一端捆住了牛嘴。他说这样不是为了怕牛叫，因为牛在这种情况下根本就不叫，他只是控制牛嘴乃至整个牛头不要乱动，以便随后杀起来顺畅。就在他这样说着的时候，那把锋利的刀已经他的手深深地捅入了牛脖子。只听得牛轻轻地哼了一声，像大势已去的最后一声叹息，身体因疼痛而剧烈地抽搐着，四蹄在空中乱蹬，但很快就被旁边的两个人按住了。随后，那把刀又从牛脖子里抽了出来，带着血，开始像划纸片一样，一下一下切割起牛的喉咙。粉色的肉从长满黑毛的牛皮里翻出来，白色的骨露出来，红色的血汩汩地像河水一样流入那个圆坑内，圆坑已经盛不下。很快，牛的脖子便被割断了，只剩下一层皮毛浅浅地粘连着，身体却仍在不停地抽搐，好多次几乎要腾起，又被旁边的人按了下去。如此持续了十多分钟。终于，牛一下一下缓慢眨着的眼睛停留在了圆睁着的那一刻，身体像水一样匍向地面，再也没了任何动静。

空气仿佛凝固了。天蓝得刺眼。院外不知什么人在笑，荡荡的。

有风吹过。

称"杀牛队"那人站起身，长舒了一口气。见那牛眼睛还睁着，他抬起脚尖轻轻跐了跐牛的上下眼睑，想让它闭合。不料他的脚刚一抬起，那眼睛顿时又睁开了，眼珠在眼窝处鼓起，像一颗坚硬的铁珠子。

那人没再做什么。他走向了一边。

我定定地站在瘫死的牛的旁边。

直到后来，当我回想起当时那一幕，仍吃惊于自己的镇定。我不是胆大之人，遇到毛虫掉在头上会大喊大叫，脚边出现蜘蛛潮虫之类更会惊跳着绕开。我相信人世间的因果报应，当你在此一世伤害，必会在另一世偿还。我亦笃信，世间万物生而平等，只有倾心相守才能安稳。然而，面对这样的杀牛场面，且第一次历经，我竟表现出从未有过的漠然和冷淡，连自己都不明白。

这是多么令人沮丧啊！我总以为生活过于简单，想让它变得复杂，却发现当复杂来袭时，它竟成了一种难解的不得不面对，包括由此而生的那些挣扎、犹疑、恐惧、痛苦、信任、背叛，生或者死，喜或者哀……

"杀牛队"的工作仍在继续。

接下来，剥牛皮的工序在"杀牛队"几个成员手下变得轻松多了。

翘胡子男人又开始了他的饶舌玩笑，套牛那一刻紧张的气氛已被他引发的一阵阵笑声冲得了无痕迹。刚才在一旁漠不关心的最年长的"杀牛队"成员，这才知道他原是在积攒力气，为着几个人剥牛皮时他要抡起大锤砰砰砰地将皮与肉捶得分离开来，如此既不会破坏肉的完整性，牛皮内里也挂不到一丝鲜肉，泾渭分明。再看他抡锤的姿势，果真像称"杀牛队"那人所说，"健壮得像一头公牛"。

见我呆立不动，称"杀牛队"那人笑着问："吓坏了吧，以后不敢吃牛肉了吧？"我说不出话，只木然地看着他。他继而往旁侧的一个小屋里走，说让你看个好东西。

不多时，等他从那个屋子出来，手中已扬起一个东西在我面前晃。我凑近了看，倏然惊出一身冷汗。那是一个成型的牛的胚胎，阴干的浅黄色薄皮下透出粉红色的胎肉，像医院B超显示屏上蜷缩着的人的胚胎。也即是说，在这里被宰杀的，还有一些是怀孕的母牛，因年老体衰别无他用，便杀了来卖钱。这样的母牛肉多膘厚，比别的牛卖的钱多。它们体内的那些小牛胚胎，则专门卖给一些嗜好之人，据说对人身体是大补。

同伴进到那屋探了一圈。见我也要进去，在门口拦住，说，你别进去了，里面半屋子那样的胚胎。

半屋子的胚胎！半屋子……

　　每当夜深人静时，那只猫头鹰在树上哇哇叫的

时候，他们就来了。他们浑身是血，哇哇号哭着，跟

那些缺腿少爪的青蛙混在一起。他们的哭声与青蛙的

叫声也混成一片，分不清彼此……

——莫言在他的《蛙》中写下了这样一段话。

"我们走吧。"同伴说。

"嗯，走吧。"我有些支撑不住，身子晃。同伴扶住了我。

临出门，我回头看了一眼那青涩的、一直在观察着我的青年。

我觉得有些对不起那青年，我让他失望了。在与"杀牛队"相遇之后，我所呈现的众多好奇都令他好奇，以至于他的眼睛几乎跟了我一路。如今，牛杀完了，我的好奇心得到了满足，他的好奇却始终未有一个明确的答案。

他会想些什么呢？所发生的一切，对于他和他的同伴是谋生的必然手段，他们平静、自然。对于我，则纯粹是一个无聊之人的无所事事，我实在不应该表现出他们那样的平静和自然。

我应该在看到地上那个集满了污血的深坑后，像很多柔弱女人一样晕倒；或者看到锋利的刀插入牛脖子的那一瞬间，吓得尖叫；或者，看到他们切割牛的喉咙、血汩汩地从牛的身体里流出来时，断然决然地转身离开。然而，这些"应该"都没有，我表现得那样默然，那样好奇，仿

佛坚硬如铁。

　　可这坚硬如铁覆在心上是多么地令人感到窒息！它不过是意识深处潜藏已久的冷漠所催生出的一些残忍的鳞片，若无所阻隔地生发下去，只会覆盖我原本生活里并不多的一些温暖和希望。而那些温暖和希望，正是我现实生活唯一能够坚持下去的光亮。

　　那个青涩的、安静的青年，他心里定也有这样的光亮吧。或者说，所有人心里都会有这样的光亮。我想说的是，不管一个人采用何种方式来生存，哪怕不得不去毁灭，心里的那丝光亮也绝不能被冷漠的鳞片所覆盖。

　　我们走出了小院，未同"杀牛队"任何成员打招呼。这种短暂的相遇，以及院子里消散不尽的血腥味道，不适合作热情的告别。每个人都有自己的路要走，每头牛也都有它自己的宿命。虽则那一刻，我们的心情并不见得轻松，似乎被唤醒了什么，又似乎什么都没有，但我们知道，生活在任何时候，都将一如既往地继续下去。

马事

小兰家的马

小兰家的马出生时，小兰只有十来岁。那天晚上，小兰固执地扒在马圈外，要亲眼看小马驹从它妈妈身体里钻出来。她爹看她困得腿发软眼皮打架，说："去睡吧，马驹钻出来我立刻喊你。"就去睡了。等第二天醒来，大马旁边已躺着一匹睡着的小马驹了。那小马驹闭眼睡着的样子真可爱，前腿并前腿后腿并后腿侧躺在铺着干草的马圈里，又前后腿与身体都是垂直的姿态，整匹马看起来像画在地上的一个憨笨的梯形，表情还像做着美梦似的微微笑，把小兰高兴得一个劲儿大声喊她娘，而她娘早就到地里给胡麻锄草去了。

小兰那天是不用干活的，看一眼小马驹后就得赶紧去上学。小马驹也不用干活，它得几天后才能站起身子，然后玩到三岁身体壮了才被家里安排干些力所能及的活。于是，小兰放学后就可以和小马驹一起玩，彼此没有其他方面的任何压力。

所谓玩，就是小兰给刚出生还没力气站起来的小马驹精心地梳毛。小孩子稚嫩的一双手,轻轻插入小马驹并不茂密的鬃毛,一下一下慢慢地理,带着孩童身上温热柔软的气息,舒服得小马驹躺在草上连长长的眼睫毛都懒怠动一下。梳到几个月小马驹结实些可以带出去了,便牵去田里、沟沿上,一边吃草一边玩。是那种特别嫩的草,刚出芽带着白芯的黄花菜、曲曲菜,尚未被太阳晒得暗绿,揪一撮放手心里,小马驹伸了脖子嘴够着吃,把小兰的手心挠得软乎乎痒酥酥的,心里只想笑。诸如这些事大人们是没时间去做的,家里十几口人都在等着穿衣吃饭。也正合了小兰的心意,乐得她又想去爬村边那一棵大树,遂记起上次爬树上被她爹拿着棍子撵了下来,便只好忍住,牵着小马驹一路蹦跳着去了地头或是河边。

小兰所在的村子叫岗坡村,因为村子在一个斜坡下面。旁边一条河,上游是关系全县十几万人口用水的皇城水库。爬上村子那棵最高的树,即可以看到上游水库大坝上赫然几个大字"皇城水库",同龄小孩中她最早认得这几个字,就是几次趁父亲不注意爬到树上的成果。河水常年或大或小地流,水小的时候,岸边半干半湿的地也能种些麦子、荷兰豆——当地人不叫荷兰豆,叫豆 ge,刚结出的嫩豆荚,拇指食指在顶端轻轻一挤,豆荚裂开,摸里面鲜嫩的豆吃了,将每瓣豆荚在接近豆梗的地方对折一下,牵豆梗顺纹理撕去薄膜样的叶脉组织,剩下的叶肉便可以接着吃,且汁液饱满脆生生的一种野香——如果没等麦子抽穗荷兰豆结豆荚，河水涨高了，淹了也就淹了。庄户人家，老天爷让你吃你就吃，不让你吃你就得受着。

小兰喜欢放马还有另外一个原因，可以敞开了看书。虽然那些年家里村里实在也没多少书看，便是别人扔掉的旧报纸破杂志，小兰也会捡起来看得津津有味。把马牵到河边，或是缒着马尾巴渡到河对岸无人的地方，翻羊毛的大皮袄往河沿上一铺，马自个儿找着去吃草，小兰躺在皮袄上看书，早晨也好，下午也好，扯住一天都不会有人打搅。看久了起来活动，见马一路吃出去很远，跑过去把它掉个头，它便又一直吃回来。这家伙一根筋，如果不给它掉头，会顺着河沿一直吃远了去。它更不会操心小兰看什么书，吃饱了就在河边站着，看河对岸的山，听河水哗啦啦地流。有时候小兰不想看书了，便也陪它站在那里，想些什么或者不想什么，一只手习惯地插进鬃毛里一下一下地顺。那毛是枣红色的，根根顺，亮油油的像是有弹性——小兰把它养成了村里最漂亮的一匹马。

村里每户人家都有一匹马，再多了也买不起。每户人家也都有一个小孩子放着。满村乱窜的小孩子，小兰是唯一敢骑马的女孩，她知道怎么让小马听话。刚开始是往小马驹身上放衣服，假装有意或无意地放，小马驹怕，跳着躲，不让放，梳毛可以，就是不让放东西，得慢慢磨，轻声细气，磨着磨着，放几次就习惯了，不怕了。接着马莲花编的笼头，给小马驹漂漂亮亮戴头上，戴着戴着也习惯了，就让套上了。小兰个子小，不愿骑大马，大马太高，脊梁杆硬，还皮包骨的硌人。小马一人高，刚刚好，身上还软。但还是不敢骑，就趴，把马拉到沟沿上站好，自己"嘣"地一跳，趴在马背上，随它晃荡。趴了一段时间，终于能大大方方骑着满村子跑了。也许自小给它梳毛的缘故，小马很愿意让小兰骑，从不恋它妈，也不让别人碰，成日里就跟在小兰屁股后面跑。她哥不服气，觉得放马自在，不像锄草那样累。那就让他牵去放，她帮母亲在胡麻地锄草。没几分钟，像一股风卷过来，她哥人在马上趴着，那马直奔到她跟前猛刹住，再怎么拽都拽不动，气得她哥堂堂一个十四岁少年跳下马拿起鞭子就抽，急得她跳起来左拦右护，无辜挨了好几鞭子，一个月没跟她哥说话。还有一次，同几个男孩子赛马，跨一条沟没经验，马跳过去了，小兰从马脖子上摔下来掉到沟那边，想这下完了，马从身上踏过去就完蛋了，一脚就踩死了，不料马却把两只脚在脖子下方岔开，落脚时特意将人避开，定定站在那里不动了。从此，小兰和她的马更亲密了，睡觉都恨不得搂着。

岗坡村上游皇城水库以南，是少数民族聚居区，裕固族占少数，藏族占多数，往北去往县城的那条路经过村子。常常，小兰骑着她那匹小马驹在路上瞎溜达。那马已经长高长大了，虽是母马却威武得不行，按小兰现在的话说，骑上它简直比开法拉利还牛，虽然直到现在她尚未开过法拉利，不知道那是怎样一种感觉，总之一定像当年骑她的小马驹那样牛，那样神气。也常常，那条路一到春天秋天下雨就翻浆，来回拉煤拉货的车很多都陷到泥沟里。那时的人仗义，看到有车陷到泥沟里，认得认不得的都帮着往外推，"嘿哈嘿哈"的。很多人看到小兰骑着的那匹马，都喜欢得很，找到她家要买了当赛马，找了好几回她爹都不卖。之前她家那匹老马被卖掉的时候，小兰就哭，那老马还从邻村偷偷跑回来过，买家也追着来要，小兰哭着不让牵，她爹说已经卖给别人就不能留了，况且家里已经有这小马了，老马就被牵走了，再也没回来。对于同她情似姐妹的小马，小兰更舍不得，哭着骂那买马的人。

玩了三年，小马膘肥体壮，能干农活了，便拉车拉草拉土，一次能拉到二百多斤水泥，每天忙得脚打后脑勺。小兰也到县城住宿上高中去了，只放假回来才能彼此照个面，她用手摸一下它的毛，它用脸蹭一下她的手，好比故友重逢，眼睛里都是旧事。接着包产到户，家家有了拖拉机，马成了多余，最终被她爹卖给啥人当了走马——那地方把专用来骑人的马叫走马。走马就是走马，骑上同别的马不一样，又稳又快还听话。可惜小兰再也没机会骑了，连什么时候卖掉的她都不知道。

后来，小兰工作了，并不是自小想要当的作家，而是进入了保险行业。这一行要的是人勤口快，适合小兰泼辣明丽的性格。她干得很好，年年业绩攀升，有了自己的团队，风生水起。偶尔，也会想起小时候骑过的小马驹，觉得时间过得真快，那小马驹不知道后来怎么样了。

梅老板家的马

梅老板的这个"梅"字若放在一个女人身上，那定是清香袭人，袅袅婷婷。若放在他身上，加上他个矮体胖眼睛小，嘴里再叼上一根粗烟棒，便十足的旧社会老大气派。

一方面，是在养马贩马这条道上混了将近四十年，风里雨里，练就了这样霸气声势。另一方面，如果没有这样气派，同行业不如他的那些人会合起来欺负，没办法在这地方待下去。

有一年，同在混牧区放马的数十户牧民，看他家的马多（二百多匹）、牛多（一百多头），吃草太多挤占了各家不多的几十头牛的草料，便今天到乡上告状明天到镇上告状，还借口他家马圈附近的臭门泉淹死了羊，雇铲土机生生把那长宽近三十米的大泉给填得只剩浅浅一个不出水的坑，想断了他水路把他撵走，结果没能如愿，他还好好地在那里，收马，卖马，从青海那些地方进几匹血统好的种马配马，买卖做得红红火火。另一年，那些人喝了三两酒，直接跑到草滩上要驱赶他家的马和牛，还打死了他最得意的一匹马，他正同外地来的客户喝酒，立时骑马追了过去，没几句便同他们打起来，虽是他自己打电话报的警，无奈寡不敌众挨了打，还被他们录了他打人的视频，污蔑他先动的手，被逮到看守所罚了三百块钱拘了五天，吃尽了那黑窟窿里的苦。就那样他也还在那里好好的，收马、卖马、配马，买卖做得红红火火——既然是政府划定的公共混牧区，那谁都可以放马，想撵他走，休想！

并不是当地牧民排外，梅老板也是本地人，且和那合伙欺负他的十来个人从小一个涝池里喝水一棵沙枣树上摘果，是现在的人见不得别人比自己好，一见别人好了便定要想办法让别人不好。说穿了是那些人没本事，不好好反思自己是不是吃了苦努了力，不动脑筋想办法拓展自己的产业，反过来追究他梅老板产业的越来越大，认定是他占了他们的牧草资源，才导致他们的不好。这个黑锅梅老板当然不会背，"我一个人冰天雪地坐几块钱的绿皮火车到青海找种马时，你们在干吗？不是成宿麻将打得眼窝发黑，就是老婆孩子热炕头，你们有什么资格来编派我"！

再看那给他惹事又养活他一家的两百匹马，挤在马圈里真是浩荡，站着的、卧着的、躺着的，你挤一下我撞一下它，为争一匹母马几匹公马还肆无忌惮地撕咬起来，整一个热气腾腾的大场面。待梅老板看它们越闹越凶，踱着方步在马圈里高高甩响了鞭子，所有的马便都噤了声，低眉顺眼地再也不敢胡乱闹腾了。

这些马，一部分是从农户手里收来的，包产到户，农业机械化，马退出农耕舞台没了大用途，当地人又认为马肉热有毒性不可食，于是被他发现了商机，跑村串户收了来，好马留下当母马种马，孱弱些的马卖给外地商户，他们能把马肉当驴肉开饭馆，据说挣钱得不得了——这些人真是坏透了。小兰家的那匹马是不是也在其中不好说，总之那一批农户家的马大都脱不了这个命运。另一部分，也是少数，是梅老板花巨资从外地买来的外血种马，目的是改良河西走廊马的血统，使之体格更大更强壮，当赛马时更有冲劲和耐力，足够卖个好价钱。

让人感到欣慰的是，梅老板不像有些地方，专培养那种抽血清制破伤风疫苗的四十五天的孕马，从马身体里抽出的血提炼完血清原又输回到马的血管，每周抽一次，每次抽十斤，将那些马摧残得连垂头慢走都没了力气，更不要说骏马一样的昂首驰骋。若真是那样，梅老板这坐落于河西走廊一个叫土馒头的荒草滩的马圈，定会比昏天黑地的沙尘天气下更显得混沌，让人惶恐不安——马圈离人群聚集的地方实在太远了，沿 312 国道一路往西，除了荒凉还是荒凉，人会越来越感到绝望，像被吸入一个与世隔绝让人无法呼吸的洪荒之地，一旦进去便再也抽不了身。

马圈是梅老板二十多岁时找到的，之前他一直待在家里。嫌学校限制了他的身心自由，小学五年级便辍了学，跟着家里唯一的一匹马，同小兰家三岁以后的那匹马一样，帮父母种田犁地拉粪，在麦场和村里那些血盛的小伙子们打架，见一个漂亮姑娘从对面走来恶作剧地飞几声口哨。晃悠到二十来岁，觉得自己该立业了，便找到这块说宝地也算不得宝地但属于公共混牧区的草滩，独立门户干起了这马的事业，且一干就是二十多年。他是打心眼儿里喜欢马，觉得马奔放，符合他自由的脾性。也正为着这样的喜欢，他将马当成了这辈子打算一直干下去的职业，并因此成全了他相貌身高虽不及一般人的出众，却还是在三十多岁时找到了媳妇并为他生了两个同样结实的儿子。

也是因为喜欢，马圈里这些经梅老板苦心经营的马，虽时时被他高高扬起的鞭子吓得噤了声，但不到万不得已梅老板绝不会将鞭子真正落在那些马身上。与马厮守的几十年里，它们曾不止一次地帮过他也救过他，让他觉得这不会说话的无言战士其实有着比人更深厚的情感，如果将鞭子抡实了抽向它们，无疑是自己的绝情，他梅老板绝不会干这样的事。十八岁那年，家里一只藏獒血统的狗不知跑哪儿了，他骑家里唯一的那匹马找得都快冒烟了，终于在很远的北山脚下找到，那时天已大黑，又刮风又下雪，没灯，穿得又少，他想今晚要被冻死呢，命就这样送出去了。没想到那马竟眯着眼在雪窝里一直把他驮到十几公里处的牧民家，硬是把他那条贱命给救了回来。早几年年纪轻，爱喝点酒，骑马到十公里八公里朋友处，即便喝到夜半喝得烂醉，只要人能翻到马脊梁上，又算不得酒驾，马就能完完整整把他驮回家，使他即便遇到更强悍的酒家心里也不会犯怵。混牧区这些年，被他接了很多年接顺的那匹马比他那几个雇工还要清楚他的意图，驮他在荒滩上收马时，会左一下右一下帮他用力地赶，那些放了风的散马在它控制下无一不是乖乖地跟着主人回了家。总之，马这家伙真是灵性了得，你对它好，给它铡齐整的草吃，适当的时候顺着它，它便竭尽全力地帮你回报你，比这世上的一些人不知要强多少。

便又说到了人。事实上，从商人的角度，以及这些年马产业带给梅老板生活上的富足，还有种种不平的经历，使他对马除了刚刚说到的敬慕，还有比当年单纯的小兰更加复杂的感情，即：不可以完全沉沦于对马的深情。比如他十几岁还在家里干农活的时候，家里那匹马天天亲他好像也爱着他，对他从来都是顺从，却不料某一天那家伙竟发了疯地踢他一脚，把他的嘴给踢豁了，直到现在年近五十了嘴上那豁的印迹还清晰可见，估计下半辈子也消失不了。这足以说明这世上的马跟世上的人一样是会反目的，你以为你小时候和那些伙伴玩得好玩得掏心掏肺，然而一涉及利益问题，他们会想着法子不让你好过。你以为你尊着别人别人也会尊着你，却偏偏有些人专挑软柿子捏，欺你的软弱。所以，对马和对人一样，该硬的时候就必须得硬，绝不能含糊。该卖的时候不能有一丝的留恋，那时候的马不过是一件商品，用来挣钱的工具。该让别人买去杀了当驴肉就让杀去，别人也得吃饭，虽然这有些不地道，以假乱真，估计迟早也会栽在自己手里。外血种马那么高价钱买回来，该让它加班加点配种，就得想尽办法哪怕耗尽它的精血也得多配出些种。细想起来，从前农户家里那金贵的马只是单纯地帮主人干活，现在竟又生出这么多实际的用途，可见他梅老板在马身上实在是下对了注，接下来还得加油干，把马产业干得更好，让那些折腾他的红眼人更眼红，看他能咋样。

"马善被人骑，人善被人欺。"在弱肉强食的商业领域，一个没文化的人只能靠天不怕地不怕的劲头才能走在人前头，而梅老板早已将他周边那些不争气的养马户甩出去好几条街，并从心底开始蔑视他们了。

这是豪气的梅老板最想要的结果。想起大雪天他赶马去吃几十公里之外庄稼地冻干了的剩菜叶子、麦茬秆子，兴致勃勃去高古城放马被当地人以占他们地盘为由将他撵得无处可去，满怀期望贷款二十万元买了匹外血马结果那马到他那里竟病死，以及其他许许多多不堪回首的经历，简直要淌下一脸盆的辛酸泪来。人这辈子真是不容易，如今他虽已是当地赫赫有名的马老板，心里却更希望自己是马圈里的一匹马，有人给吃有人给喝，好的卖了去当赛马风风光光，那是人家的好命，不好了被抽血清被当驴肉吃，那也是人家的宿命，总强过苦巴巴在这颠簸的世海里挣命挣得体无完肤，连往前走的信心都在一天天地消退。

然而，又有什么办法呢？老天爷既已把你安排到这世上，千愁也罢万绪也罢，辛苦也好欢乐也好，都得好好地活下去，好好把手头的事做好，把妻儿老小养活住，把亲朋好友维护住，尽到一个男人应有的责任，不然等老了被老天爷收了去，都没脸给自己的先人作交代。

只可惜，他圈里那些马不知道他的心里所想，否则还可以听他诉一诉。在它们眼里，这个黑胖子有些恶也有些暖，有些霸道也有些心软，但总体来说还算不错。虽然每天都能见到他，耳鬓厮磨的，究竟也不是一样的生活。何况，它们的命运还在他手里握着，便少在他面前闹腾些，能顺着尽量顺着点。反正，有吃有喝的，能过一天算一天，没必要去想那么多。

马老板也不愿意多想，一些事想多了反而心累。他虽然掌握着那些马的命运，但如果那些马病了灾了不好了他日子也不好过。这世上啥都是相互的，你得意时不能太得意，得收着点，别太招人嫉恨；你失意时也不能太失意，要知道那些嫉妒你的人其实是因为自己失意才会嫉妒，你也得适当地理解，并多给自己鼓鼓劲，别动不动就没信心了。走到今天这一步不容易，总不能因那些乱七八糟想法坏了每天的好情绪，日子可不能像马那样过一天算一天，人所体会到的生活的滋味要比马丰富得多呢。

罢，说不想怎么又想了，还是约几个朋友喝酒去吧，今天着实有些累了，需要好好放松一下。得像一个真正的男人那样飒飒地喝，敞敞地喝，等喝醉了，再到县城灯红酒绿的 KTV 里高高地吼上他几句：

看铁蹄铮铮　踏遍万里河山

我站在风口浪尖紧握住日月旋转

愿烟火人间　安得太平美满

我真的还想再活五百年

……

山坡上那些奔跑的马

山坡上那些奔跑的马当中，会不会有一匹是小兰家卖到梅老板马圈里，被梅老板用外血马配种后生出的精良赛马？

也不好说，世间很多的因缘际会都是一般人无法理清的。或许山坡上那些驭马驰骋，身后腾起一阵又一阵尘浪的年轻人当中，那黑外套牛仔裤的小伙子骑的恰是这样一匹赛马呢。

梅老板用外血种马配出精良的赛马，主要是从青海内蒙古那些地方买去做赛马，还有一些被当地略有些家底的农户以不菲的价格买来，在山坡上供人娱乐添补家用。"现在的年轻人爱马爱得疯狂。"皇城镇泱翔寺的僧人格桑说。

起初我并不明白格桑这样说的道理，时代更迭，年轻人应该爱车爱得疯狂，若不然小兰会拿她家的小马驹比法拉利，就是因为法拉利多少代表了生活的质感和激情。直到我在中年小兰的陪伴下，来到祁连山脚这个旅游部门计划修建赛马场的山坡——从远处看，山坡上已用彩色旌旗圈定了预建赛马场的位置和范围。

河西走廊不缺这样的山坡，虽然缺水，但这几年雨水竟默无声息地多了些，故而连绵起伏的山坡在初夏已呈现出一种细茸茸的葱绿，于是那黑外套牛仔裤的小伙骑马冲在最前面的身体便被薄薄一层绿色的浪裹着，从头到尾强抓着我们的眼球。

骑马是有技巧的：脚踩马镫要虚实结合，既能踩稳又不至于太僵硬；身体要放松，顺应马的起伏颠簸，绝不能自以为是去控制马；人跟马要身心合一，把自己当成马的一部分，同频共振——这是我第一次骑马时旁边牵缰绳的马夫大致告诉我的技巧，那以后我再没骑过马，因为说起来是那样简单的几句，真要骑到马上，内心的恐惧早就让你的身体乱成了一团，马自顾由心地往前走，你的身体还在后半截像个迟滞的秤砣，只有双手攀紧缰绳不让自己摔下马才是最急迫的心愿。

黑外套牛仔裤的小伙子骑的是一匹黑色的马，当它驮着小伙子站定在山顶时，额际长长的鬃毛已被风吹得蓬乱，像一个淘气小孩刚刚从哪个沙堆里钻出来。腿并立的姿态却矜持有力，前腿并拢像两根粗壮的锥子一样顶起它往前鼓着的胸脯，后腿并立膝关节略呈弯曲地把敦圆的马屁股结结实实撑在身后，经西北风梳理过的马尾拂尘一样在半空中飘着，全身长长短短的鬃毛被毛在阳光下闪着油亮亮的光泽，整匹马便显出格外的潇逸与优雅，与驾于其上皮肤黝黑、笑起来却像阳光那样明亮的小伙子几乎同等地让人心里生出一种澎湃。如若人马一体再从眼前冲过去，便听得耳边马蹄嗒嗒，风兜起小伙黑色外套圆鼓鼓张开，马油亮的鬃毛在半空中恣肆飘扬，还有身后浓烟般的黄土尘浪，那一种宏阔无异于横刀策马啸西风，端的只有英雄人物方可以挟裹得住。

这也许便是年轻人爱马爱得疯狂的原因，男人心中都有难以泯灭的英雄梦，在黑衣小伙谙熟的骑马术上则体现得更甚。而那个时候，黑衣小伙已旋风一般冲到我们跟前勒马停住，另有一个白 T 恤青年略逊一筹地骑马随着。黑衣小伙说："你们也来骑一骑。"我说不敢。他说骑上来就敢了。我们仍是不敢。他便跷了二郎腿侧坐在马背上，整理被风吹偏了的衣襟，像坐在自家客厅沙发上一样的自得。

我看着他，看着马，想这个小伙子既好看又幸福，惯例上班时间竟可以在这里消遣，据说每天都会在这个时候来。又想他座下这黑色的骏马也好看也幸福，有吃有喝还被喜欢他的英俊小伙爱着，若小兰家的马和梅老板家的马看到，不知会有怎样的嫉妒。

我说给你们拍几张照吧，你们骑马的样子真帅。于是白 T 恤青年"腾"地站起在马背上，迎风张开了他的双臂，飞鹰一般，我赶紧凑过去前后左右拍了一张又一张。黑外套小伙则仍是那样悠闲地坐在马背上，脚上还套着其他人都没有的塑料鞋套，更显出他的特立独行。骑马是不主张穿防滑鞋的，紧急情况下马时会因阻力被马镫绊住。不知黑衣服小伙此举是为了防止骑马意外，还是他喜干净怕坡上的尘土脏了脚，总之这做法让人感到愉快。

拍完照，他们风一样骑马走了，身后又一阵浓浓的尘浪。

放眼望去，整个山坡很多婉转起伏，使那些骑马奔腾的年轻人一会儿高上去一会儿又低下来，其中还有两个女孩子，俊秀的脸，却被太阳晒得黢黑，竟也不知道给自己遮一下。如此好几个回合都不见他们倦怠，山坡就像一锅烧的水，沸沸的有一种别样的激情，看得人都想畅畅地大喊几声。

聊几句才知道，包括黑衣小伙，来这里骑马的年轻人大都是附近县城的自由职业者，开饭馆的，经营 KTV 那样娱乐场所的，或是做其他买卖，闲暇时常来这里飙马，且都上瘾得紧。

"这地方敞亮，什么都不用去想，痛快！"一个小伙子说。

"顺便还可以理理经营思路，换一换脑子，重新规划一下方向。"另一个小伙子说。

还有一个小伙子牵马站在那里许久，为今天这匹马不如昨天那匹马听话好驾驭，正和那马较着劲，以至于马主人在旁边几次劝他换一匹马他都不搭理。那马也低着头一动不动，像个干了坏事却死不承认的倔小孩。

这时候马在想什么，却听不到它说。

"它们虽然是无言战士，但有感情。"梅老板在为它们辩护。

好吧，那就各想各的吧，人生多样，马生也一样，我们看一看也得回了。回去再过自己的人生，虽不如眼前这场景恣意，究竟也是别样的。你不可能去替代别人的生活，亦如别人也无法替代你的生活。你想要找的那片海洋，正是你自己脚下的那一片水。

只是有些可惜，未能留下黑衣小伙的联系方式。微信给那白T恤青年发照片时，问他要黑衣小伙的微信，白T恤青年只安静地回了三个笑脸，再无任何言语。为此，我和小兰作专门的讨论，小兰说一定是吃醋了，他站在马背上给你那样卖力表现，你却要别人的微信，你这个姐姐太不像话。

说完，我俩同时彻声大笑，那黑衣小伙骑马奔腾在脑海中的样子也在笑声中渐行渐远，直到再也看不见。

最后一个牧羊人

牧羊人姓宋。宋江的"宋"——别人这样介绍，是为方便，也为他占着一个山头，统率了二百多头羊。

牧羊人和他的羊，春夏秋三季在那个山头，山坡上有草，有一个门窗有点塌陷的窑洞；冬季在村子里，村子里有麦茬、麦秸秆，有他父母留下的一院土坯房。

牧羊人的二百多头羊，按时价每头最低六百，合计要十二万多。加上几十年放羊的积蓄，据他大嫂估算，他手里应该有三十万元不止。

牧羊人今年快五十了，尚未成家。

尚未成家——除了这个，牧羊人一切都很好。甚至好得不能再好。放羊这个活，不像出外打工，出的是苦力，搬砖、砌墙，累且脏。放羊这个活，只要成日里跟着他的羊，今日晃到这个山坡，明日悠到那个山坡，羊不被人偷不生病，自己不被风雨阻得过分，便好。如今的山上，狼是早已不见了。

除了尚未成家，牧羊人简直活得像个神仙，当地有一句俗语说："怀里抱个金山银山，不如回家做个羊倌。"

然而终究，"尚未成家"成为牧羊人生活中无法去除的一件麻缠事——他和他大嫂闹崩了。他大嫂对他说，你如今已经有了自己的主张，有了自己的女人，以后就别再来了。说到"女人"二字时，大嫂狠狠地剜了他一眼，像往他身上插刀。随后，大嫂将门重重地关上，把他晾在外面再也不管。他大哥在里屋，自始至终都没露过面。

　　山里的夜格外的黑。没月亮，也不见星星，就是个黑。窑洞旁边的羊圈也无一丝动静。羊跑了一天，也都累了。黑漆漆地，躺在那孔破窑的土炕上，牧羊人心上像搅了一团麻。"一定是那寡妇耍手段，破了羊把式的童子身，让他尝到了甜头。"大嫂这话是另一个羊把式传给他听的。那个羊把式也是好心。

　　整座山就牧羊人一个人。他已经很久没下山了，心里烦。那个大嫂发狠说到的女人，这会儿正在她城里自己的家。她得照顾她自己的儿子和孙子。她儿子没工作，最近刚离婚，正计划着要买房。

　　"只是，你找个能正经过日子的，比你小几岁，或者大一两岁也无所谓，你们好好过日子，哥哥嫂子们也就安心了。你说你找个大你十多岁又不正经过日子的人，人家先得了你的好处，等她儿子再婚，离了你独个儿去城里领孙子去了，你这不是人财两空嘛！"这话是大嫂当着面对他说的。

　　也难为了大嫂。自从知道女人这件事后，她把嘴皮子都磨破了，往他那里也跑了不下十趟，仍没把他劝过来。他还坚持把放他大哥那里的一个银行存折也要了回来，跟他自己另外一个存折一起用破布层层包了，藏在村里老房子别人找不到的地方，隔几日取出来看一眼。几十年了，他自个儿，一年四季也只那么几身衣服，除了下山到大嫂家改善一下伙食，山上吃的绕不过土豆白菜面之类，是将手攥得紧而又紧，日子过得灰头土脸的，才有了存折上那些令人欣喜的数字。原想等自己老了，没办法动弹了，能派个大用途。但如今，很可能会用到，就先放在那里候着吧。

也知道，大嫂之所以如此，并不是盯着他手里这些钱。长嫂为母，自牧羊人的父母离世后，牧羊人零碎的生活基本是由大嫂料理的。单不说大嫂可怜他孤苦伶仃一个人，本心里的善要照顾这个小叔子，就是在村里那些爱嚼舌根子的女人们面前，她也绝不容自己输了理，让别人看笑话。这么多年来，嫂子替他洗衣，给他做饭，帮他费心物色对象……她是怕他被骗，怕他吃亏，怕他好不容易从嘴缝缝里抠出来的这些钱落到不怀好意的人的手里——大嫂是个好嫂子！

那个女人呢？他其实也没想明白人家一个城里人为何要找他这个农村放羊的，按说城里人的生活怎么也比乡下好吧。而且，他也说不清楚那个女人究竟是什么时候为着什么原因出现在他生活里的，倒是他大嫂在别人面前分析过："哼，肯定是那寡妇趁我们不注意，夜里偷偷溜进村里他住的老屋，然后就成了事。你想想，那个勺把式（'勺'是当地方言，意为傻），之前从未近过女身，那寡妇稍稍使点手段不就把他套住了嘛！"

这话自然难听了些，也是他大嫂被气急眼了。但究竟算不算得"套"，牧羊人因着自己也糊涂，他又从来不喜欢往心上搁事，也就不去费力想它了。反正，自那女人出现后，他突然发觉生活原本可以是另外一个样子。什么样子？鬼影都不见的孤山上，只要那破窑洞里没有了菜蔬馍馍，那女人会蒸了最好的馍买了最贵的菜亲自给他带去山上，并在山上陪他住几日。土炕上那原本破洞漏席的床单也被女人换成新的，闻上去有一股清新怡人的肥皂味道；褥子重新絮过了，比原来的厚很多，垫在身子底下软软的。那女人还自己掏钱给他置办了一套新衣服，绕前绕后地帮他换上，使他从头到脚展刮刮的，站在人堆里很有些样子。新衣服他只在回村或偶尔进城时穿，山上风里雨里的，一会儿就弄脏了，他舍不得。等他回到村子里，那女人也会即刻从城里赶来，给他做饭，给他洗衣，给他暖被窝，同他说知心话，把他父母留下的老屋子收拾得干干净净完全是一个家的模样。像这样的生活，他之前还从未感受过呢。

之前又是个什么样子呢？

其实，也没觉得哪里不好。论相貌，年轻时他也是个面容清秀、体形修长、丰姿俊雅的男子，要是扮进古装戏里，定会让那些肌如白雪眉如翠羽的富家小姐们一见倾心。而他十几岁初中毕业后放羊得来的钱财，也就是如今手里那两个存折，在村里人的闲聊中，亦早就成为一个令人暗羡的数字，并基本折算成城里一套很不错的楼房了。只有一点，其实也算不得缺点，就是：他这个人实在是太害羞了，且害羞的程度几乎到了让人无法理解的地步。十几岁时，他在大嫂家吃饭，但凡遇到不管男的女的串门的人，他都会端了饭碗远远地躲到门外面去吃。别人追出去问他话，他从脸红到脖子，磕磕巴巴连句完整的话都说不出来。想二十多岁成人了应该会好些，谁知他仍是见到女人就羞得面红耳赤，大老远便像扎着刺一般地赶紧躲开。至于讨媳妇的事，则更是红着脸死活不让家里人帮他物色，好像找媳妇这事会让他没面子。

"谁知道他咋回事，奇奇怪怪的。"他大嫂说话向来如此，像是往地上扔石头。

但总是要成家的。关键是他父母着急，心上像烧了火，先后两次揪他去相亲。

一次是二十来岁，大嫂引他去见那姑娘。倒是兴致勃勃去了，回来后一百个不乐意，说那姑娘满鬃头发像绵羊身上的粗毛卷（当时流行烫发），"不成不成，难看死了！"——天晓得他那么害羞，还知道看人家头发卷，竟还觉得难看，天天在山里放羊，他见过几个女人！

一次是三十多岁，亲戚张罗，和一姑娘彼此照了面，之后却石沉大海，再无任何消息。有人说，是他和那姑娘相互嫌弃，他嫌那姑娘个矮皮皱直接看不成，那姑娘嫌他一脸皴黑斑点横生像土窑里钻出来的，就没成。还有人说，那次他其实是动了心的，无奈他母亲嫌那姑娘长得丑，认为自家儿子各方面条件还不错，指望找个更好些的，便未经他同意擅自回绝了。后来他知道了，也没说什么。

就这样，高不成低不就的，尤其在他父母相继离世以后，他的婚姻再未被刻意提起，稀里糊涂一直单到现在。

没媳妇就没媳妇吧，反正他自己也不太想这事，山上羊圈里那二百多头羊够他每天忙活了。头上那顶十几年没见换过的"牛吃水"的毡帽的确是旧了，但防雨防寒，管用得很；肩上那个装有烧饼和水的破布包也开了缝，但足够装他一天的吃喝了。再把那羊鞭往腰上一别，跟着那似乎永远也啃不够草的羊们一起，侠客一样地在山上自由自在悠来荡去，你说谁能管着他，谁又能嫌着他，怕是连古时候的皇上都要羡慕他这样日子吧。即便有时候觉得无聊，心上莫名地觉出一种空，只要对着远处那起起伏伏的山大声地吼几句，或者伸胳膊踢腿随便地跳腾几下，成不成调像不像样，他那二百头羊也都会回过头看他，或者"咩咩"回应几声，他哪里会感觉到孤独。

再说了，天天像影子一样伴着，那二百多头羊几乎与他声息相通了。只要鞭子往空中一甩，再听他大声吆喝一句，不要说那只努着双角很有些威严的头羊听懂了，就连刚出生不久的那只小羊羔也都能竖起耳朵听明白，并随他的喊声到这边来、到那边去，顺便再在一根固定在电线杆的拉绳上侧着身子磨来磨去蹭几下痒痒。每一头羊的模样他都能记得，一头全身白毛唯有头顶一撮毛是黑色的，一头的羊角一只大一只小，一头都大羊体格了叫起来声音还像刚出生的小羊羔一样糯糯的，一头走起路来屁股晃来晃去像个媒婆一样，一头……邻村那个不怀好意的羊倌别想把它们混到他的羊群里带走。而且，从每头羊的表情以及眼神里，他知道哪头羊高兴哪头羊不高兴，哪头羊今天身体不舒服、感冒了需要打一针，哪头羊故意惹事偏要离了羊群独觅肥草非得让他亲自到跟前训斥一顿，反正这些家伙们天天不是这事就是那事，他还得像对待孩子那样精心地侍弄着，绝不能让它们无辜地掉一斤肉下去。而羊贩子赶来的那些羊，一头能杀多少斤肉，他则一眼就能掂量得差不了半斤的出入，随后便用低价从羊贩子手里购来，放山坡上吃一个月的青草上了膘，再卖个连羊贩子自己都不相信的价格。倒不是他有多么精明，像他这样一个放羊的，不是《圣经》里的耶稣，"我是好牧人，我认识我的羊，我的羊也认识我"，肩负着拯救人类的大业。他不过是普通人中的普通人，沙子里的沙子，既要靠这些羊平日里与他做伴，还得在需要时卖掉它们来供养自己的生活。

　　当然，苦头也吃过不少。天冷刮风时，羊在离窑洞很远的地方吃草，起起伏伏的秃山坡，人无处躲藏，只能将毡衣套在身上，定定地等着羊吃草。亏得那毡衣厚实，套在身上像个石房子一样，御寒又挡风。遇着下雨天，虽披在身上觉得重（大概十多斤），但雨水绝渗不到里层，只外层薄薄浮一层雨珠，一转身就落了。要是大热天，将它立起，又可以遮阴。至于山上他那个破窑洞，早已简陋得不能再简陋了。土墙，土地，被炉火熏得黑黚黚的不见一点亮色。正中一个火炉，上面搁着脏兮兮的烧水壶，随手一摸都能沾上一层灰。占据半间屋的土炕上，衣服裤子袜子乱堆着，让人由不得皱紧了鼻子。角落里做饭用的小桌子，紧紧巴巴放着一张小案板，早已被刀剁出了深深的痕迹。桌子底下几棵白菜几粒土豆，白菜的表层已经腐烂，黏兮兮的颇有些难看。

就这些，他五十岁以前的生活。一年中除了冬天山上没草只能回到村里，其他时间就是这么过来的。很自由，也辛苦，但对于自小到大就一直害羞着的他却无比适合。他本来就不喜欢和人交往。和羊相处久了，和人相处就觉得费劲。有时候，他以为这样，别人偏偏觉得是那样。有时候，别人看他穿得寒酸，故意话里套话地问他的存款，他也不知该怎么回答。还有的时候，村里一些妇女使坏，故意拿男女间的那些事逗他，他躲都躲不及。类似很多的事，对他来说简直要比初中时解那数学方程式都复杂，他应付不过来，也不想应付。他宁可在山上和他的羊在一起，心里有什么话尽可以对着它们说，它们不会嫌他寒酸，不会给他使坏，还会每时每刻地陪着他。说真的，山里那些羊，比村里有些人好多了。

可是，事情有了变化。他有了这个女人，这个被他大嫂认为是居心叵测想要套他存款的女人，这个他宋家一大家子都极力反对的女人，这个连他自己后来都莫名地有些担心，甚至也想过要不要就此离开的女人。

要不要离开呢？记得前些日子他回村里的时候，几个闲事婆（大概是他大嫂找来的说客）又跑到他那里，唾沫点子溅了他家一地，告诉他那个女人的这和那，反正过来过去就是那个女人的不好。之后，那些人倒像是上完厕所通透了一样，一身轻松、兴致勃勃地就回去了。可怜他自己，心上像被什么重东西撞了，左一下右一下晃荡得厉害，不知道该怎么办。

然而，当他回过头来又想这个女人，心里却瞬间变得温暖柔软了，甚至还不由自主地笑起来。不单是明眼人看得清楚，就连他自己都明显地感觉到，这些日子，因着有了这个女人，他竟然不似从前那样害羞了。他开始爱跟人说话，也爱在人群里待了。"嘿嘿，那些狗日的，不用管它们，翻过山，它们自己也就回来了。""嘿嘿，狗日的，那些羊贩子自己都觉得那次是吃了亏的。""要是山坡上捡到一只迷路的羊，就自己收下，杀了吃了。别人捡到我的，也一样就自己收下吃了，嘿嘿……"——所说的，都绕不开他的羊。

当他说这些话的时候，那个女人，那个大她十多岁的寡妇，就坐在旁边静静地听着，时不时还给他一个鼓励的笑。你说，这么个脸上一丁点儿都找不到漂亮痕迹的六十多岁的女人，他怎么就那么愿意和她在一起？和她在一起他觉得开心，觉得温暖，觉得不孤单。原来，这个世界上除了山上那二百多头羊，还有一个女人愿意陪着他，听他说话，看着他笑，为他做一些他以前不知道的原来是很幸福的事。

还是别去想大嫂说的那些话了吧。干吗给自己找不痛快！人活一辈子，总得按自个儿想法活着。这么多年，之所以感觉日子比那皇上还自在，是因为之前从未感受过身边有女人的生活，不知道这样的生活原来比他自以为逍遥的生活更让人心里时时涌动着一种说不出的滋味。眼看着人都老了，再要孤魂野鬼一般地晃荡，很难说以后的日子就好过。再说了，和那女人的结婚证还没领，啥事还都在路上，想那么多岂不是为难自己嘛，不如先就这样走一步看一步，说不定就是一个好结果呢。

想到这里，牧羊人不由得长舒了一口气，好像心上包着的一层油浸纸突然就被撕开了。他拿出那两个存折，用眼睛盖章一样再次确认了一下那上面的数字，心里有一种说不出的满足。说归说，那女人的儿子最近要买房，又刚刚离婚，日子肯定不好过，怎么也得帮衬着点。倘若走到了结婚那一步，村里的老房子自然还要花钱好好拾掇一下的。其他的，先放一放吧。嫂子推他出门，固然是为着他，但他总不能老给嫂子添麻烦，嫂子以后会明白。至于村里嚼舌根那些人，管他呢！日子终究也还是他自己的，与别人无关。如同自己的姓宋同那个叫宋江的，一丁点儿关系都没有。

而且，他还刚刚得知了一个消息：为了保护祁连山区自然环境，政府已经下令要封山，不允许他们到山上放羊了。这事儿村书记还没给他通知，但他已经在开始盘算了。二百多头羊，搁村子里养，没那么多吃的，不如把它们卖了，买些奶牛养着。以后，就安安闲闲住在村子里，同那个女人把其后的日子好好地过下去。

当然，得那个女人也愿意。

那个女人，她愿意吗？

她有什么不愿意的呢。他想。

沙鼻子

一

沙鼻子是潘老大家的一匹骆驼。它的鼻子上有很多小黑点，像洒了一层沙粒。

潘老大给它起这名，是为了将它跟别的骆驼区别开。其他骆驼也都有自己的名，毛峰子、紫墩墩、偏峰子，等等。毛峰子毛茸茸的，紫墩墩毛色发紫，偏峰子一个驼峰歪着。只有沙鼻子是被经验老到的潘老大从众多骆驼里精挑细选，驯化后帮他干农活的。那么多骆驼，潘老大为何偏偏选中了沙鼻子，不知道。潘老大自己不说，只拍着沙鼻子宽大的身子，说，这可是匹好骆驼啊！

驼群里，潘老大一眼就可以看准沙鼻子。有时骆驼多，高高低低卧在一起，潘老大一时找不到它，只要朝驼群大喊一声"沙鼻子"，它的头立刻就从驼群里高高地抬了起来。潘老大说，走，沙鼻子，下山帮我犁地去。沙鼻子就鼻子里"呼呼"两声，一双长睫毛绒球似的眼睛看着潘老大，就乖乖地跟着潘老大从很远很荒凉的山里（当地人把荒山和戈壁滩统称为山里）回到村里犁地去了。

潘老大养驼几十年了。凡他牧养的骆驼，即便是旱年少雨，骆驼喜欢吃的沙柴长势不旺，也能把它们养得膘肥体胖、毛色亮滑。他有的是办法，但秘而不宣。

沙鼻子不情愿被驯化，像它这样自来生长在西北荒郊，天生的野性，喜欢视野开阔、空气通畅的山中生活，想奔就奔，想卧就卧，还可以吃到它爱吃的沙柴。可自打被拉到村子里，它那恣意的山中生活硬是被生生地削去了一大块。不单笼头勒得它头晕脸发紧，鼻子通肉那根粗木签堵得它出气都分成了上下两节，便是连着的那根绳被潘老大紧抓在手中，一会儿朝下拖一拖说"卧"，一会儿又朝上拉一拉说"起"，弄得它一时紧张，该起的时候卧下了，该卧的时候起来了，然后就被潘老大一顿棍子抽上来，腿上刺辣辣的痛——别看潘老大平日里对它温声温气的，在这件事上从不会手软。

也曾有过抗拒。套龙头时，它用嘴里的唾液和反刍的草渣"噗噗"地喷潘老大，喷得潘老大全身都是，一股臭烘烘的味道。潘老大不生气，看着沙鼻子笑："这狗日的，脾气这么大！"沙鼻子喷人那样子的确挺憨。穿鼻签时，锥心地疼，沙鼻子急了，抬起扁石墩一样的脚狠狠地向潘老大踢过去，这下把潘老大惹怒了，将它的一条前腿从关节处窝住，用绳子绑紧，一边嘴里骂"让你个哈尻不听话"，一边拿着棒子可着劲儿敲它。那当儿，沙鼻子成了三条腿，跑不脱，又跳不起来，可怜它一副大身架狠力气，却只能乖乖地听潘老大摆布，哪怕是往身上插一把刀，也无任何反抗的能力。

还有吃的问题。山里沙鼻子常吃的沙柴，坡上、滩上，一小墩一小墩的，看着像干柴一样粗粗拉拉，摸起来还扎手，但进到沙鼻子嘴里，"咔嚓咔嚓咔嚓"，耐嚼又饱腹，很让沙鼻子觉得舒坦。那东西还耐寒、耐旱，一年四季都吃得到。可村子里，除地埂上白杨树的叶子它偶尔能吃上几口，地里的麦草、菜蔬之类，沙鼻子连碰都不能碰——人都不够吃。即便它伸长脖子够着那些高树上的叶子，快快地吃上几口，潘老大也会因自家牲畜破坏公物被村委会罚一大笔钱。潘老大可不愿意，他已经因为一匹骆驼被罚过款了，一千块，气得潘老大简直发了疯，把那匹骆驼打了个半死。一千块啊，潘老大得辛苦多久才可以挣上！

潘老大给沙鼻子喂的是料，玉米秆、麦秸之类混磨成的草料。为了不让沙鼻子上火，还常在料里掺些大黄粉，味道怪怪的。沙鼻子不吃，连嘴都不张。没办法，潘老大便同家里人将它用绳子套倒（怕它又踢人），草料掺了水，强行往它嘴里灌，一个破搪瓷缸子，哗哗哗的，淋得下巴、脖子都是。它也急了，边挣扎边喊叫，好几次要将那草料喷出来。结果，料刚灌进去，它的嘴即被潘老大的双手紧紧箍住，只能往肚子里咽。几天后，终于习惯了。草料虽不及沙柴那样自然风味，却能让它身体长膘长力气，不至于身子乏。骆驼最怕身子乏了，忒大一个身体，吃不好，营养不足，站起都困难，更不要说还得帮潘老大干农活。

不怪潘老大这么狠。就潘老大家里那情况，如果没沙鼻子这样相对老实的骆驼帮他担点事，十个姊妹七个兄弟加上父母，统共二十几口人，几十亩地，仅靠家里那一头牛，根本使转不过来。他又是排行老大，家里的天都是靠他帮父母亲强撑着。按潘老大自己的话说，上天入地的苦都受过。上天？不知怎么个上法，反正三年困难时期、十年"文革"他都历数经过。入地？下煤窑算得一例。那些私窑主，个个眼里只有钱，哪个把窑工的命当回事！常常早晨进窑了，晚上能不能出来都悬着，一家人都跟着过不安稳。还有什么呢？潘老大不想说了。一路的破珠子，谁还愿意捡起。

二

沙鼻子正式成为潘老大家里一个重劳力。

初次上地，潘老大在沙鼻子笼头上绑了个大红花。开门红嘛，图个吉利。惹得村里那些碎娃子跟在它身后又是喊又是笑——整个村子，它是唯一被主人带到地里干农活的骆驼。由不得村民们要笑，几十年前，也就是西北交通不便又世道比较乱的时候，沙鼻子的上好几辈的骆驼们担负的可是在戈壁滩或沙漠上为有钱人家运送贵重货物的重任，专送盐、金银珠宝之类，相当于镖局承运。每趟货出发前，骆驼们披红挂绿，一个个精神抖擞、风光无限的样子，牛气得很！

牛气个啥！潘老大心里明白。那时候，骆驼们干的那活，经年跋涉在荒无人烟的戈壁或沙漠，除了要冒着被热死、渴死、风沙掩埋的风险，途中还常会遇到土匪。往往是，驼队正有条不紊地行进着，突然冒出一拨土匪，连冲带喊将贵重货物一抢而空，将最肥的骆驼杀了吃肉，还凶残地把驼把式的头割了扔在荒滩上，连个全尸都不能得。那场面，沙鼻子没见过，潘老大见过，他遇到的那窝土匪没杀他，但他的魂魄早被吓没了，再没搞过驼队运输。与沙鼻子比起来，老一辈骆驼那不叫风光，是在吃潘老大那样上天入地的苦。

所以，沙鼻子的命算是好的。

沙鼻子也就渐渐安了心。别人家地里，一头牛或是驴，吭哧吭哧被后面扶犁的主人高甩着鞭子猛抽，拼了命地往前使力。潘老大家地里，沙鼻子像座山一样，一听得潘老大在后面吆喝一声"走"，沙鼻子就不紧不慢一步是一步地拉着犁头悠然往前，常常是别人家的牛或是驴吃力地往前犁三四步，沙鼻子早一步就跨过去了。沙鼻子脖子又长，掉头灵活，转弯时就不像那些牛、驴一样笨拙。如此，潘老大就高兴，甚至得意，吆喝声就扬得更高，在四周望不到边际的耕地，仿佛连天上的神仙都炫耀到了。那些斜眼看热闹的村民这才开始羡慕，后悔自家怎么就没养骆驼，怎么就没驯化出像沙鼻子这样踏实能干的好劳力。事实上，他们也就是脑子里想一想，安慰一下由心而起的红眼病。即便不去笑话沙鼻子戴了大红花上地，他们心里也清楚，无论从前还是现在，一匹骆驼的价格远高于牛驴之类，没那么容易牵回家。要说还是人家潘老大厉害，既能受得苦，脑子又活泛，淋淋拉拉一大家子的生活被他经营得风生水起。

还有套架子车拉运粮食、送最小的弟弟到十几里地之外的乡办小学上学，等等。以至于后来，农业机械化，地里不再需要这样重劳力，沙鼻子就被潘老大闲时拉到附近的景区充当游客的坐骑，在景区指定范围内游来晃去，为潘老大挣点外快。总结沙鼻子在潘老大家干的这些活，旧时代是旧时代的，新时代是新时代的，就像人一样，与时俱进。

也会累。每天随潘老大天不亮就出去，有星星了才回来，感觉他家的活这一辈子都干不完。唯一的好处是，只要沙鼻子听话、肯干，潘老大便格外怜惜它，宠着它。闲时，尤其春种秋收一结束，潘老大又把沙鼻子拉回到山里。在潘老大依坡挖就的一孔土窑，同时也是骆驼们每隔三五天从外面觅食返回吃水的那一处，太阳大大地晒着，沙鼻子在水槽里狠狠地喝上一肚子水，前腿朝前、后腿朝后跪趴在那里。潘老大在驼群里走过来走过去，总会多一点时间停在沙鼻子那里，拍拍它的头，摸摸它的腿，将它厚墩墩的蹄子提起来看看有没有受伤。然后，用他的干树杈一样的手给它梳理乱糟糟的驼毛，伸到它胳肢窝里给它挠痒痒……这些特殊待遇，其他骆驼是享受不上的。正所谓劳苦功高，劳动得苦了功就高了，享受的待遇自然也就好了。

三

暂又回到山里，沙鼻子简直乐疯了。每天，跟着驼群那匹很威严很有领导才能的头驼，遇到山上山，遇到滩到滩，无论山还是滩，沙鼻子一路啥事都不想地走过去吃过去，吃得肚子圆鼓鼓、双峰挺得高高的都懒怠动弹了，才卧在原地休息。遇到天黑，只要不口渴，仍不起身，继续留在那里睡觉，待第二天晨起再晃晃悠悠一边吃着一边往前走。两三天以后，甚至七八天，实在口渴得不行，附近又没什么水源，这才原路返回潘老大为它们找到、其实也是它们为潘老大找到的水源处喝水——骆驼在找水方面可是天才，只要沙鼻子将头高高地肘起，再用它那撒了层沙粒似的鼻子朝各个方向闻一闻，就知道哪个方向有水了，周围十几里地的水都能被沙鼻子闻出来。当然，喝饱了，再休息一阵，沙鼻子仍又出去漫山遍野自由自在地找食吃了。这般好日子，天上人间，大概只有山里的骆驼才会有吧。

甚至，如果运气好的话，沙鼻子还可以看到潘老大为它们表演节目。

潘老大很算得上一个人才。虽是个兼养骆驼的农户，却能文能武，还能弹三弦唱当地的小曲儿。"人要让人尊，不要让人怕""兴得益事常谨慎""小成习惯纵子成凶""人有三起精气神，求知受知求武正"，这些话听起来似通非通，很多还让人糊涂。可只上过小学一年级的潘老大却不知从哪儿得来这套理论，动不动就端出来教育儿孙："娃，古人说的话有道理呢，要听呢。人呢，一定要行善积德，不能作恶，不然雷神爷会劈呢！"听得他小孙子烦了，又因他古啊今啊的一些话确实不懂，就揪着他的胡子冲着他的耳朵嚷嚷："爷爷您这是胡说呢！"然后，潘老大就一本正经地对着小孙子说："怎么胡说呢，古时候那个叫岳飞的……"一径儿说下去。不知他孙子究竟听了多少在耳朵里，反正，人家如今已是名牌大学的研究生，儿子则在政府部门担任重要职务，潘老大在人面前那可是风光得了不得。

对于沙鼻子，潘老大这一套理论它自然更是不懂，也就很无所谓。让沙鼻子有所谓的，是潘老大的"武"。潘老大自小就喜欢武术，如今七十古来稀了，仍每天早早起来，伸胳膊踢腿，"霍霍霍"地耍上一套拳术。那架势，虽然沙鼻子看不出好坏，至少觉得潘老大那精气神很逼人也很让骆驼们精神为之一振。小的时候，潘老大不怕天高地远，到处拜师学艺。到了成年，生产队那会儿，因为劳动积极被评为村里"五好模范"。村里看重他,不让他这样的"五好模范"出外,他就请了山东的师傅到他家,索性将那尿盆子也放屋里,几天不出门,偷偷地练习武艺。一直到现在,按他的话说,抬起一脚就可以给一个年轻小伙子一个耳光,出手一秒就可以捣别人三拳。走起路来,那脚底下更是"噌噌噌"的,速度都赶得上一匹年轻骆驼了。他还时常弹三弦唱小曲儿自娱自乐。村里住着的时候,一有闲便组织几个留守老人拉曲唱调儿,搞得村里人成日里围着他转。最让沙鼻子感到兴奋的是,在山里的时候,只要一觉得无聊,潘老大就将锅台上那些碟儿碗儿什么的,叮叮当当地敲着当乐器使,伴着他嘴里那些又俗又好笑的小曲儿,就像荒山上开了一场音乐会。沙鼻子它们爱听,眼睛一动不动盯着,偶尔也跟着嘶鸣两声。心里一欢实,身上的肉就噌噌地长,一身驼毛油亮亮的全可以当貂毛,来年定能卖个好价钱。到那时,潘老大指不定要高兴成啥样呢!辛苦了一辈子,从前想要看到的生活的亮影子,那么漫长的路,总也看不到;如今老了,反而在眼前亮亮地闪着光。人这一辈啊,不受苦怎么能得着乐呢!

四

是啊,要想乐就得先受苦。而那苦,真的是很苦的苦,虽则潘老大嘴上含糊骨子里不想提起,沙鼻子却知道得清清楚楚。尤其潘老大在山里的那些日子。冬天,若能下点雪还好，沙鼻子它们出外觅食，走到一处渴了，就近啃几口雪，接着往前走。如果十天半月不下雪，潘老大就得在山上他那孔破窑里成天守着，保不准哪些骆驼哪天会返回驻地找水喝。这可是大西北的荒山啊，天寒地冻，窑的门窗又不严实，四处更无挡风物，寒风疯了似的呼呼往里灌，直灌到人的肉里骨缝里，冻得人全身冰凉，神经都木了。那滋味，真不是常人能受得了的。夏天，仍是水的问题。有的时候，沙鼻子它们出外找沙柴吃，几天不回驻地，潘老大就担心，便开始胡思乱想：莫不是病了？还是不小心摔下山坡摔断腿了？还是走丢了？还是……这一想，就免不了要骑上那辆咔嚓咔嚓作响的破自行车到处去找。找得人精疲力竭，到十几公里之外终于找到了，天也黑了，只好就地和沙鼻子它们一起过夜。老天爷倒是好心，下起大雨，让沙鼻子它们能畅饮一顿。唯苦了潘老大，荒郊野岭的，又没地方躲雨，只能挤在骆驼堆里，全身淋得透湿。更糟糕的是，次日天晴，要赶骆驼们回驻地，沙鼻子它们心不在焉、有一搭没一搭地往回走，他就得相跟着绝不能走快。骆驼渴了，伸嘴在随便哪个水洼里喝点水。他渴了，也可以随便在哪个水洼里喝点水，可那洼里的水，泥啦虫啦的，潘老大捧起看一眼都觉得恶心。不喝又不行，人的命要紧。总归，以为骆驼是所有牲畜里最好饲养的动物，不用喂料，不用给它们搭棚，不用整天相跟着，可天上哪能掉馅饼，其间的苦，未曾经历的人很难猜测得到。

对于这些苦，潘老大自己知道，但他不说。沙鼻子也知道，它也不说。因着谁都不说的缘故，潘老大和沙鼻子之间很是惺惺相惜。下地干活的时候，无论多少活，轻了重了，沙鼻子都一声不吭地埋头干完。到了山里，它也是循规蹈矩，跟着头驼一就是一、二就是二，从不像毛峰子它们，总自个儿脱离驼群单独行动，害得潘老大满山沟里撕扯着嗓子喊。潘老大呢，也几乎拿沙鼻子当了亲人，几天不见，就想得慌，就念叨，想着这么长时间没见我的羔娃子了，不知道怎样了，我得去看看。就仍是不怕辛苦地在山沟沟里到处找。找到了，见到了，稀罕得不得了，在沙鼻子身上手摸摸这儿，脸贴贴那儿，再轻轻捣上一拳，嘴里嘀咕一句"你这家伙到哪儿去了"，脸上的表情就显得特别踏实。倘若哪一天，潘老大感到寂寞，心上有一种说不出的难过，独自在山坡上枯坐着，沙鼻子若没外出，定也在近处陪伴着他。那个时候，潘老大看着远处的山不说话，沙鼻子看着远处的山不吭声。潘老大的眼睛，深得很，很难看出他在想什么。沙鼻子呢，天生一双长睫毛双眼皮绒球似的眼睛，静静地看着远方，像一个看透世事的智者，"神情平静的几乎有些轻蔑"（某篇小说里的一句）。在潘老大和沙鼻子的眼前，西北的山的远处仍是山，滩的远处也仍是滩；萧瑟的风在旷野间呼呼地刮，地上的荒草也随着风呼呼地响。此外，就再无别的什么了。倘要作一个比喻，这眼前的西北的山或是滩，更像是一个巨大的罐，看起来空得仿佛没有边际，却能感觉到里面胀鼓鼓的。那些胀鼓鼓的东西，究竟是什么呢？潘老大和沙鼻子心里都能感觉得到，但就是说不出来。

说不出来，就不说了吧。

光

年

村人五十六

一

三年前的一个夏天，五十六穿着平日不大舍得露面的那件簇新的白衬衣，下摆掖入刀削般笔挺的黑西裤的裤腰，撩墙角褐色瓷缸里的蓄水抿了抿额前的密发，兴冲冲地跑去村委会找村主任。这次村主任是再也没理由推脱了，上次他已信誓旦旦地答应，只要五十六能赚多点钱，就带他去新疆找他被家人撵走的媳妇。转眼半年过去，媳妇的影子天天在脑子里晃，心上跟猫挠似的，只因从小到大几乎未离开过村子，新疆那远地方他是想起来都觉得心里慌。

村主任正坐在办公室端着杯子喝水，刚打发走村里两个养羊户，喊得嗓子都快冒烟了。一家的羊丢了，怀疑是另一家偷的，另一家说这一家诬陷，要村主任主持公道，实在要主持不了，就上法院告他——如今村民的法律意识当真是提高了。可羊都在山上，山那么大，要是真被谁偷了，哪那么容易找到肇事者。那时候他就提醒过这一家，在羊身上做个颜色标记，这家不听，嫌麻烦，这会儿羊丢了又来找他，又不能不管，他感觉头都大了一圈。然而，看到五十六以极少有的整齐模样出现在他面前，右衬衣口袋还胀鼓鼓地露出一厚沓钱的上沿，村主任一口水给呛了出来，忍不住就想笑。当初，他被五十六缠得实在没了办法，诳他说只要他能赚到钱就带他去新疆，谁知他竟真的赚到了钱（听说这次他那些羊一把就赚了三十万元），而他榆木一般老实的父母竟也真的把钱叠在了他那新衬衣的口袋里，衬得五十六充满期待的那张脸几乎灼灼地在发光。

顿了几秒，村主任眼睛朝右上方的空气瞟了一眼，继而转向五十六认真的脸，用惯常笑呵呵的语气说："哎呀，最近忙得很，去新疆的事再说吧，再说啊！"说完，从烟盒里抽出一根烟递给五十六，自己也叼起一根点着。他是有些心虚的，想当年他还是羊倌的时候，山上山下五十六曾帮过他不少的忙。每回喝酒喝得大醉，都是五十六帮他把那些羊归置到一起管着，从未有过丢失的情况；山上一住就是一月，吃饭啥的，全是五十六忙前忙后地操持；一次大雨，他忘了带毡衣，五十六非要将毡衣让给他穿，自己则泡在雨里冷得直哆嗦，等等。这些，在村主任脑子里刀刻一样记着，心里既感激又觉得有歉意。找媳妇这事，不是村主任不想帮，是五十六心心念念的那个女人自被送回娘家，之后又去了什么地方连她家里人都不清楚，新疆之事不过是顺口那么一句，哪知五十六竟当了真。一个谎言必得要几十个谎言来圆，村主任这回可把自己给绊住了。

听村主任说完，五十六一时有些发愣，半天都咿呀不出一句，拿烟的手也停在了半空，像武侠电影里被人点了穴。来村主任家之前，他同爹娘几乎闹到要翻脸的地步，好不容易把放羊挣来的钱从当家的弟媳妇那里要了一部分回来，想这次村主任无论如何都会带他去新疆，他马上就能见到自己的媳妇并把她从那远地方带回家，继续之前那半年的幸福生活。如今村主任一说，心上的念头断崖一般，同额前抿起来的那缕头发一起垂落下来，一时间有些措手不及，不知接下来该怎么办。

五十六低头回到了自己家，动作迟滞地换回了平日穿的工作服。是一套蓝色的标有某某公司字样的工作服，城里上班的亲戚送的，接近帆布的材质，很耐用，这些年五十六几乎天天都穿着，虽然早已显出了破旧。那一厚沓边角能割破手的钱又给了父亲，弟媳妇在城里没回来，钱暂时由父亲保管着。没办法去新疆找媳妇，那钱对他几乎是无用的，平日除了在家干活就是在山上放羊，哪有地方花钱去。那个时候，他心里有很多的话想说出来，甚至还想大声地狂骂几句，但他既说不出来，又知道说了也没人愿意听，只好紧紧地闭着嘴巴，默无声息地出了门。

二

五十六是村里的哑巴。张氏家族的大人们都很尊重地叫他五十六，因他在爷爷五十六岁时出生，形同村里其他有叫八十七的也有叫六十二的孩子。其他姓氏，包括张家不懂事的小孩子则总也不当回事地喊他作张哑哑，甚至有时还跟在身后大声学他扭着脸憋出的几声，他情急了是能从嘴里蹦出一两个词的，只不过这时需要很用力，于是面部表情就会不自然地扭作一团，看得旁人嘴绊着恨不能替他赶紧说出来，想他还不如闭口一直哑着。然而，能出声，哪怕不好听的声，对于一个活生生的哑巴，也是上天留有的一点仁慈，至少有一点活着的动静，否则同荒漠中的一根枯木又有什么区别呢。如此他的名字便根本没几个人知道，从小没上过学，无需写到作业本或老师的点名册上。身份证倒是标准的印刷体，但也只一年到头静静地或者哑哑地闲躺着，能用到的机会少之又少。

　　哑哑就哑哑吧，总好过她妹妹被村里人叫作傻子。要说老天爷狠起来真是令人捶胸顿足的狠，一家子除中间的弟弟身体、思维各方面都正常点，但仍是比正常人呆些，五十六和他妹妹则完全做了村里并不多却似乎必得有的特殊担当，万物盛极了必衰，村子总得有一处缺来平衡它的太平年景。实在是那时候家里太穷了，因为儿子娶不上媳妇，爷爷决定亲上加亲，让父亲娶了自己姨妈的女儿，随后意料之外却情理之中地生出这苦难的兄妹俩，乃至于后来整个家族的人都后悔得砸康子却一点挽回的余地都没有。因羞于面世，张家人对此秘不示人，对外宣称妹妹是因小时候脑膜炎没能及时治疗所以傻了，五十六则因小时候百日咳没治好所以聋哑。这不过是捏着鼻子哄嘴，世上哪有这么巧合的事，村里人说起这事甚至比他家里人还清楚几倍。好在，几十年过去，五十六都成了四十好几的大男人，别人信不信也就没那么重要，人的日子终究是自己过的，别人爱怎么说随他们说去，这世间谁人不说人，又谁不被别人说呢。

哑却并不代表着傻，在此意义上连村主任有时也不免带些偏见，他说没想到五十六人是个哑哑，脑袋却比正常人还要灵光，当年他家为着五十六究竟干个啥才能把自己养到老而犯难时，是五十六自己选择了养羊，后来竟一次就赚了三十万，这家伙实在是好的经济头脑，让人万万没想到。至于究竟是五十六有这方面经济头脑，还是瞎猫撞上了死耗子，这都不重要，重要的是除了放羊这营生，再没什么活更适合于他。村里那些顽劣孩子学他哑话是相当顺溜，而他要学说一句正常话简直比登天还难，故而根本无机会获取更多书本上的知识，作为一个不得不成为的文盲，只有在面对那群羊的时候，他才可以生活得更自如也更自由。

细数所有的家畜，羊算得上其间较沉默的那类。据说它们即便知道了自己将要被杀，充其不过是掉几滴无奈的眼泪，更多时候则只能默然接受，无丝毫的抵抗。五十六在这方面同它们极其相似，因着没办法更好地表达自己，且他几十年扭着脸的咿呀声家里包括村里人都不耐烦听，所以最好的方式便是闭嘴不表达。在家便多干家里的活，劈柴、担水、拉磨、开拖拉机、犁地、搬运东西，力是牛大的力，且无需太多的语言交流。到山里则是跟着他的羊屁股走，除和几个羊倌偶尔相逢，十天半月都做他自己的哑哑。这对一个没办法说话的人来说，无疑是最好的生活方式。

但人是有心的，心里有了事，不说出来也会憋得慌。五十六于是只能在心里同他的那些羊说，而那些羊看起来没心没肺只顾着低头吃草，却早就心领神会知道了五十六许多别人不知道的事。它们知道少年的五十六其实特别特别想上学，看到弟弟从学校带回来的课本，他总是趁弟弟不注意，从他书包里翻出来摸了又摸，那纸张摸在手里的感觉好细腻好绵软好令人心动，他甚至会闭着眼睛想象自己坐在课堂上听老师讲课的模样，那时他一定会是班上学习最好的学生，写出来的字不偏不斜方方正正，考试次次都是第一，就连寒冬天像弟弟一样那么早要赶很远的路到学校值日生炉子，他生出的炉子必定也是最旺最暖的，老师和同学绝冻不着身子，手上也绝不会起烂疮，疼得嘴里"嘶嘶嘶"地倒吸气。它们知道青年的五十六有一次自个儿骑了十多公里自行车到城里的地毯厂，那里正在招工。如果学会了织地毯就会有门吃饭的好手艺，他堂叔的女儿出嫁时家里就陪嫁了很大一张地毯，据说花了一万多块钱，可豪气，足见地毯这行当真的很能挣钱。只是他一进到厂里就被呵斥着撵了出来，说一个哑巴过来凑什么热闹，正常人都招不过来呢。它们还知道而立之年的五十六打心眼儿里羡慕村主任，你看人家曾经也是一起放羊的，如今出息成了村里的领导，说啥村里人都得听，干啥都像水一样的顺畅，那才是一个男人应该有的阵仗，而他自己这辈子肯定不会有这样的福气，人身体健康了多好啊！

是的，除了那些羊，没人会知道五十六心里的孤独。在人面前，他从来都是一副乐呵呵的模样。因脸长皮包骨，笑起来嘴张得老大，上牙床裸露，像被一个方形的铁丝框狠劲地抻开来，让人看起来甚而有些狰狞，但他目光里确实没什么特别复杂的东西，于是那笑看起来便相对入眼，像附近时枯时荣的山坡上雨后窜出的羊胡花，叶是细长干涩的苍绿，花却是粉红粉白的莹润。这样的笑是比较感染人的，尤其哪天如果没去放羊，五十六漫画般的笑便会不时出现在村子那条曾经尘土飞扬如今已是水泥铺面的蜿蜒大路上，以对面水库晴日里蔚蓝色的水面为背景，他不是开着农用车突突突地在路上奔，就是背着从对面白杨树上砍下的木柴呼呼呼地朝家门口走，那喜洋洋的阵势使村里人一看到便觉得心里欢。不仅如此，五十六还格外热心肠，曾经帮村主任自不必说，王老二家的儿女不在身边，秋收时弯腰驼背的老两口在麦场上垂手干瞪眼，五十六只要见到便连自家的羊也搁到了一边，立时跑到人家麦场帮着驱驴拉磕子捆垛。一次把那驴使唤得太狠，驴生了气，照他脸上狠狠给了一蹄子，差点破了那长脸的相。还有为杏树园上粪的李老爷子，往粪车上铲一锹粪都累得咳嗽大喘气，被五十六往旁边一让，呼呼呼几下就把粪全都铲上了车，又专门帮人家拉到杏树园里，害得李老爷子想自己远处上班的儿子，那么大岁数了还眼泪吧嗒的。还有正在路边刮芨芨草的魏老爷子、豌豆地来不及收割的郭老爷子，都怕给儿女们添负担，拖着老身子也要自己挣买药钱，五十六因着自家忙着还看不得他们无人帮，所以整日里不是帮这个就是帮那个，来来回回忙前顾后像个停不下的转陀螺。

　　从五十六长力气开始，村里人几乎都得过他的相帮。所以三年前他通过养羊一次就挣那三十万，他们虽也有眼红嫉妒的，但总体上很为他感到高兴，同时又为那些钱最终的落地，时常暗地里为他抱不平。村主任就曾试探地问过五十六精明的弟媳妇："你手里估计有好几个银行折子吧？"见那个矮肤黑的女人扭捏地笑着说："也没多少，就家里那几个。"于是这原本的悬案便落了实锤，全村人都在为五十六一家忧心忡忡："你说但凡这女人稍稍有点坏心，或者被别的男人拐带走了，这一家子不就毁了嘛！"

　　这样的担心并非多余，世上的事从来都不是一成不变。爹娘老实，弟弟没主张，妹妹又傻，按村里人的话，要拿捏这样的一家人于那中专文化程度的弟媳妇根本就不算个事。哑哥哥傻妹妹每月的低保、残疾人补贴，爹娘活了大半辈子好不容易挣得每人每月一千多水库搬迁国家补偿的失地费，连个面都不见便通通流进了她的银行卡。即便如此，老人但凡风湿腿疼之类的老病犯了，那弟媳还鼻子不是鼻子脸不是脸，骂骂咧咧从十几公里外的县城来村里应付一下照个面，搜刮点地里种的茄子辣子西红柿，就又回县城了。待秋天杏园卖杏子那阵，你看她来不来，甚至连她爹都会被叫过来帮着收钱，钱到手便立刻又没了人影。但这也算得人家的好本事，好比一个单位必得有一个能力非凡的经济师来运筹经济，既然那弟媳妇既有文化又有头脑，像这样一个到处窟窿眼的家庭没她拿着还当真不行。何况她也并不容易，虽费尽心机操控了一大家的财权，却一边被村里很多不当家的媳妇背地里艳羡地骂，一边还要面对家里这几个七零八落的人，倘若不是为了那点钱，她根本就犯不着。

当然，这些说起来也都是捣人家闲话。于五十六，这家里家外一切遍布在生活中的琐琐碎碎，看起来是那样的纷扰甚而热闹，却终究无法驱散他内心越来越强烈的孤独感。尤其是当他在山上放羊呆呆地看着大路对面阳光下闪着细碎波纹的那片水的时候。

五十六所在的村子濒临水库，中间一条大路隔着。水库是祁连山的雪水融化而成的，关系着下游一座城市的生活以及工业用水。多年前五十六一家在大路北侧水库边一院土坯房住着的时候，屋子周围那几株白杨也还昂扬，枝高处喜鹊架了窝，一到冬天树叶落尽，那鹊窝便素素的像泼上去的一团清墨，鹊声一下一下亮光一样地闪。耕地就在水库边上，远看起来一片一片水波荡漾中的绿，过往散心的城里人都会被它美得惊呼。不美的是秋收，要靠运气，如果汛期水库水位上升，一些庄稼地就只能眼睁睁看着被淹没，那一年颗粒无收。但即便这样，五十六他们每年春天还是按部就班地播种，到秋天有收就收，无收也认命，总不能因为秋天的不可测而改变春天的播种，种是生活的希望和延伸，否则日子怎么过下去。后来，为缓解下游城市依旧缺水的矛盾以及保护水源不受污染，库边不多的十几户人家全被安置到大路南侧新农村建设的样板房居住，路北一侧用铁栅栏高高地围起不让人进，白杨树还是那几棵白杨树，只是有些孤单落寞，没了从前的精气神。荒废不用的庄稼地也日渐被那些不受约束的芨芨草铺天盖地一般淹没，像大西北一阵又一阵旋起的风。

在五十六的羊在山上低头吃一阵草，又抬起头看他的时候，五十六心里也正刮着一阵又一阵苍冷的风，犹如那些被遗弃在水库边的一丛丛荒芜的芨芨草，经年绿了又黄黄了又绿，除了村里不多一些人当额外的收入在秋天做些收割，其余日子里人们连看都不多看一眼。而那陪了五十六半年，以为一辈子都不会离开他的媳妇，最终也还是因各种原因离开了。

三

我是在一个秋天的清晨第一次见到五十六的。那日天有些冷，村里张老爷子家那引以为豪的三百棵杏树已经开始落叶，地上绿绿黄黄地铺了一层。穿过杏园那些即将进入冬天的杏树，我看到一个往南进的山口。前日村主任说："你要找五十六，就早早到后山上去找，他每天一大早就到后山去放羊了，晚上很晚才回来，有时候也不回来。"

放眼往山远处看，见半山坡有个蓝色的人影儿蹲着，旁边是一群低头吃草的羊，远处是更远的山。见有人来，那蓝影子立时就跑上前来。正是五十六，穿着那套经典的蓝色工作服，戴着一顶破了洞的旧草帽，人看起来并不是我自以为的那样颓废——一个陷入情感困境的人，不容易走出来。相反，他倒颇有些精气神，对我这样一个突兀出现的女人很感好奇。

据村主任说，这两年五十六已不再提找媳妇的事了，只把放羊这事看得紧，成天往山上跑。大概他觉得没有了希望，亦大概把这事给忘了，时间是最好的消融剂，就像这山上每天都要吹过的风，来了又去，一点痕迹都不留。

当三年前那阵风吹来的时候，五十六的媳妇并不能算他法律意义上的媳妇，俩人结婚证都没领，只在大人们的撮合下先行同居了。这样做的好处是，一旦有什么变化，五十六家不会白白丢了彩礼钱。这自然不是五十六老实巴交的父母的主意，村里偌大一个张氏家族，有的是历经世事的长辈为他们作权衡——五十六呀，谁让你是个哑巴。

是一位同族爷爷帮五十六找来的媳妇。作为当地一位既出名又不怎么出名的土中医，那同族爷爷救了不少村里人的命。村主任很小的时候，不知贪吃什么积了食，去县城正规医院找大夫，大夫看一眼摇摇头说回去准备后事吧，爹娘哭天抢地跑到水库边正在割豌豆的同族爷爷处喊救命，同族爷爷停下手中的镰刀，给年少的村主任把了把脉，翻了翻舌头，说你去找个什么什么药，见效了就是他的运气，不见效也不能怪我，于是爹娘又哭天抢地地将药找回来熬了，没想到就把村主任的命给赌了回来。那位外乡人的命便是同族爷爷这样有心无心般地赌回来的，外乡人家的老奶奶感恩，把自己的孙女还礼一样介绍给了五十六。

如果不是人家的报恩，五十六也许只能一辈子做光棍。要知道那女人竟还会背很多的唐诗，村主任就曾很多次对村里人说，那么攒劲的一个女人，当初如果五十六不找，我都想找呢。当时这话传到五十六耳中，五十六差点就去找村主任理论。都知道村主任是玩笑，但五十六当了真，在其后半年的相处中，他可是把那女人当了宝贝一样地守着，怎容得别人即便是要从嘴上抢了去。

人是孤独的，任何人都是，不然何以有结婚一事，不单是为了传宗接代，还有生命的陪伴，尤其那种可肌肤相亲毫无戒备的陪伴。五十六也同样，当他同那女人生活了一段时间后，发现曾经的自己是那样的孤独，在家里孤独，在山里放羊时孤独，笑着的时候孤独，不笑的时候也孤独，那种孤独就像从身体里长出来的，既去不了根，又无法阻止它像地里的麦子一样一天天浓密，挤得他连个落脚的地方都没有。而现在，那女人进入了他的生活，把他心里的孤独又一丝不剩地给挤跑了。

"青山横北郭，白水绕东城"，有一天的傍晚，和村里人闲坐在水库对面山坡上新农村建设刚修起的院子门口聊天，五十六那中等身材不漂亮也不难看的媳妇看着对面的水库突然冒出这一句，把旁边几个一脸枯树皮的老人吓了一跳，不知这女人嘴里到底嘟噜了句什么。一个年轻人说这是句唐诗，几位从未识过字的老人看那媳妇的眼神立刻就有了赞赏："哑哑这媳妇，还会背个唐诗，不得了啊！"听得五十六一下子连腰板都挺得像钻天杨一样的直，心里那个美气呀，长这么大还从来没有过。

那年夏天，到山里放羊，吃住也都得在山上。在五十六未表达任何意见的情况下，那媳妇径自收拾好俩人的生活所用，一句话没说就跟去了。山里的日子并不好过，五十六常住的是一个借山洞壁檐向外延伸出来的石头屋，屋里的炕也是用石头矮矮地高低不平地铺起来的，一脚高，让人看一眼都觉得碜牙硌骨头。包括同样用石头垒起的灶台，经年的火把灶口熏得骏黑，更像是野人胡乱用过的。一张破桌子早已看不出什么漆色，且表面裂了一条大缝，有虫子爬过必然会跌入深渊一般。也就这些了，往年五十六一个人来住的时候，石头屋冷冷清清空得只剩下灰。这次不同了，这次单是媳妇呼出的热气都能把那冰冷的石头屋子填得满满的，下雨天外面再冷再荒凉，屋子里也是暖暖的。每天，媳妇都摆着结实的腰晃着结实的屁股给他结结实实地做上一碗拉条子，吃得他心里漾漾的像要往天上飞，随之再悠闲地点上一根女人专为他买来的并不那么费钱的烟，感觉那日子简直比神仙过得还要美。曾经脏污不堪的石头屋被媳妇收拾得干干净净完全是一个温暖的家的模样，再加上屋子里不时传出的说话声、笑声，连那些成日里偷窥他心事的羊一边低头吃草，一边看他的目光都不一样了。原先它们的主人不过是这祁连山一块冷硬的石头，如今他竟摇身变成了一棵枝叶繁茂的树，浑身都散发着一种勃勃生机。

这大概就是爱情的滋味，虽然五十六并不会写"爱情"这两个字，也不完全懂得它的内涵，但日子能这样一直过下去，一辈子也就心满意足得很。有一次，为着他妈嫌那女人只能小打小闹却做不出一大家子的饭而对她有所怨言时，他急得哇啦哇啦直叫，意思是你再要嫌我媳妇，我就和你们分家。嘴拙的娘从此再也没说过什么，哑儿子如今能有个女人疼着，已经是谢天谢地，等过阵子就把婚事正正经经给办了，该送彩礼送彩礼，该买衣服买衣服，儿子这辈子终于有了一个好的交待，爹娘就是哪一天走了也不会留有遗憾。

然后，也就是半年后，那媳妇离开了。

四

对于五十六媳妇的离开，村里流传着两个版本，此事在村里也算得上大事，一些无事爱嚼舌根的村里人因本性中对于弱者的同情，即便再嫉妒五十六那三十万卖羊款也愿意他身边能有个女人照顾，不然等他父母百年，一个哑哑将来怎么活下去。政府给的低保加上残疾人补贴倒是能满足他日常的吃用，但老了病倒在床上呢，那种人老了没人管，死在家里几个月都不知道的事各村时有发生，光是听一句都让人头皮发紧。

一个版本是村主任对我讲的，说村里人都传那媳妇在山上有了别的相好，很多的乱七八糟，单单把五十六蒙在鼓里。当然，这话也只能是村里人眼珠子转动、嘴贴着耳、连气都呼到别人脸上那样神秘地传出来。但于家风一向严谨的张氏大家族简直奇耻大辱，为此他太爷将那同族爷爷狠打了一顿，怨他介绍这么个不守妇道的女人进了门。随后一锤子定了音，不管五十六自己怎么想，也不管那女人已有了身孕（着人领去做了人流，担心生出个残疾孩子），一点回旋余地都没有地将那媳妇送回了百里之外的娘家。

另一个版本来自五十六并不聪明的弟弟的口头叙述——据说她也有些疾病，羊癫疯之类，不过和五十六在一起时并没发作过。常常深更半夜隔墙一跳就找不见人了，一次竟在水库北边一个镇子的火车站被人发现，大概是想回娘家走反了路，可惧那一路又是水库又是山，一旦被狼吃了或者被水淹了，还怎么同她娘家人交代。这样的跑有过无数次，连累整个家族的人东寻西找终无宁日，那同族爷爷为此还跌跌撞撞绊倒在路上差点摔断了腿，几乎把整个张家人弄得崩溃。没办法，只能送回娘家，讨个安生。

两个版本都无法究其可靠性，事情一旦流至好心且多事的村里人嘴边，便虚虚实实没了可考证的边界。然而这些于五十六却像根本不复存在，他心里只一个低头撞南墙的念头，绝不可以让那媳妇离开。半年的相处，那女人已融进了他的呼吸长成了他身体的一部分，那些温暖，那些笑意，那几句唐诗，那实实在在的一碗拉条子，还有洗得干干净净的那些衣服被褥，都密织在五十六曾经孤寂的日子里，让日子从此像城里地毯厂织出的一张大地毯那样锦绣繁华。如今，家人却执意要切掉那一部分繁华，要他回到曾经那些冷清和孤单的日子，这无疑是在用刀剜他的心，且那种痛别人根本就无法体会。

五十六要分家，要找到那女人自个儿另过。他不要给家里干那些推磨拉土的活了，凭什么他天天跟牛马似的干活，家里人却从未认真想过他究竟需要什么；也不想管山上那些羊了，反正挣的钱对他来说有没有都一回事，多了反倒还有无限的烦恼；他连饭都不想吃了，吃饭是为了活着，而他没了那女人，活着还有什么意思。甚至有一天，他背着家人冒着迷路的风险独自找到了那媳妇的娘家，乞求着要带媳妇回家，被娘家人一顿棍子恨恨地赶出院门，最终连那媳妇的面都没见着——女儿被婆家人撵回，一家人不知遭受了多少同村人的唾沫星子，他还有脸来这儿领。只好回到村子里继续闹家里人，说找不回来谁的日子都不要好过。家里人实在吃不消了，诳他说那女人去新疆了没办法接。他又去找村主任，村主任说太远了没钱带他去，他便向爹娘要了放羊赚的钱去找村主任，于是，村主任看到他崭新的衬衣口袋露出来厚厚一沓钱的上沿。

五十六弟弟还颇有些神秘地说，那女人后来又嫁过十几次人，只是嫁一次又被赶回娘家，嫁一次又被赶回娘家，折腾了好多年还是没把自己嫁出去。前些年，那女人竟还来村上找过五十六，说自己身上长了瘤子什么的，家人避着没让五十六见到，悄悄又把那女人送回了娘家。

对五十六弟弟关于"十几次"的说法，我只觉得夸张，不明白他心里究竟想要表达什么。一个人的情感和精力到底有限，何况在观念还有些保守的农村，除非那媳妇想被村里人唾沫点子淹死，但她似乎还是活得好好的。又免不了想，如果那次五十六见到那女人，又会是怎样的一个结局呢？

没有那个如果。三年过去，当那件事像水被风干了一样消失在五十六的生活中，他仍是曾经那个内心孤独脸上却总也笑着的五十六。至于那笑的背后，是不是还隐藏着些什么，比如忧伤、悲观、绝望，或者其他的什么，便没有人知道了。

我更是不知道，虽然我很想知道，甚至希望五十六和那媳妇有一个圆满的结局。但希望和现实总是两回事，每个人都有自己的命运，且命运里那些变数更是无法预知，就只能接受，接受那些改变，接受一切。

无法说话的五十六更得接受。

那天，在山口遇见五十六，我俩面对面站着，我没说话，伸手问他要手中的羊鞭，他即刻递了过来。我学他的样子将羊鞭用力甩向空中，鞭子却只软面条一样地飘了一下，不见任何的响声。五十六开始咧着牙床笑，将羊鞭要了过去，扬在半空中啪啪啪地甩，那声音脆而斩截，像除夕前夜迫不及待响起的鞭炮声。只见他开口哇啦啦说了几句，大概意思是你干嘛来了，有娃娃没，爹爹妈妈还在吗？说着还伸出枯枝一样的长手拍了拍我的后背。我往后退了退，心里既害怕又有些反感这种陌生的亲近，但仍是笑着大声回答他的问题，我怕不小心惹怒了五十六，他会做出什么过激行为，一个如此相貌又只能勉强蹦出几个词的聋哑人，让人总感觉他的精神或许也存在一些问题。

硬着头皮聊了几句，我朝五十六做了个手势，意思让他忙去。他看懂了，又伸长手拍了拍我的后背，转身朝他的羊跑去。那一大群羊连自己的主人都不管便径自往山的深处去了，五十六追得有些急，瘦长的身子略微侧着，像是被风刮斜的一根细树枝。我这才放了心，朝山的深处走了几步。今年雨水多，山坡上深深浅浅的草，感觉五十六那些白团团的羊可以吃上好几年。天空是那样蓝得深邃，配上山坡起起伏伏的绿，像油画家笔下一幅宏阔的图景。五十六一边跑一边回头看，见我正往山里走，竟又远远地被风刮斜了一样地跑回来站在我面前，一边用手比画一边嘴里哇啦啦的，意思是不能再往山里走了，进去会找不到回来的路。我点了点头，朝五十六摆摆手，让他赶紧看他的羊去，一会儿工夫羊又跑得老远，几乎看不见了。五十六回头看他的羊果然不见了，又哇啦啦说了几句，转身斜风一样地跑了。

我转身往旁边的山顶上爬，至半山坡便放弃了。山有些陡峭，让人眩晕。定了定神，独自站在那里，竟有一种久违了的神清气爽。想起曾听到过的一句话，"怀里抱个金山银山，不如回家做个羊倌"，若果真是那样，人世间便总有一处是没有疾苦，可以安放人灵魂的。但我知道这世上从来就没有那纯粹之地，即便是有，也只能由自己的心里长出来，并赋予它最虔诚的祈祷。

深吸了一口旷野的清新之气，我放眼四顾，见近处的山坡绒绒一层弱草的绿，远处却群山延绵气魄很是宏大，眼看着五十六蓝色的影子越来越远，渐渐化成一个小蓝点，很快便看不见了。

风把时间吹皱

一

二十多年前的那个冬天，玉秀从昏迷中醒过来，看到自己还躺在冰冷的院子里。不远处，那条模样看起来极凶的狗静静地看着她，满眼都是疑惑，它不明白女主人为啥不回到屋子里，外面这么冷。风把两扇漆着蓝色的铁皮院门吹得哐当哐当响。

玉秀微微地动了动身子，不料左腿膝盖一下子感到钻心的痛，她倒吸了一口气，连忙蜷住不敢动了。头也裂了一般痛，左脸木木的，大概是肿了。好一会儿，她才从地上慢慢地坐起来。

院子里空荡荡的，再没动静。老公还没回来。公婆也不知道去了哪里，在半个小时之前，他们眼睁睁看着玉秀晕倒在院子里，然后头也不回地出门去了。三个孩子呢，他们在哪儿？

玉秀一时有些恍惚，不知自己为什么会一个人躺在院子里。待那条狗看她坐了起来，下意识往旁边挪了挪位置，玉秀这才慢慢想起那会儿发生的事。婆婆让她把出外打麻将的老公叫回来，玉秀说她去叫了，拉不回来，有本事你去拉，便径自进屋去洗碗。接着婆婆气恨恨冲进了屋，撕住头发将她扯到院子里，同公公一道把她一阵子猛打，然后她就气晕过去了。

天将要黑了，身穿的棉袄不太顶事，浑身透骨的寒。停了一会儿，玉秀缓缓地站起身，稳了稳心，一步一步向院门外走，这个家她是一刻都不想待了。

可是能到哪里去呢？脚刚跨出院门，玉秀便愣在了那里。父母远在几百公里之外的老家，很多年都没回去过了。邻村的姐姐家，每天只清晨一趟的公交车，显然已经赶不上。一时竟再难找到一个去处。玉秀茫然地看着四周，心上不由得又恨又难过，当初倘若不是姐姐说这里好，比她自己待的那村子好，父母也不会将她嫁到这么远的地方来。如今这样，竟连个容身之地都没有。

不知不觉，她发现自己走到了村里五保户张奶奶的家门口。张奶奶无儿无女，一个人住着。敲了好一阵儿门，才打开，八十多岁的老人，耳朵早背了。看玉秀蓬头垢面的样子，张奶奶顿了几秒，什么也没说，转身将她引到屋子里，从暖瓶里倒了一杯水，看她慢慢地喝下去。村子不大，有些事不问也能猜出一个大概。

张奶奶没有劝她回去，见玉秀一半的脸都肿了，嘴里咕哝着，不知骂了句什么。当晚，在张奶奶并不怎么暖和的土炕上，玉秀翻来覆去没能睡着觉，张奶奶家的顶棚簌簌簌响了一夜，好多只老鼠在上面窜来窜去，它们真幸福，它们有伴。

第二天玉秀径直坐上了去往姐姐家的公交车。一夜过去，并不见男人来找她，看着车窗外一幕接一幕的荒凉，她心里凄凄的，发誓再也不回那个家。

车在大西北空旷的寂寞里踽踽独行，车里的人都不说话，玉秀整个人像被掏空了一般……

二十年后的这个立冬日，我坐在玉秀家去年才装修好的正屋里，看屋子正中铁皮炉的炉盖合缝处呼呼窜红的火丝，炉肚里噼噼啪啪作响。屋子里有一股生冷的气息，人坐在那里像贴在一块冰铁皮上，骨头里都渗着寒。显然，这屋子很久未住人了。

比起二十多年前的旧房子，屋里的装修简直亮在眼里的新。地板用白色釉光的瓷砖贴了，走一步都像要打滑；顶棚同样是白色，带着细格纹，猛一抬头竟似流水在天，一圈一圈细纹荡过去。至于沙发、茶几、角柜以及床那些，虽普通，却因着门窗全都是中式古典的朱红色仿古花格，整间屋子便显得雅而不俗，平添了不少格调。可见玉秀这陆续几年的功夫真是没白费，她就是想要让别人看到一个强字。

玉秀站在炉边，手擦着锡皮的银色炉筒取暖。她才骑电动车从城里服装店回来，急急地生了这主屋里的炉火。与前日在镇上婆媳互夸会我看到的哭得稀里哗啦仿似三十多岁的年轻模样（估计是灯光的缘故）相比，玉秀回到了她理应有的五十多岁中年妇女形象。皮质上衣，米色裤子，瘦小个子却有一张线条坚硬的脸，整个人显得干净利落。

说着她竟又哭起来，提起袖子要擦眼泪，又因为眼睛触到的是皮质衣袖，便一边用手抹一边朝茶几上看，我连忙递了纸巾过去，想要安慰几句，却不知该说什么，只能看着她很快又把眼泪擦干，渐渐露出了浅淡的笑。

"妹子，你不知道，我可是受那个苦了！"玉秀强压着又一次涌上来的眼泪，低低地对我说。

二

立冬这几日的天气极好，阳光澄净，虽微微地有些凉，但让人舒服。

前日玉秀的婆婆在院门口晒太阳，听人喧了个谎，说二社的陈老爷子趴在自家院门口不起来。问咋回事，说家里没电了，儿子儿媳不给交，家里老婆子气得两天没做饭，陈老爷子爬到院门口故意让别人看。他股骨头坏死，常年躺在炕上，应该是没容易从屋里一点一点爬出来。然后，老婆子一点一点又把他拖回到炕上，她自己类风湿，又天气凉，怕陈老爷子躺久了连命都得搭上。

说陈老爷子的儿子儿媳知道这事后，连面都没露一下。

"肯定那婆婆也有问题，不然为啥媳妇子那么恶呢！"那人对玉秀的婆婆说。

"就是这话呢！"玉秀的婆婆赶紧回了一句，心上却莫名地有些发虚，感觉那话是专说给她听的。

事实上，自九年前儿子重病走了以后，玉秀的婆婆终日里提心吊胆，生怕玉秀从此又嫁了人，再也不管她。眼看她已八十多岁，老头子又先她去了最终要去的那个地方，其他几个子女则亡的亡瘫的瘫，唯一能指靠的也只有这个小儿媳妇，如果连她都不管，自己一个孤老婆子定然也没办法好好活下去。

可她有什么资格来要求玉秀，将她留在家里呢。想当初，听了村里那些老婆子的指使，要在自家儿媳妇那里树个威，自玉秀入门后就没给过她好脸色。嫌她洗衣服用水多，水窖里存的那些水全家至少得用半年，否则啥时候才能等到村上浇地的水放过来；嫌她绱鞋绱得慢，家里地里的活总也干不完，一家老小冬天夏天的鞋子一双跟不上一双，害得她白天地里的活干完，晚上还得点灯熬油帮着做，要这样的儿媳妇有啥用；嫌她羊肚子刮洗得不干净，卖到城里饭馆人家故意找碴，硬是能卖五块钱的东西只卖了四块钱，家里统共就那几头羊，少卖一块钱岂不是糟蹋了那上好的几只羊；嫌她马路上的牛粪不知道跟着捡回来，让别人家的儿媳妇抢了先，自家地里缺一点粪就少打几升麦子，这哪是过日子这就是败家嘛；嫌她……反正，家里有多少活就有多嫌她，说白了还是故意让她也尝尝自己当年做儿媳妇时的苦，村里哪个女人不是这样过来的，总得让那些闲事婆子看看，自己这婆婆当得尊贵，否则那些人眼里嘴里定没什么好意思。

谁曾想，儿子竟先她一步走了，狠心留她一个孤家寡人。此后她在儿媳妇面前一直是小心翼翼，胆战心惊，生怕一不小心惹恼了她，自己连口水都喝不上。吃饭也不敢随心地多吃，怕儿媳妇说自己一个累赘浪费粮食。

"唉——我就命苦着，十六岁时生活困难，家里没吃的，把我给了一个大二三十岁的赵老汉，啥活都干了，煤也拉了，张掖大米也背了，一斤大米换两斤半黑面，苦得呀。三十岁上赵老汉死了，我带着六岁的小儿子四岁的小姑娘又嫁给杨老汉，穷得连个盐都吃不起，就拾上些粘着草沫子、草皮子、羊粪的脏盐粒子，在水里化上，笊篱子把脏东西捞掉，剩下的水舀着当盐吃呢。结果杨老汉的一条胳膊又没了，去大市场给孙子买鞋买衣服，遇了个车祸把胳膊给截掉了，每天吃个饭都费劲……"

玉秀还没从城里回来，在正屋旁的一间耳房里，玉秀的婆婆悲戚戚地向我诉说着这些，那模样也像是很快要哭了。

耳房是原来的旧房，没像正屋那样装修，平日里玉秀和她婆婆住在这里。惯常西北农村的黄泥墙，被炉火的烟熏得黢黑；漆面斑驳的旧家具，高低柜、沙发、茶几、写字桌底下几张叠起的小板凳，村里老木匠手工制作的那种旧式样，不好看却耐用；临窗一张土炕占了半间屋，阳光从窗口散散地照进来，落在四方叠起的褪了色的被褥上，漫漶着旧收音机才能发出的那种气息，衬得沙发上玉秀的婆婆像一幅褪了色的画。

玉秀的婆婆一边说着，一边颤巍巍起了身，一步缓一步地走到屋中间的铁炉旁，拿火钳夹了块煤放进炉膛，朝下捅了捅，旋即一股烟灰从炉口直冲冲冒上来，四下里乱飞。家里电炊早就配好了，一直不舍得用，每月电费交起来心都在痛。只这烧炉子不费钱，煤是政府免费送到家里的，加上这些年乡村振兴搞建设，不停地拆旧房盖新房，只要人勤快些，木头劈柴能捡几屋子。

还是心里放不下的缘故，如今玉秀的婆婆虽然这么大岁数，但玉秀最终也没扔下她不管。看在眼里那些力所能及的活，比如生炉子烧水之类，仍会很识趣地干完，身为累赘的事实永远都改变不了。

"唉——老天爷，你怎么看不到我呀！都八十多岁的人了，不死可咋办呢！"玉秀的婆婆又一声重叹，感觉都能在地上砸出一个坑。儿子不在的那年她的确也想到过死，然而听村里一妇人又是上吊又是喝农药，折腾几次仍没死成，反落了个半身不遂，心里怕得要死，再没敢冒那个险，人究竟还是活着的好。

可她真的是岁数大了，一张苍老的布满皱纹的脸，好似干皮紧皱的胡桃核儿，眉心紧紧地锁成一团。

三

人人都有自己的难，玉秀又何尝不是一肚子苦水呢。

男人离世那年，当她没容易从天都塌下来的不知所措中走出来，的确也想过不管婆婆的问题。那年冬天被公婆撕到院子里猛打的场面很多年后仍历历在目，脸上被指甲掐出的疤痕也一直挂着，让她一照镜子心上就免不了恨。

除过日常农村媳妇所干的活所遭受的苦，玉秀其实更恨自己还要经受婆婆这样二婚家庭的夹板气。因为没有血缘关系，男人和他继父动不动就梗着脖子吵，吵得不可交时两人不一个桌子吃饭，玉秀到这屋里劝自家男人，男人骂她，到那屋里劝继父，婆婆说她不好好和老爷子说话，里外不是人。男人天天在外面赌，劝也劝不住，婆婆骂她连自己的老公都管不住，还怪她不去赌场把他拉回来，由着他去赌。她其实也去过几次的，见小黑屋子窝着几个脸色黑青的人，眼盯着桌上的麻将像拉了丝一样，想自己哪来本事将老公拉出来，后来索性不去了，故而有了那次她一辈子都忘不了的打。

那次，她在姐姐家一动不动躺了三天，饭也不吃，只是个哭。挨公婆打是一回事，男人几天了不见她竟也不知道去寻，心里真是凉透了。又连带着恨她爹娘，把她放在这样一个家庭不管不顾，当初把她送过来无非为着几斗粮食，结婚证都没领，按村里人话说，她就是被这家买回来的。可无论村里人怎么说，作为女人终究也是要嫁人的，老家那地方当时穷得连灰都没有，一方得几斗粮食，另一方得个传宗接代的媳妇，男人不缺胳膊不缺腿，她又有了一个过日子的家，终究也是双方获利的事。就是后来两口子那么多争争吵吵，男人砸桌子摔碗的，她也从未生出过离开的心。

包括她虽躺在姐姐家炕上哭得不成个人样子，心里却早已后悔不迭。姐姐那里终究是个临时寄所，才三天姐姐的婆家人已在给她脸色看了。爹娘那里只能想一想，若真要这样子回去，爹娘的脸还往哪儿搁。更揪心的是，三个孩子这些日子究竟怎样了？吃得饱吗？衣服破了有人缝吗？眼看着天越来越冷，棉鞋不知破洞了没。

最终还是自个儿回到了那个家，灰溜溜的，想这次回来怕是更不受公婆待见，以后的日子会更难过。不想公婆竟默默地一声也没吭，原来男人史无前例地为她撑了一次腰，怨他娘说嫁过来我都没打过你打的啥，闹着要分家。等她回到家后，也不让她干活，白天放羊时三轮车把她拉上伴着，晚上再拉回来，婆婆这才收敛了些，骂是时常地骂，打却是再也没有过了。

历数那些年在婆家经历过的一切，玉秀有一千一万个理由不去管她婆婆。可事情若摆在眼前，又真能那样子做吗？眼看着几个孩子渐渐懂事，自家男人的娘几个孩子的奶奶，他们会怎么想她这个娘。再说了，村里人的闲话她确定能受得了吗？那些人平日看起来笑嘻嘻模样，一旦她要扔下婆婆不管，不知道背后会怎样损她，她又那么要强要面子的一个人。

而且，看婆婆自儿子离世以后，竟像矮了一截，在她面前啥时候都一副小心翼翼的模样，她不觉又心软了。娘老子的心都是肉长的，儿子女儿都没了，白发人送黑发人，一次次打击谁能受得住，老太太也算这世上最可怜的人了。再说了，你记仇你能活到老吗？老是心里绾疙瘩，感觉人就没法活了，就活不老。朝前看不如人，朝后看人不如，一家子打了闹了还不是为了这个家，你要这样想，你再能咋想呢？你想得越多活得就越累，就越是活不老，就稀里糊涂过吧，想得太细就太累了，想太明白就太累了。

解绳结一样，玉秀终于把自己的心解开了，把婆婆留在了身边。也没像婆婆所担心的那样再嫁人，二婚家庭的苦她受够了，不想儿女们重蹈她的覆辙。只努力把这个家撑起来，把几个孩子顺顺利利养大，为她恨过无数次的这个刁钻婆婆养老送终，也就对得起同她生活过几十年的那个男人，一生也算得圆满。人这一辈子，不受这个苦就得受那个苦，谁都躲不过。

玉秀找了份电厂打工的活，往皮带上输送煤，拼死拼活地去挣那每天的五十元工钱。为着省钱，顿顿在家把饭做好背到单位上，下班在厂里捡些废铜烂铁背回来卖，背东西背得肩膀一高一低，人瘦得跟个枯猴似的，竟也存了一万多，等两年儿子找上个媳妇，彩礼钱也就差不多凑够了。只是身体实在受不了，才四十多岁已显出老态，于是听从大学生女儿的建议，在城里租了店面干起了服装生意。一干七年，全部心思都扑在了那服装店上。一个人去西安兰州那些远地方进货，夜里孤零零坐火车到地方，白天急死忙慌地跑着选货，打了包再坐一夜火车背回来，到冬天人都冻成了个冰棍。进来的货卖不出去就只能压着，天天看得心口子疼血压噌噌噌往上涨。来了顾客，试这件试那件折腾两个多小时，最后一件都不买，还得赔着笑一件一件试，完后顶着腰酸背痛一件一件地收拾。总之这世上就没有轻松的活，自己二年级文化程度，即便有轻松活也轮不到她。就只能熬，多年的媳妇熬成婆那样的熬，骨头都要熬碎了的熬。

四

"唉——我就不能说我的媳妇子不好呀！儿子没了九年了，你说她不好你能活上九年吗？人家说，你没儿子了，我凭啥把你服侍上，如果不是个好媳妇子，她把你当个啥。就这样子又没狠过我说过我，不好的媳妇子早就不要你了。"

"唉——我就不能说我的媳妇子不好啊！连着给我洗了三个月的屁股。那一年屁股上得了带状疱疹，媳妇问我为什么闻起来这么臭，我说我屁股疼，她一揭起来，看到屁股都烂掉了，感染了，到医院大夫给了毛刷子抓了中药，说用毛刷子洗，纱布铺上抹药，媳妇子每天都给洗两次，每天都抹药，也不嫌脏，就连我赵家的亲儿子亲姑娘见了都躲得远远的呢，你说不好在哪里呢！"

玉秀的婆婆坐在沙发上一句连一句。村里人惯用这样的长调，好像起头那一声"唉"拉得越长，日子所经历过的酸甜苦辣就越确切，感觉人就是被日子拉着往前走的，很多无奈还有认命。

后来几年，玉秀的确不是她所担心的那样把她撵出去不管了。她一边小心翼翼地看玉秀行事，如同当年玉秀在她面前的小心翼翼，一边又觉得自己的命也不是那么坏，想当初她还年轻身体好着的时候，自己能吃能动，从不把儿媳妇当回事，动不动还打她。到如今，老得走不动吃不上了，媳妇子竟还不计前嫌地对她好，这么年轻也没想着再嫁人，也没把自己扔下不管，你说该不该夸？

她还想把这些夸告诉更多的人，儿媳妇知道后定然高兴，会觉得自己的辛苦没白费，多少能减轻点自己对儿媳妇的那种愧疚感。当然，用这种方式多讨好讨好儿媳妇，以后也会对自己更尽心些。

从此知道该护着儿媳了。一次村妇联进农户帮老人洗衣洗被收拾屋子，妇联的人预先打了电话问，她本想说来吧，又担心让她们洗了，村里人会误认为儿子走了媳妇不管她，便直接拒绝了，可不能让那些人捣闲话，儿媳妇的脸面要紧着呢。

甚至，日子久了她对儿媳妇也有了之前从未有过的依赖，晚上儿媳妇下班来得迟了，心里"哗哗哗"的，想着怎么不来了，骑的电动车，夜又那么黑，怕不要出啥事吧。孙子一天不见也着急，在城里干那井底下的活，想想都让人晚上睡不好觉。重孙子不见也想得慌，每天太奶奶太奶奶叫得她心里暖暖的，像冬日里笼着一团火。"唉——一天天待在屋子里没事干，脑子里尽想着这些事了。"

幸亏国家政策好，每年养老金低保金高龄补贴统共下来能有九千多块钱，够自己花还能给重孙子买好吃的，至少不用儿媳妇在钱上操心了。只是一早起来还得儿媳妇把饭给她做上，留下中午吃的，晚上再回来，把她也折腾得够呛，服装店的事已够她白日里忙活了。

有什么办法，老得连走路都打战，更不要说帮什么忙，唯盼着儿媳妇的服装店能越做越好，让孙子重孙子们都有好日子过，就是老天爷在保佑了。

至于玉秀，她当然高兴婆婆这样在外人面前夸她。老公一不在，村里人定然可怜她，但肯定也会看她随后的行事。婆婆这样在外面处处说她的好，是在给她脸上贴光，也算之前对她拳脚相向的一种弥补，她心里那点疙瘩终于慢慢地消减了。

一个女人担起这样一个上有老下有小的大家，生活终究会累点。

好在一立冬日子就短了，玉秀早晨可以起晚点，晚上也可以早点回家，不用起早贪黑地过于辛苦。说来说去，还是日子好了，家里不用再为吃饭的问题担忧，自己都感觉比从前胖了不少，从前她是瘦得稍大的风里都站不稳。如今，不单还了当初给老公看病欠的四十万，还给儿子在城里买了房并好好地装修了一把，农村的院子也一年一单间地慢慢装好了。儿媳妇娶进门那天，一个劲儿地夸城里房子怎么装修得那么好，一张沁着光的脸笑得跟盛开的大丽花似的——儿媳妇是个单纯善良的好儿媳，老太太起疱疹那一阵，她要是忙得顾不过来，儿媳妇就主动给老太太洗屁股抹药，精心伺候着，你说那么一个漂亮人儿都不嫌脏，是不是就好着呢。

　　而且，当别人说你都成婆婆了不得在儿媳妇那里树树威，玉秀只是微微地笑。再怎么儿媳妇都给她生了那么心疼的两个孙子，她感激还来不及。儿子儿媳吵架，她骂儿子不懂得疼老婆，十足的浑人；老太太嫌孙媳妇吃完饭嘴一抹走了，连碗都不洗，她说儿媳妇也忙呢，有她洗碗就是了；怕儿媳妇上班吃不上可口饭，每次都做好了让带到班上吃。尝够了当儿媳妇的苦，不想让自己的儿媳妇也受这样的苦，只要一家子上上下下都好着，把年迈的老太太安心伺候好，自己身边也有个说话的人，就是此生最大的幸福了。现如今她也早把老太太当成了自己的伴，一天不见就心里慌。去年夏天太热，说到新装修好的隔壁那间正屋里一个人睡吧，不曾想一晚上翻来覆去没睡好，心里空落落的，全不似傍着老太太睡在那睡了几十年的老炕上安心。

五

玉秀所在的村子紧邻大路。新农村的新气象，一排排整齐的房，青砖黛瓦，歇山顶，很有些江南的古韵。每家院子的一侧白墙都绘着农事图，播种、扬麦、尊老爱幼、民主富强。阳光是西北晴日特有的净朗，软软地缎一样覆在农户家的屋顶和院墙上，显得格外宁静祥和。

离玉秀家一百米处是村里的集市，橘子香蕉苹果层层叠叠，馒头烤饼冒着热气，茄子辣子西红柿泛着油亮的光，几家副食店门口堆着牛奶米袋清油桶，一侧路边停着很多等待雇主拉货的三轮车，杂乱无章却很是一番欣欣向荣。村子离城不远，农户把土地流转出去到城里打工，于是米面水果蔬菜这些便像城里人那样用钱买回来。加上供销系统综合改革，村里人以后买卖东西就更方便了。

不管天晴天阴，城里儿子女儿怎么打电话让过去，玉秀都会雷打不动按时回到村子里，顺路在集市买点菜蔬回家做饭。在玉秀去城里服装店的时候，婆婆就在自家高墙蓝漆门、门头盘踞着两条雕龙的院子里缓缓地走，低低地骂家养的一只猫、院子栅栏里的几只鸡，然后等玉秀晚上下班回来。院门口开着一家汽车修理部，人来车往，常常有一些擎天的收割机气势汹汹地逼在院门口，倒让婆婆每天的等待多了些声响和热闹。

时至黄昏，我从玉秀家出来，穿过庞然大物般的收割机，见不远处一家院子的墙根处有两位老妇人正矮矮地坐在那里摘韭菜，一边热闹地聊着什么。我跨步凑过去听，发现她们竟笑盈盈地在讨论如何才能死得快。

说村里一个老妇人，死了几次都没死掉，七八十岁上的吊，九十多岁才死掉，没容易熬到那一天。老得动不了了，屎啊尿啊都在炕上，肉皮子也粘到炕上，不吃还饿得慌，可怜得不得了。

"为啥要上吊啊？"

说儿子离世后，儿媳妇骂得受不过去了，白天也骂晚上也骂，恨不得抓住打呢，把榔头也扔进屋里了，一砖头把门砸开，箱子啥的都砸坏，指长道短地骂。

"但你到该死的时候就得死啊，你不死有风险呢！"

我在一旁直觉得新鲜，两位老妇人对"死"这个令无数人感到恐惧的字，竟如人在外面逛累了要回家一样的自然，她们可真是坦然。转而又想，像村里这样被称为"棺材瓢子"的老人，"死"无疑也是一种归宿，人终将要走这条路的，老了则离得更近。

后来才听出是自我的一种调侃，眼下日子那么好，多活一天都是赚，干吗非要急着去死呢？

"你看玉秀的婆婆，都九十多岁了，不也活得好好的嘛!"

"那是人家玉秀性子好，那老婆子可厉害着呢！"

　　我听得心里笑，想玉秀和她婆婆后来上镇里那个婆媳互夸会，定也有两位老妇人的功劳，她们说玉秀和她婆婆才是当之无愧的好婆媳，应该当着更多人的面好好夸一夸。而那天的互夸会的确也达到了预期效果，在美女主持的极尽煽情下，台上几对互夸的婆媳哭得泪水涟涟，其中玉秀和婆婆一个站着一个坐着哭得更是身体抖动，好久了停不下来。

　　那哭声里定有一部分是感恩和感激，世上最难处的关系莫过于婆媳，否则那美女主持在来的车上不会脱口而出"不应是婆媳大战吗"这一句。但另一部分则是我一厢情愿想到的，所谓"哭着别人的哀伤，想着自己的惆怅"，玉秀的婆婆因着她早早走掉的几个儿女，怨老天爷怎么不拿自己替了他们，他们还那么年轻，还有那么多好日子过，竟把她一个快要入土的老婆子留在世上，活是照样地活着，心上却日日像压着一座山，让她总也憋得难受，一时间觉得还不如死了的好，早死早解脱。而玉秀的哭，该怎么说呢，想起这些年，尤其老公去世以后，家里家外大大小小的事全靠着她一个女人，有时都快扛不住了还得拼着命地扛，整个人就像一棵失了根的白杨树，在风里摇来晃去总没个依靠，心里头那个难受啊，根本就没办法说出来。

　　那就都哭吧，借着这个台子理所当然地哭。哭得越多心里就越轻松，越容易放下那些不愉快的事。人一辈子谁没个苦啊难的，等趁机而来的眼泪将它们全都冲走，接下来的日子该咋过还得咋过，谁都不可能停下来。

是啊，怎么可能停下来。在玉秀和她婆婆台上这样哭着的时候，台下坐着的一对婆媳也正目不转睛地看着她们，眼眶湿润像南方的梅雨季。这台上的人是她们各自的哭，而这台下的人亦是她们各自的生活，生活与生活虽有不同，但时间却是一条长长的河，时时刻刻都在往前流。

只不过，水到了渠才能成，苦尽了甘自然也就来了。诚如这互夸环节一结束，村上妇女们排练了很久的几个舞蹈便无缝对接地上了台，一时间红扇子绿绸子，浓妆的演员们腰肢扭动，满脸眉飞色舞的笑，不大一个舞台瞬时花红柳绿，刚那悲伤的气氛倒好像一个幻境，瞬间消失在人的视线里，无影无踪。

车筐里的甜瓜皮姑娘

一

西北的春天一场又一场的风，还带着针刀一样的沙，刺得人眼睛睁不开，人站在那里冬树一样凌乱。但小花家的麦地却已薄薄一层绿了，像画家轻蘸了一笔绿又轻抹上去，淡淡的青烟笼绕。小麦这东西固执，只要撒在地里就不怕风，再浅的土里也能稳住心，等风一遍一遍没了耐心，它早已把根扎稳，再尖锐的刀也刮不走。

蔬菜就不一样，蔬菜种早了会被风吹回到冬天，再也不肯往下一个季节长。今年麦地旁正待铺膜的这块地又隆了四十多畦，全不似院子里不多的几畦，可以提前用豁了口的瓷碗将对开的叶芽一株一株倒扣在里面取暖，等天晴了太阳高高地挂在头顶不再被风吹迷了眼，再放出来敞敞地喘一口气。这四十多畦菜地须要等到应时播种的那几日，风不那么寒了，才能在铺好的地膜上一个洞一个洞地点籽播种，然后一个洞一个洞地土埋得不能深也不能浅，随季节的时钟卡分卡秒地今天长一片叶明天伸一段枝，在爷爷奶奶淡定又忧愁的目光里长成他们希望的样子。一年的大部分收入全靠这四十多畦地，如果过阵子倒春寒不那么凌厉，爷爷奶奶小花还有哥哥一家四口的日子才能不浓不淡地继续下去。

在地里帮爷爷奶奶铺地膜时，尚不及爷爷手中那把铁锹高的小花在大片还未点籽的黄土地里，像一株刚开了叶但无瓷碗护暖的裸露着的菜芽，让人很担心一阵风就能把她吹走，或吹回到去年的冬天里再也不往前长。然而，这只是我目光穿过浮着绿烟的麦地，跌落在一大片空地上瞬间的幻觉，从小花熟练拉地膜的动作，能看出她在这地里已长了很多年，既不怕风吹也不怕冷寒，瘦小的身子在西北苍凉的春天里别有一种新鲜，让人心里既微微地疼，又不免生出些感动，这世间任何一个生命都在执着地生长，没有什么能摧毁。

小花今天穿的是红色呢大衣，绒绒的白毛领，惯常是村里别人家孩子穿小了拿过来的，但新崭崭的像是在过年。她又是小瓜子那样的白净脸，淡淡的两道眉下淡淡的丹凤眼，便整个人又淡又鲜艳，亦像是画家笔端一点浅红轻轻抹出来的，在这春天尚未来得及生绿的黄土地里显得格外惹人注目，而小花家整个忙碌的春天正是因为这小小的一点红，竟比别人家多了一丝跃动的生机，连成日里为着生活忧愁的爷爷奶奶脸上也不免浮起一层笑。

同村的李奶奶扛锹经过，说，这么大的娃娃你就领到地里干活呢。奶奶说，她也吃一口饭呢，又不是我们强逼着来的。李奶奶便笑着走过去了。这时候小花正提了一滚子地膜往隆好的菜畦上走。挂地膜的铁丝有些长，以至于小花双手抓住顶端往前走的时候须身子使劲地朝后仰，地膜才会在身前抬高不至于被拖到地上，那情形看起来竟连鲜红的小花自己也被拖在地上涩涩地无法往前，似从深井里吃力地提起一大桶水。的确，这种活对于九岁的小花，无论从身高还是力量上都显得不那么适合。然而适不适合在其次，只要能完整地将地膜拖到菜畦上铺开，为爷爷奶奶承担一道工序，这天的活就可以早点干完，爷孙四人不用再顶着夜的黑回家了。

只是，奶奶那句"也吃一口饭"让人听了有些不舒服，好像小花不是自己家长出来的，而是别处移栽过来，为着讨一口饭好好地活着，也必须得自食其力。但在春天时清时浊的风里，别人家的孩子的确也看不到有一个在地里，他们都被父母带到城里去上学，地里的活仅爷爷奶奶就足够，虽然那些爷爷奶奶同小花的爷爷奶奶一样弯腰驼背两条腿都罗圈了，但除过家里这不多一点的地，至少不用整天为他们的孙子再脚打后脑勺地操心。"他们的爷爷奶奶享福呢，想出去打工就出去打工，想出去打牌就出去打牌，我们就被这两个孙子拖住直接出不了门，既没办法出门挣钱，又没时间打牌享福，我们这两个爷爷奶奶就过得苦啊！"小花的奶奶说。

小花像是没有听到奶奶的话，该干啥还是干啥，连头都不曾抬一下。她是习惯了，知道奶奶并无多意，不过是心里积了太多的苦要靠一张嘴来释放，爷爷奶奶替他们的爸爸妈妈养活他们，他们替爸爸妈妈在地里帮爷爷奶奶干活，这是天经地义，否则地里这么多活，老腰老腿的爷爷奶奶啥时候能干得过去，小花上三年级，已经懂事了。

地膜滚子只要能拖到菜畦上，一点一点地朝后拉开对小花来说就轻松多了。不像远处李奶奶家那块铺白膜的玉米地，面积大，地膜机只要来回跑几趟，很快就铺好也点好种了。小花家铺黑膜的菜地面积小，机器施展不开，所以得人一畦一畦地挨个铺。黑白两种地膜，白色膜薄，太阳能透进地里，杂草循着光顶破地膜钻出来，除草剂就能很轻松地除掉它们；黑色膜厚，且不透光，杂草看不到光又顶不破地膜，就会被闷死在里面。总之各是各的不同，好比小花既已生在一个小孩子也需劳动的家庭，哪怕别人家的孩子再享福再不用干活，自己也得认真地把地里的这些活干好。况且，今年她干得明显比去年熟练，爷爷奶奶在畦两侧负责挑沟埋膜，大三岁同样力气弱的哥哥抱着铁锹往地膜上隔一段压一锹土，她站在畦上一点一点往后拉膜，见膜偏了赶紧又拉正。爷孙四人很快就铺了好几畦，喜得爷爷直夸小花手巧，天生就是个会干活的人儿。可眼见得红衣服的小花小小地蹲在地畦上，一步一步往后退着越来越小的样子，让人心里总也不是个滋味，这样小而美丽的女孩，春天难道不应该由爸爸妈妈领到广场上去放风筝吗？

　　小花是没有爸爸妈妈陪伴的。爸爸妈妈在她两个半月时就离了婚，约定爸爸在新疆打工挣钱还之前开酒店赔的三十万，妈妈抚养她和哥哥。结果妈妈把兄妹俩像两个物件一样甩给奶奶，说要去黑龙江挣钱回来再养他们，转眼八年多过去，只有中间回来过一趟，凑到小花跟前说我是你妈妈，吓得小花扭脸大哭让她走开，之后，她就真的走了再也没回来，一打电话在通话中，一打电话在通话中，后来才知她是将电话进行了设置，任天大的本事都打不通。爷爷难过，对着羊圈里的一只小羊羔说："你看羊圈里这只刚生出的小羊，我们要不小心碰它一下，羊妈妈都左挡右挡护着不让我们碰呢，她怎么就那么狠心，她的心在哪里长着呢？"

　　谁知道妈妈的心在哪里长着，唯一回来的那次，连哄娃娃嘴的糖都没买一颗，吃了几顿饭睡了两晚上觉起身又要走。奶奶把小花推到跟前说你把她带走吧，我病着，爷爷又刚做完手术，儿子还一屁股债，我们没办法养她。不曾想妈妈把她当烫手山芋一样又把她推给奶奶，说我连自己都养活不住，不行你把她送人吧。奶奶急了，丢下两头哭的小花跑出去藏到羊圈里，想娃娃哭成这样，当妈的定然舍不得，定然就会带走。结果当妈的什么都舍得，连小花脸上的眼泪都没给抹一下，转身出院子走了，留小花孤零零在阴冷的屋子里继续哭，一直把奶奶从羊圈里哭出来，气得在院子里骂她妈连带也骂她，说她就是个多余人，谁愿意养活谁带走。此后，小花的心啥时候都紧绷绷的，眼睛再也不离爷爷奶奶。一次，和爷爷奶奶在地上拉草给家里盖房子，爷爷奶奶把草捆好放到拖拉机上，不知道她在后面还没爬上车，开着拖拉机就往前走，急得三岁大的碎娃在车屁股后面跟着号："爷爷奶奶，我还没死掉，你们怎么就把我撂过去了！"

几年就这样过去了。奶奶虽嘴上一个劲儿喊着要送人，究竟也没把她送人。爸爸妈妈好比家门口自顾往高处蹿的钻天杨，即便太阳给它照出一个树影子，那树影子也只杆样的细，不能带给小花一丝的阴凉，她该吃还是吃虽然吃得不怎么好，该睡还是睡虽然常常从噩梦中醒来。直至这个春天的菜地里，爷爷说休息一下吧，去吃阿姨给你们买的好吃的去，她和哥哥便立刻欢快得兔子一样，蹦到路边的拖拉机旁，由哥哥攀着扶手爬进车斗拿一包蛋糕出来，又跳回到地面。俩人不约而同跑向爷爷奶奶处，拿蛋糕硬往爷爷奶奶嘴里塞，直到爷爷奶奶分别咬了一口，这才跑到路边一边吃一边跳水沟玩，奶奶说小心点别呛着别摔到水沟里，他们也不停下。

水沟往上五十多米处有两棵柳树，仍是冬天干枯的杂枝纠缠。春天懂得农民的心，总要把地里的麦子先吹绿了，才让柳树的枝条抽出鹰嘴儿一般的绿芽。多年以前，也就是小花两个半月被她妈妈狠心丢下的时候，她像一只刚出生的精肚儿麻雀，一整天都躺在这两棵柳树下电动车筐中奶奶为她铺好的一层旧被褥里，迷糊觉睡醒了就扯着嗓子号，豆奶粉吃饱了就自个儿蹬腿玩，树叶儿大的一张脸任由过来过去的西北风吹，皱得像哈密瓜扭着裂纹的瓜皮，每次李奶奶从车筐旁经过，都要喊这个甜瓜皮女娃娃怎么这么丑。

等小花从车筐里长出来能走路时，两棵柳树便成了她白日的家，爷爷奶奶在地里干活，她在树底下冷了靠着树干站一会儿，热了浓密的柳树叶子当作伞，脏猴似的一天天长到了现在（奶奶又烦又忙，实在也没时间给她洗）。如今，除春天帮爷爷奶奶铺地膜外，夏天还能给抽枝的西红柿黄瓜豇豆搭架子，也能伸手从带刺的菜叶里摘出秋天的各种果实，小心地放进旁边哥哥手提的竹篮子里。"一亩园十亩田，娃娃大人不适闲"，菜这东西金贵，到时节当天摘不下来，第二天就长老了，就卖不上好价钱了。而且，西红柿豆角茄子辣子芸豆土豆那些，各是各的采摘时节，须爷爷奶奶依经验算好采摘的时间，掐时掐点地让兄妹俩帮着将它们分别采摘到篮子里，否则好不容易得来的那点糊口钱能损失将近一半，一年的苦等于是白受了。

"你们将来一定要孝顺爷爷奶奶啊！"又是奶奶的口头禅。人真是越老越怕老，奶奶希望小花和哥哥将来为他们养老呢。可九岁的小花现在不正是在孝顺爷爷奶奶嘛，即便收获季节有人骑摩托车来偷菜，也是小花陪着爷爷在地边简易棚里不离眼地盯着。尤其到了晚上，菜地上空亮着羊胡花一样的星，寂寞像西北的荒芜一样掏空了爷爷的心，小花虽还在小孩子的梦呓里笑，但要说还爷爷奶奶养活小花的债，小花早就一边长身体一边在随时地还呢。

说到底，小花一半是由爷爷奶奶带大，另一半则是吹过这菜地的风将她拉扯大，所以她的头发后来如夏天这两棵柳树的叶，浓密得像排笔画上去的。每次她低身笨拙地给自己清洗结了板的头发时，头发能铺满一大塑料盆。随着头发越来越长，小花后来就长到学校的课桌上去了。

二

小花家的新院子有两个篮球场大了吧？反正就是个大，像原来旧村靠地那边的旧院子，十分敞亮。但原来的旧房都是黄土墙干枝棚，虽西北的雨不多，但几十年的侵袭加上一场又一场的风，旧房早已被摧毁成了危房。包括村里其他农户的，也都一样的残破不堪。后来新农村建设，村里农户全都搬到了现在的新址，排排砖平房，白墙黛瓦颇有些江南意趣，感觉住一百年都没问题。

小花爷爷将新院子的三分之二辟成了菜地，另外三分之一修了房，并分了前后院，前院宽敞原打算儿子儿媳一家四口住，后院逼仄想老两口有个遮风避雨的窝就行。如今计划落了空，爷孙四人便都住在了前院，一间盘炕住人，一间起灶兼储物，简单到像清晨奶奶给一家四口铺的荷包蛋，它清得一见到底，却足够抵御一个上午的饥。当然，如今社会也饿不着人了，爷孙四人都申请了二类低保，米面菜蔬自产自足，孩子衣服又都续着村里别人家孩子穿小的，倘若不考虑孩子将来长大之后的事，日子倒可以平平顺顺过几年。至于孩子将来大了怎么办，爷爷奶奶还不敢想，人老除吃药，其他花钱的地方越来越少，孩子却越长越高花钱的地方越来越多，前日兄妹俩打流感疫苗一次就花了两百元，学校又收每人一百多元的托管费，算来算去手里的钱只够眼前开销，根本没能力规划将来的事，就走一步看一步吧，只要爷爷奶奶还活着，就有他们一口饭吃。

初春的寒尚未离开，院子菜地里的葱已一尺多高了，竟似夏天一般的葱郁。爷爷说都是去年的葱，根一直留在地里。想它们真是有韧性，这里的冬天地冻天寒，能坚持下来很不容易。好比这个时候的小花，虽生在西北一场又一场肆虐的风中，但蹲在爷爷身边摘葱的样子就像贴在爷爷身上的一片树叶子，格外一种安静。

是的，安静。爷爷并没有说小花你来帮我摘葱来，而是小花随我从村委会广场那边放风筝回来，见爷爷蹲在菜地边摘葱，自然而然就蹲在旁边默默摘起来。毕竟是刚长出的葱，每一根都细细的像小花嫩嫩的手指，而小花的手指真是好看，细长柔软又显得灵巧，另还有一种不动声色的劲道。在一缕一缕轻轻撕完葱的外皮后，感觉并没怎么用力，伞状胡须的葱根已被那柔软的手指掐断了，我记得连我成人的手指掐那些葱根都要多使一分力。她剥葱的样子亦特有的安静，似乎一边剥一边还想着什么，一张粉而稚嫩的侧脸，睫毛微颤像那会儿她手中一朵桃花微微抖动的细小花蕊。

那会儿，她双手小心翼翼地捧着那朵小小的桃花，轻轻地说："让它开一朵完美的花。"

我把那"完美"听到了心里。这该是一个成人才会用到的词，因着现实太多的不完美，所以时时要挂在嘴边来提醒。从九岁的小花嘴里说出来，怎么都觉得违和。小孩原本天然的完美，根本无须去雕琢。然而小花似有成人的那一种执念，无论干什么都像在深思。广场放风筝的时候，包括邻家孩子在内的四个人，只她全部心思都在那风筝上，一个人扯着线在广场上四处跑，也不喊人帮忙，没几步风筝又落下，便低头看着风筝好久都不说话。我上前告诉她该怎么放，端着风筝让她扯线跑，天晴没什么风，她跑的力量又小，风筝仍是放不起来，便只好放弃。然而偌大一个别无闲人的广场，她小小的红色身影竟如阔海中一叶颠簸起伏的小舟，让人既生出一种怜爱，又被她小小的执着所触动。这一朵小花当真是她自己的完美，没有谁能比得上。

风筝是邻家小姐弟俩的，我和小花兄妹往广场走的时候遇到。俩人抱着风筝迎过来从兜里掏出果冻给小花兄妹吃，小花兄妹很自然就接住，未见一丝的生分。后来才知爷爷是不允许小花兄妹同这姐弟俩玩的，前年春节爷爷正在家里忙活，听得小花大哭着跑回家，说哥哥的手被炸开了，吓得爷爷赶紧往外跑，见哥哥的左手被炸开了一大条缝，血汨汨地冒，捏住手就往村卫生所跑，手心手背缝了几十针才算保住。只说四个孩子放鞭炮时炸的，但据爷爷后来分析，是那家的姐姐拿打火机玩，不知怎么就爆炸了。为这事两家还打了官司，因无确凿证据，又因为那姐弟俩天生有些脑子呆，最后也不了了之了。爷爷心里一直恨，不让小花兄妹与那姐弟交往，但毕竟是小孩子，手尚未完全好，便又凑到了一起。

其实也挺好，我在村子大半日竟只见这四个小孩，如果没有邻家那姐弟俩，小花他们会不会感到孤单？村里如今走来走去的都是老人蹒跚的身影，日子不停地往新，村子却在一天天地老，等几个孩子长大后离开，村子又会是怎样一番境况呢？而且，爷爷奶奶是没有闲钱给他们买风筝的，而无风筝的童年对于兄妹俩会不会也是一种缺失？看哪，我有这么多不能想明白的地方，却知道现实很多的事根本就无解。在爷爷奶奶有限的庇护里，小花兄妹无疑是狂风中摇曳的两株小树，随时都会被连根拔起。

"你想爸爸妈妈吗？"我问小花。上次村主任专门使眼色不让我问小花这个，他当过几年民办教师，怕伤着孩子，但这次我还是狠着心问了。不料小花想都没想便作了回答："不想！"

"她想她的爸爸妈妈吗？"我转身问小花奶奶，希望从她那里得一个肯定的答案，不想奶奶也断然回答："真的不想啊，从几个月就离开，有也跟没有一样！"

我转头看着小花，心上揪作了一团，想此刻她的妈妈也许已做了别人的妈妈，再也记不起她。她却依旧安静，好像这些事与她根本就没什么关系。

她想她的爸爸妈妈吗？我在心里问自己。

三

这里农村的正屋大都是客厅卧室厨房一肩挑。沙发茶几作客厅，中间一个铁炉为厨房。最铺张的是靠墙一面大盘炕，并排能睡十几个人。尤其过年亲戚多，被褥枕头横竖一挡便是孩子们游戏的战场，中间一张小方桌供大人们嗑瓜子喝茶打扑克，沸水一般的热气腾腾。平日里却寂静，漠而无边，像心上有个跑马场。一次小花在炕上躺着，哥哥故意逗她，抬脚从她头上跨，她一下子梨花带雨地哭了，嘶声喊爷爷。这里惯有一个说法，男孩从女孩头上跨，女孩子将来长不高。小花心里怕，哭着告爷爷，爷爷便揽过去哄——小女孩的娇气真是恰当的好。殊不知她将来长高长大，如果仍留在村子里，会发现村里女人还有更多不能高的地方，譬如女人的衣服晾晒不得高于男人，衣物不得同男人在一个盆里洗，内衣不得晾晒在显眼处，女人不得上桌吃饭，被男人压炕上打不得吭声……小花将来可千万别留在村子里，否则像奶奶说的这样一个灵巧人儿，岂不是委屈。

奶奶说，我的娃就聪明啊，学习在班上回回第一（班上统共九个孩子，基本是些留守儿童），老师动不动奖她个开心果牛奶糖巧克力，喜欢得不得了。奶奶说，我的娃就是手巧啊，包的那个饺子花花的边，连我都包不了那么秀气，衣服破了自己还能缝上。奶奶说我的娃就是懂事啊，把这小葱洗得这么干净水灵，都不舍得往锅里丢。我的娃就是孝顺啊，学校的免费早餐，鸡蛋不喜欢吃也拿着，连同学的也要了带回家往爷爷奶奶嘴里塞，不吃都不行。我的娃都能帮我挣钱了，菜市场俊生生地往那儿一站一喊，买菜的人就都围过来了，我的菜每次卖得都最好。我的娃……我说奶奶你偏向小花呢总是夸她，奶奶看了眼旁边只顾玩手机的哥哥，骂了一句愣头，说天天就知道玩手机，作业也不好好做。我跟着笑，知道奶奶这把年纪，虽开口闭口都是小花，心里却不可能高过她哥哥去。在村子里，男孩是续香火的根，即便坐那里一句话不说，心上也是足足的底气。

"唉，我们也老了，能养到啥时候就养到啥时候吧，各人有各命，将来总会有她的去处。"奶奶看着小花茫然地说。

小花正在低头写作业。她的写字桌靠墙夹在炕和沙发之间的缝里，炕为凳，和她一样显得小，又局促。奶奶说这是她爸爸在学校时的课桌，专问老师要过来用的。倒不为某种纪念，而是奶奶无须再花钱买了，这个家花钱的地方多着呢，省一点是一点。只一张破得能当文物的旧课桌，小花坐在那里像旧瓶上插了一朵红艳的花，很不相宜。但她心无旁骛，奶奶向我不停絮叨她父母的那些事时，我连连地转头看她，怕她听了分神，结果她连头都未曾抬一下。倒是她对面的哥哥，靠另一面墙的低柜上写一会儿作业，又转身坐到沙发上玩一会儿手机，眼睛还总往茶几上我买的那一包零食上飘，我说打开吃呀，你和妹妹每人一份，他又不打开，眼睛却像被下了钩，不由自主便飘了过去。为此我后来一直奇怪，从我提着那包零食进屋起，小花就从未看过那零食一眼，然而后来在菜地上见她拿蛋糕吃，一样是小孩子毫无掩饰的欢愉，她有些让我摸不着头脑。

"爷爷，甘蔗的甘怎么写？"小花大声地问。

"一横一竖，再一竖，一横再一横。"爷爷在空中画着说。

"哦，我知道了，我知道了。"小花便低头一笔一画地写。

"爷爷，文人的四大雅事是什么？"小花又喊。

"这个……这个……你在书上查，肯定你们学过的。"爷爷当年是初中毕业，但教如今的小学作业竟吃力，很多时候都不会。

我想顺口告诉她，但一时间竟也忘了。

"我查到了，就是学过。"小花翻着书开心地说。

"小花，跳个舞给阿姨看。"奶奶说。

小花坐在那里没动。我也没表达要看的意思。想起上次村主任陪我来，小花穿了一条长及脚踝的红色连衣裙，漂亮得像个花仙子。奶奶说小花给阿姨跳个舞，小花立刻拿起手机找伴舞的音乐，很快便在炉旁的空地上跳起来。爷爷说这孩子有跳舞的天赋，手机上一学就会，她便愈加跳得认真，手摇身子摆，嘴里还默唱着。但她跳得并不好看，头始终低着，面部表情呆板，动作也笨拙，与她清秀的模样还有漂亮的红裙子极不相称。奶奶在旁边看得喜笑颜开，我却禁不住忧伤，如小花这样瘦长体形又喜欢跳舞的女孩子，若送到舞蹈班学习定然会是好结果，可她没有这样的机会，村里没有舞蹈班，城里的学费也交不起。

奶奶喊吃饭了。是米饭，葱炒鸡蛋、甘蓝炒肉，快吃完时又端来一碗鸡蛋汤。有客人的缘故，平日四口人只一个菜。奶奶在旁边不吃，一个劲儿催我多吃。等我快吃完时，奶奶方端了一碗坐在角落里慢慢地吃。

屋里是木纹的地板革，不知从哪里找来的，那会儿奶奶用笤帚过来过去地扫，却总也扫不干净，院里的土很容易带进来。墙壁也用什么材料贴出来的，微微泛着黄。还有顶棚，以及厨房的瓷砖，说是原来房子拆下来的，爷爷自己一块一块新贴上，却显见的全都旧气。还在原来旧房子的时候，家里的钱尚未被儿子儿媳糟蹋掉，他们还是村子里的富户。

一屋子的旧，裹着小花和哥哥一天新过一天的长，爷爷奶奶一天旧过一天的老。这个家的将来会是啥样子，还不知道。

四

西北的春天总有几场沙尘暴，昏天昏地人人都得吃上几口土。城里人吃几口土其实也无妨，大不了碜一下牙，天晴了日子一样光鲜亮丽。农村便不一样，不仅要吃土，搞不好连刚刚铺好的地膜都一条条被撕上了天。

昨日又是一场大沙尘，闲人们发的视频中，城郊一些低矮建筑、尚未生绿的槐树枝头，甚至马路牙子，随处挂着被风撕裂的一条条黑白地膜，像电影中的鬼魅场景，看得人心惊。早先气象部门已发布了大风蓝色预警，要各方做好次生危害的防范，但农户铺好的地膜怎么防？虽几分菜地，但要整个护起来无疑是天的大，人只是无力。

不知小花家菜地的地膜损失情况怎样，老少四人就那么点力，用完一次少一次，这样的天气无异于灾难。但即便损坏了也得重新铺，那天小花的爷爷说，农民嘛，只要死不了，下刀子都得来。

想起那天爷孙四人铺地膜时，我在地边有些犹豫，想上前帮助，又素来没使过土地的力，怕没几下就得败下阵，反而让小花一家觉得我作假，倒不如直接扮作一个旁观者，彼此心里都轻松，于是蹲在边上低低地同爷爷奶奶说话。没想到小花奶奶一边干活一边说，你是个好女人，好女人呢！我一时愣在那里，不知此话缘何而来。奶奶接着又说，有的城里人到我们乡下，老装模作样摆出一个姿势，很嫌弃我们的样子，你就没有，你就很随意也不嫌弃，你就心好得很。

无法描述我当时的心情。那年小花爷爷为着兄妹俩能受更好的教育，下狠心将他们转到城里上学，自己则城里乡下风里雨里地来回跑，结果还没一个月又转回来了，小花哭着说同学们叫她乡巴佬，怎么打骂都不去上学了。

这世上更多的善意，大都来自低矮处，而那些处于低矮处的，又往往卑微到无奈，甚而无力。

能有什么办法呢，人在这个世界上，一切都得经受。

再看眼前这天真到醒目的小花，一笑起来就像春天田野上盛开的小菊花，花瓣儿是嫩嫩的浅红，眼睛亮汪汪的没有一点杂质，就是有时突然不高兴，两道乌黑的柳叶眉微微一蹙，那也是书中林黛玉的模样儿，让人看一眼便爱一眼。曾经那个皱着脸被李奶奶一次又一次说丑的甜瓜皮姑娘竟再也不见踪影了。可见这春天恼人的沙尘虽是年年有，却没能阻止小花一天一天走向她盛放的夏天，世间之事终究也难不倒人的。

如此想着，心中竟一下子豁然了很多。

张花花

一

秋日燥热，羽穗的芨芨草恰凶猛时节，风吹过去齐齐地朝一个方向倒，于是白茫茫闪着粼光的那一大片便连自己都成了狂野之风，呼呼呼的。

我站在不远处，看张老爷子和他儿媳一黑一红两个身影在那白茫茫的风里时隐时现，渺如一幅大面积留白的写意。但他们不是在摆画，他们在刮芨芨草，这里人叫"刮"不叫"割"，真是叫得好，犹然一镰刀下去便一个满怀。不几分钟，便觉心烦气躁，腿乏身子困，想张老爷子都八十多岁高龄，竟埋头不见一丝的停顿，日头又这样骄纵，简直惊人，这并非一件轻松活。秋后日子闲，芨芨草又是天赐，旁侧横穿村子的那条马路每日里都有三轮车大声地抢着喊："收——芨芨草——"刮多些码齐捆结实论斤卖，去年张老爷子几个月就挣了九千多，足够平日头疼脑热的药钱，儿子们钱再多也是他们的，自己养自己最安心。

站一会儿，发觉身边多出一个三十多岁的女人，粉红头巾碎花衬衣，杆样的身子肘起一张国字脸，像从地底下冒出来一样，简直吓我一跳。她在我身边说起话来，嘀里嘟噜的，我没听清楚。再听，又像啄木鸟嗑树干的声音，"笃笃笃"的，还是没听清。只是见她从头到脚衣衫竟干净得令人奇怪，领口处一点污渍都没有。

这莫不是村主任提到过的傻子张花花？我谨慎地往旁侧躲了躲，张老爷子和他的儿媳妇已至芨芨草深处几乎不见人影，她要疯病发作朝我张牙舞爪扑过来，怕是连自保都不能。然而没有，自顾说几句话后，只见她转过身伸长臂连着手像分叉的棍一样指向张老爷子他们一处，两眼狠瞪着大声地喊，那声音定是被风清晰地吹入张老爷子耳中，但张老爷子在芨芨草的密林里只"嚓嚓嚓"不抬头地刮，根本不作理会。他儿媳更像戈壁滩上随处可见的一块顽石，自始至终不见抬头更不见一句话。依稀听懂了她话尾骂的一句："……坏得很！"

平日是很少遇到这样人的，在我有限的记忆里，但凡遇到的傻子大都蓬头垢面一脸凶相，让人不由要生出恐惧。而张花花此时在我旁侧，却好似一个平常人因某事生了气，忍不住要以平常的激烈来表达她的愤怒。后来才知道，她在别人眼里的傻，不过是喜欢人前人后扔石子一样地骂人，且每次的骂都要颠三倒四重复很多遍，好像一个初学打水漂的孩子，每一次都是不同的乱。亦每一段骂的收尾都会加一句"坏得很"，好比书法里每一笔必得要回锋收笔，如此便显得更加有力。

也就是说，这传说中的张花花并非我所想象的那样具有攻击性，而是一个相对安静人畜无害的傻子，如若村里人聚一起聊天，也会懒懒地同她搭上几句，她则很认真很当回事地回上几句。

二

"那个芨芨草值不上几个钱，刮那个干啥，简直坏得很！"

"她不回来帮妈妈蒸月饼，坏得很，蒸上月饼不给她吃！"

"她一天只知道花我们家的钱，就是个坏人，坏得很！"

"我的两根胡萝卜别人给我十块钱他却只给了五块钱，坏得很！"

——多待几日，会发现这一连串的骂声在村里风一样忽而吹到这里忽而又吹到那里，张花花自家堆满乱七八糟杂物的院子里，横穿村子那条杏熟时人声鼎沸、冬天则几乎不见人影儿的大马路上，村委会门前农户惯常码牛九谝闲传的小广场，被夕阳斜画了很多树影的暖暖的南墙根，包括那些人所不至的犄角旮旯，只要稍微留心点，便都可以听出更多新意。而她站在那里骂人的样子，亦好像皑皑白雪中突兀出现的一抹红，静是它底色，却另有一种活泼在其间，平日寂静的村子反多了难得的生机。

我这样表述，并非是要美化一个人的傻，因为傻对于任何人都是一个巨大而无奈的悲剧。想当年，张花花父亲因家里穷娶不到媳妇，她爷爷只好亲上加亲给自己儿子取了姨妈的女儿，于是种瓜得瓜种豆得豆，生出了不仅智弱的她，还有她憨憨的哑巴大哥，兄妹俩就像这世上多余且不得不背负的负累，稀里糊涂活在这个家这个村这个世界上。知道底细的村里人常常为他们叹息，不知底细的则根本就无所谓他们的存在，连自己的日子都过得艰难，哪管得了别人。

好在，张花花的傻因另有些正常在里面，便使她整体的生活还不至于完全地陷入绝境。就拿她平常的骂人来说，并不是我们常以为的胡搅蛮缠，而是句句都有它的出处，且有据有理。比如骂刮芨芨草那一句，是张花花在脑子里预先进行了自我标准的考量，觉得刮那芨芨草根本就不划算，刮个大满怀刮得人头昏脑涨浑身酸痛，也不过几毛钱几毛钱地挣，全不如去山坡上拔那羊胡花卖的价钱好。今年秋天好几场雨，那些旱时只悄然匍匐在基部枯草一样的羊胡花喝饱了水，披针状的叶簌簌地往荒地面上窜，焰火一样散开漫山坡粉红粉白的花，便是连城里人经过都会忘了行路，即刻驻车洋洋地往山坡上爬。这些荒野独有的沙生植物，别看它微风中轻轻摇曳的伞状花，摘回去扎小捆倒挂在自家的屋檐下，待清晨寡淡的小米面条快要出锅时，揪一撮用滚热的油刺啦啦炝一下倒入锅中一拌，立时那面条便一种明亮泼辣的香气四溢，将尚还迟滞在夜梦中的人一下催得照镜一般清醒，新一天的劳作即有了气爽神怡的开端。张花花于此是得了多年好处的，不像别人的连茎带花囫囵吞枣地拔，她是单把那娇弱的花头小心地摘下来放草篮里，端回家一朵一朵排列在院子的破编织袋上，并让那些纤小的花头全都欣欣地向着太阳，待半月花头晒至酥黄，便一个人骑自行车远远地卖到城里的饭馆——一个傻子竟可以独自骑自行车找到十几公里之外的县城，真是让人吃惊。卖得好一斤可得二十元钱，不知比张老爷子那几毛钱一大捆还要费大力的苾苾草要高出多少的银圆。她只是没去想，这类需在指头缝里抠的细致活，男人大都是不耐烦做的，甚至村里强硬些的女人也不一定有那个耐心，如今日子渐丰，谁会将全部的心用在这细小的碎物上，尤其那西北的秋老虎还不好惹，山坡上多待一会儿都能让人头晕栽过去，全不如那一人多高的苾苾草海，多少还能有点庇荫处。这大概正是张花花在她句尾加一句"坏得很"的缘故——村里无人懂她这样经济的细致精微，他们可真是又傻又坏。

　　再说骂蒸月饼及"只知道花我们家的钱"那两句，则一杠子直击的是张花花二嫂。家里兄妹仨，只二哥有家室，但他那样的愚笨呆拙，连累一大家被那一百个心眼子的二嫂不知算计了多少进去。不单是他小家的经济，连大家里老实爹娘、哑巴大哥包括花花自己手头那点得来极不容易的保命钱，亦用尽手段全都揽入囊中，如此还每日以陪读为名待在十几公里外的县城，连公婆病了都百般借口地不回来。这让张花花简单的心早就积了厚厚一层气，得机会便淋漓地泼洒出来。中秋前一日，我跑到张花花家看做民间月饼，见欢欢腾腾一个屋子尤她更忙，花衬衫袖子高挽在胳膊肘部位，满脸的严阵以待，一会儿这挠挠一会儿那抓抓，一会儿进来了一会儿出去了，结果不是堵了她娘的道就是把她哑巴哥哥刚刚搬来的面袋子碰倒，气得她妈叠声地呵斥，让她还不如出门去。如此她才停了下来，坐在炕沿满眼喜欢地偏头看我，又左右盯着家里几人手底下的活，结果她二嫂不慎将几滴油滴在炉面撞入她眼中，气得她弹簧样起了身，甩屁股从案板上拿起一团面，凑眼将炉面那几滴油全部细细地沾尽，一边嘴里骂着糟蹋粮食，一边转身搁案板上狠力揉起来。她二嫂在旁只是闷头做自己的事，一声也不吭，大概早已习惯了，且她中专文化，腹内条理比箅子还清晰，有怨言肯定也不会轻易露出来。张花花较别人的傻也许正在于此，虽然心混沌眼里却看得清楚，原本就嫌她二嫂不孝不敬又算计，气愤不过，便逮着这样机会即明镜的心用明镜的话语直通通地挑明，全然不顾别人的囧或者不满。她其实是为这个家里里外外操碎了一个女儿的心，而这个家却因她的操心凌乱不少，实在也是一条直路凭空多出的障碍，故而连她哑巴哥哥都会扭嘴哑着声嫌弃地撵她走，他难道不知道自己也是被人嫌的吗？

后来，张花花就出门到了院子，百无聊赖地瞎晃，见八岁的小外甥啃玉米棒啃得满地都是，便扯着小外甥非要让他把玉米粒捡起来吃掉，将好端端一个小孩子吓得哭裂了声，她二哥闻声跑出来，咬着牙恨不能将她一脚踢出院门外，这个家因了她可真是理不清的丰富啊。

至于张花花骂到的胡萝卜那句，正是应了村主任那句"你说她傻吧，她有时候又精明了得"，村主任为此也"受益"不浅。村子是当地有名的胡萝卜产地，因着旁侧水库作地下的滋养，生出的胡萝卜汁液饱满一口爽脆的甜。如今农村妇女都强了心，不愿闲在家里被男人养然后被男人喝醉酒了练拳，于是逢胡萝卜收获时节，在城里陪读的妇女便每日凌晨三四点起了床，给家里男人孩子准备好一天饮食，披着夜色赶去城南的钓鱼台（城里专为农民工找工作设的点）被专车拉去收胡萝卜，晚上十二点多再由车送回城里租住的家，虽风吹日晒的辛苦，却每日至少能挣个一两百，也是很大一笔收入。同时又难免生出悲剧，说一个妇女给租地户收胡萝卜，仅出生几月的孩子没人带，被妇女毯子一裹背在大太阳底下，结果孩子被头巾闷死了半日才知道。说另一个妇女，春天在地里栽萝卜苗，因为别人那行地的苗栽完了她的没栽完，那女人自尊心强，工钱又是按当天栽苗的数量计，眼看夜色将至，内急了顾不上解手，硬是活生生给憋死了。诸如此类单是听起来都觉得惊心，却无任何办法让它改变。暂不论农村妇女自我意识觉醒，宁可冒着类风湿肩周炎关节炎等的老年病也不愿当男人附庸，关键是孩子在城里上学还有其他开销比天爷还大，又因自身条件无法在钢筋水泥的城里找到更合适的活，只能回自己最擅长的土里泥里找生活，多少能挣上点，让日子有所奔头，心里才踏实。

张花花倒不是为挣钱养活家里，只要不给家里惹事，哪怕她每天醉躺着都好。但她是自己的心强，看别的女人收胡萝卜挣钱，心慌慌地躺不下，怕自己那一杯羹被别人抢，于是地里收剩下不整齐的胡萝卜，雇主弃在地里不要，她便捡了很多洗了泥，每天红红地手持几个横站在大路上卖。一次遇村主任，拿她两根给了五块钱（两根哪值五块钱，不过是寻机帮一帮她），不料隔不多时遇同村另一男子，同样拿两根却给了她十块钱（村里人实在善良），结果被她逮了个正理，追上去扯住村主任狠骂一顿，笑得村主任赶紧又拿出五块钱，急急地喝住了她，要让村里人看他村主任跟一个傻子争，还以为欺负她呢，岂不是惹人笑话。更有甚者，张花花家原有杏园的经济，有一年秋上杏熟，她爹装了一袋送村书记人情，不知怎么被她知道了，此后几年只要一遇村书记就骂他是肉头，当着众人面索要曾经的杏子钱，臊得村书记脸红一阵白一阵，好像是受了她家多大的贿，恨不能立时找个地缝钻了，从此见她一家都会远远地绕着走。村里人爱热闹，对张花花早已见怪不怪，见到村书记却都忍不住笑，背后偷偷喊他"肉头"，恨得村书记咬掉了牙只能往肚子里吞，多年了心上的气都下不去。

　　一个好处是，张花花从不占别人家一丁点儿的便宜。村主任是标准的好性子，每每被张花花掰住车轮子跟到他家聊天，总会不厌其烦地陪张花花聊上一会儿，刚好也能得些平日的聊资。常常是聊到村主任家饭快熟了，张花花立刻起身骑车回了自己家，估摸着村主任家饭已吃完，复又跑回去继续聊，她懂得要躲别人家的饭点，多待几秒都怕失了自己脸面。殊不知像她这样一个人，在村里是无资格谈脸面的，若不是村里张氏家兴旺，树大根深别人不敢欺，她连女人最基本的安全能否保障都很难说，相关的事在别村又不是没发生过。有一次我就硬着头皮问村主任："这村里很多光棍，张花花人长得也不赖，会不会遭欺辱？"得村主任斩截一句："不会！怎么可能！"如此我方长长地舒了一口气。遂想起村主任曾逗弄张花花说："给你找我这么个对象你找不找？"张花花答："我不找，你头太大了，不像你二哥，长得那么帅。"——她真是好眼光，竟自顾看上了村主任优秀的二哥。

　　所以说，如此精致精细又极精明的张花花，被称为傻子在我总以为牵强，她不过是有她的理，而且理理都能说得通。亦正是成日里翻来覆去不那么有秩序的骂，使得村里人对她家很多的事都知晓得清楚，闲时蹲墙根谝闲传便增了几大车的谈资，足可以把村子一个厚实的黄昏慢慢地送走。然而，凡事过犹则不及，好比钟摆总斜向一侧，平衡一旦被破坏，钟也就成了一座废钟。张花花不巧就成了这样一个重心偏移的废钟，卡在一侧上不去下不来，傻傻地吊在半空强蹬腿，连难遇的一次婚姻也被她搞得乱了套。

三

按理一个傻子，婚姻之事是想都不敢想的。不单精神上的问题，还可能影响其后代，故而张花花家对此从未做过规划，任其混一日算一日。还是张家那位懂医术的爷爷的功劳，偶尔外出行医，他结识了百公里之外的一户藏民，说起家里还有个孙女儿未出嫁，便决定联姻试一试，竟意外促成了。

那藏族小伙人不错，体健耳聪长得也俊朗，只不过何以会娶这样的张花花，真是让人百思不得其解，难道是为着她家不要彩礼，扫地一样只想早点交代出去？张花花父母也老实，对她的精神状态并未"装在口袋里卖毛"地瞒人家，知道纸里包不住火，谁知老天爷竟不管不顾地施恩做了成全。这让张花花一家又惊又喜，好似捡了天大的便宜。俩人未领取结婚证，也未举行任何仪式，大概于张花花有些不配，于男方则少一笔开支都是赚。当初农村这样对婚姻的随意让我很不明白，也许他们认为女人只一个嫁字便安心，至死都不可能涉及"离婚"二字。嫁鸡随鸡嫁狗随狗，钉在脑子里的观念远大于那张薄纸的力量，若不然城里虽守规必得一纸婚书来作形式上的维系，还不是一场架一句话，说散也就散了。

张花花是春节前几日被领入男方家的，想要一个年的欢喜与圆满。到了婆家，她扫地、洗衣、填炕、喂牛喂马，还能随婆婆做出一大家子的饭，也没了骂人的毛病，看起来跟正常人并无太大区别。要知道，这之前她娘几乎做了几天几夜的功课，一句一句地教，一条一条地理，甚至不惜动用拳头，硬是把她时发的癔症纠正了不少，好歹顺顺利利送入了婆家。两家相距百公里，山一程水一程的远，她想要独自回娘家，究竟也不容易。未承想，大年三十一家子热热闹闹包饺子，火炉旁婆婆为着要说个啥话，从身后扯了一下张花花，竟被张花花"原形毕露"反手一拳直捣在了脸上，把婆婆捣得眼冒金星撞在炉筒上差点昏过去，几乎惊炸了一家人。这怎么成？连对婆婆都会动手的人，不是这妇女的品质有问题，就是精神并非表面显得那样无大碍，长此以往后果将不堪设想。于是连着这家的天也翻了，任怎么挽回都无用，年没过完就被退了亲。张花花灰溜溜地回到娘家，前后在婆家连十天都没能待够。

后来才知是误解，原来这张花花竟有个外人不知的怪癖，就是从不允许任何人近身，在家时连她妈看她换贴身衣服都会被强行推出门，何况其他人。那日婆婆不经意扯她，她以为是要打她，下意识自卫还了手，没想到弄巧成拙，毁了自己的姻缘。然而这并非真正的要害，真正的要害是，婆家几日，她老公扯她衣服要温存，竟被她铜墙铁壁一样的严防死守，硬是连丝丝肌肤都碰触不到。起初婆家以为她害羞，强忍了几日，却越来越觉出端倪，又因她素日干农活历练得力气大，家里人几次三番都奈何不得，把一家人弄得几近崩溃。农村的结婚，感情不感情只在其次，核心是要繁衍子孙延续香火，如今连这样的事都做不了，留女人岂不是当了摆设，不如早点打发了重做打算，反正结婚证没领，利利索索，不存在任何纠葛。

有时候想，世间很多神秘正在于不知上天会赐予人怎样的天赋异禀。包括张花花平素的极爱干净，一身的衣服绝不容它沾一点污渍，便连她二奶奶到家里来帮着蒸馍馍，她见二奶奶身上油渍一片，也会不管长不长辈，当众即拧着老人大腿不让往炕边上坐，案板上的面更是碰都不让碰，气得她娘在地上跌脚跳，她二奶奶脸红成猪肝色，扭头转身出了门，从此再也不进她家门。以及她的不让人近身，在这样一个糊里糊涂的农户家庭，必然也无人亲授，而她竟是有，且比平常人更甚，真是毫无道理。想起村主任曾对我说过一句："像张花花这样的人，如果从小家里人能好好地引导，她娘不要当累赘似的任她胡长，兴许会比现在的状态好很多，怪也只怪她那个娘，太狠心了。"如果真这样，便也不能把罪责全都归到老天爷头上。家里既无必要的教育，张花花亦如同不小心生出来，且对父母别无选择，凡事只能靠她自己混沌的心来主张，若其中一根细枝长直了比如她的爱干净，自然是她的明亮之处，而另一根粗枝长歪，极可能连带其他的枝一起歪，歪到坚硬不可逆转时，人生便也只能顺其道而行，一点回转余地都没有了。想人生真是无奈啊，好比一个浪花凭它怎样翻飞，都不过是被整条河推着走，根本非自己所能主宰。而我宁愿村主任的话是主观臆断，她母亲绝不是故意，曾经日子那么穷，家里一大堆孩子吃饱肚子穿暖衣已是幸福，哪谈得上父母对子女的人生教育呢。

有了这一次教训，家里人便决定再也不嫁张花花，大不了整个张氏家族的人养她一辈子。而她在经济上确也未到举步维艰的地步，政府实行农村脱贫兜底政策，低保加上残疾人补贴，自己再应季卖点羊胡花胡萝卜之类的挣点零用，又村里并无什么花钱处，除了生活自理令人担忧，绝不至于活不起。张氏家族算得上一个好家族，逢春节像张老爷子那些长辈必会塞不小的红包给她，故她的囊中从来都不会感到羞涩。

后来我问从事妇女工作的朋友，一位智障患者对于婚姻究竟有没有感知，也就是说她们知不知道婚姻意味着将要离开自己的家和另一个陌生人重组家庭，并为他繁衍后代。朋友也犹豫，说要看这个人智障的程度，比如她接触过的一位智障农村妇女，结了婚并给男方生了孩子，结果男方得重病离世，这妇女竟也知道再找一个人嫁了，可见婚姻对于任何一个人都是天性。对于张花花，她只是轻的智障，但这次失败的婚姻会不会对她情绪上有所影响，或者也同常人一样有所痛苦，除她自己，没有人能知道得清楚。可是，她知道吗？她痛苦过吗？她有没有后悔过？她渴望爱吗？无欲不求无望不失，世上总有数不清的磨难，只希望她因为自己的傻，对任何的痛苦都无所感知，如此也就比我们任何常人都活得幸福了。

四

出嫁仅消失几天的张花花又出现在村子里，在这家门口絮絮叨叨骂骂，在那家院内煞有介事地聊聊，并被她娘她哥大声呵斥着偶尔能干点捡柴扫院之类的活。村里人并未在她脸上看出什么颓废或沮丧，她仍一如既往的干净和安逸。虽则这安逸于她大概同样无知，但也正因为无知，她的安逸才显得纯粹，像深山流淌的不为人知的溪水，哪怕这世间天翻地覆，也独是她的安静。

那日，我在张老爷子家吃完午饭出来，独自在院门口看墙边那一排挺立的白杨树。一阵风过，吹得白杨树高梢上的密叶发出近似于海浪在无人处拍岸的啸声，使村子午时的静更显得迷人，人站在那里只是遐想。忽而感觉耳边有轻微的呼吸声，连忙转身，见张花花又地底下冒出来似的站在我身边。她因为实在是闲，大概这几日格外地对我关注，所以时时跟着。而村里其他人似乎也如此，我来村里不到半日，整个村子便都知道多了我这样额外的一个人，都不知身后他们怎样谈论我呢。但这无关紧要。有过和张花花上一次的偶遇，这次心上坦然很多，但面对面仍是下意识往后退了退。闲逛几日，发现村里人有个习惯，即与人说话总喜欢脸凑脸的近，恨不得直接贴到对方脸上。于他们自然是不把你当外人的亲密之举，甚至还会另添些自以为的隐秘，于我却是极大的不适。人与人之间还是有点距离的好，否则也是令人窒息的压迫。大概在城市生活惯了，疏离了土地的温暖，连心也像城里的钢筋水泥那样变得冰冷。

幸好，这次张花花没跟着往前，只恰当的距离站着。她又开始"笃笃笃"啄木鸟磕树般地说话，这次我大概听懂了。她说你的衣服真好看，说着就要伸出手来摸，见我又有往后退的意思，连忙将手缩了回去。她说你的裤子真好看，然后低头看了看自己的裤子，再从上到下打量我一遍，眼神中又添了羡慕。我是喜自己同色系的廓形风衣、高领内搭并阔腿裤的简约随意，却不知在张花花眼里是个什么意思的好，她的视线所及在村里究竟有限。却眼见得爱美的心事在她眼眶里发光，让我无端生出一种难过。张花花长得不赖，睫毛密长的大眼，眉鼻也都秀正，如果不是散散目光里另有一种违和的坚硬，大概也算得上一个美人儿。这样容貌又喜干净的女子，如果没有精神上的迟滞，再自己努力些，在城里全可以过上如意的生活。然而上天作难，单要赋予她毕生都摆脱不了的一种阻隔，这到底是命运的公与不公，既很难说得清楚，又任何一个别人都爱莫能助。就像荒山上兀自生长的一种野花，有光时得光有露时得露，若光和露都没有了，就只能听天由命了——她的经济自然是无须愁的，但她无一点的生活自理，老至无力时又该如何呢？

民间有一种说法，说村里但凡出现一个傻子，那他（或她）必定是这个村子的保护神。因着张花花的关系，我开始为这话感到安慰。上天应是公平的，予人这一边的不足，定要用另一边的丰盈来弥补。如果张花花真是上天派来保护这个村子的神灵，那她在人间所遭遇的一切，必定也是为生的圆满所必须要度的劫，待某一日劫度完，她仍会回到她的天上做逍遥的神仙，如此看她现世的模样，一时竟觉得无必要难过了。

想起一位农村出生后来在城里上班的友人对我说："我小时候在山里玩，蓦然见一处山坡铺满了大片白色的花，像是一个梦境，待转身再看时，那满山坡的花竟不见了。"他说的正是张花花大中午不睡觉专去山坡上摘来卖钱的那种羊胡花，且他说着的时候脸上有一种懵懵的幸福。对于张花花，则这样的梦与不梦，幸福与不幸福，根本无丝毫的区别，无论少年、青年，还是将来的老年，她都只活在自己最洁净的那个世界，那里无风无雨，一切都刚刚好。

乡尘旧事

一

村子四面八方延伸着自己的枝蔓，每根枝蔓米粒儿般缀着十几户人家。清晨或是傍晚，炊烟葱柱一样在每户人家的平屋顶上拔起，随西北时紧时松的风摇摇摆摆，很有一些渺渺的古意。每天，火车轰隆隆的响声穿过村子，把村里同样米粒大小的一些事带到外面，再把外面略大的一些事带到村里，村子在黄昏时便显得心事重重，就像村北最末端缀着的村医这几日每每无法舒展的眉头，他突然间好像又老了很多。

"不用写，没什么可写的！"村医硬邦邦地对我扔出一句，随后眼睛转向电视机不再理人。昨日他刚接到村委会通知："你没医师证，明年开始就不能行医了！"

"之前不是一直在看病嘛，真是的！"明知这规定合理，嘴上仍免不了向他讨好，后悔当初没听别人劝，都说了这村医脾气古怪，恰又撞在他气头上，根本就是自讨苦吃。可怜那自告奋勇的带路者尴尬地坐在一旁，脸皱成一团不知所措地看我一眼再看我一眼，他没料到村医会是这个态度，都一个村子熟络人，随便聊聊能有什么问题。

来之前是犹豫了一会儿的，如今走人家串门怎能不提前打招呼呢，电话那么方便。可眼见得带路者那么自信，进村医家跟自己家一样，以为村里人没那么多虚虚实实，心上还曾留过一份欢喜的。彼时，见那村医余怒未消，或者说拒人千里之外的脸，真是觉得自己愚蠢。

只得强行把自己压在座椅上一动不动，依这情形，再来怕是很不容易。却惊讶地发现，这村医的相貌和那占据半屋子铺着碎布拼成的炕围子的炕竟十二分地违和，虽一张皱纹叠加的浓眉大眼国字脸，却一种农村不常见的儒雅和俊逸，完全知识分子模样。想起之前朋友在电话里形容他"腹有诗书气自华"，心中多少有点存疑，如今倒是确凿了。

屋内惯常西北农村的简单和老年家庭的陈旧，三人沙发、茶几，靠墙矮柜上的老式电视机正在播放新闻时讯。村医侧身坐在茶几旁的一张小木凳上，眼盯着电视一直不说话，连带他老伴在旁，几人都僵在冷冰冰的空气里。一时间，屋子里静得让人有些透不过气。顿了片刻，我强作不在意，扬起笑脸想引他开口讲话，不料他脸上的冷漠竟越来越浓，把整个屋子压得像塞了一团乌云。

"从明年开始，没有医师证的村医都不让看病了，好几十号人呢！"村医又丢出一句，大概他也觉出气氛的紧张，特意缓解一下，然而眼睛仍是朝着电视的方向，又显然心思根本不在电视上。

村医的老伴一旁讪讪地笑，看得出她在为村医的冷漠抱歉。我连忙转头试图问她几句，见她原本要开口，不料被村医侧头狠狠瞥了一眼，便又立刻住了嘴。西北农村，尤其他们那样年代人，女人大都要看家里男人脸色行事的。

十来分钟，三句话都没能说上，只好灰溜溜从屋子里出来。见院内一株冠形膨大的树，绿荫如盖，想酷夏在其下纳凉或是晚饭，必将一番恣意。另还有一池花，蜀葵、波斯菊那些，姹紫嫣红，又很安然。我说家里收拾得这么干净，送我们出门的村医老伴说："这些年病得没了心气，早些年比这还要干净，我向来容不得家里脏。"——村医老伴得了糖尿病，注射胰岛素连吃药一个月就得上千元。看她一副文静模样，年轻时一定很漂亮。

村医仍在屋里没出来，电视机声音传到院子里，一闪一闪，像沉闷的夏天裂开一条明亮的缝，反而让整个院子显得更加寂静。

院外不远处，一棵白杨树竟叶子细碎的金黄，在深蓝天幕的映衬下，俨然一个秋天的景致。可这明明是在夏天呀，穿了最薄的裙子仍希望有风吹来。果然就来了一阵风，撩得那黄叶片片翻飞，美得像落雨纷纷，又微微有些忧伤。今年河西一带几十年不遇的大旱，别说这株引不起别人关注的树，连地里那些被农户视为命根子的玉米尚未来得及饱满便已萧萧地立在那里不知所措，成片的蔬菜正长着的叶子早早贴在地面蔫蔫的了无精气神。天天盼雨雨不来，据说有的村民已在偷偷用古法求雨了，但也没见什么效果。老天爷是铁了心，眼睁睁要看夏天的颓败，不知道在生谁的气。

回到大路上，见一位老人孤零零坐在太阳底下，脸晒得黝黑。我走过去问他坐在这里干什么，他说修车。这才看到他手里拿着一把螺丝刀，地上还有一把钳子，竟连个打气筒都不见。

阳光炙热，再不见风，我撑开凉伞伴作无聊地站在老人旁边，看马路上车来车往。村子近在路边，但不见有车停下来，对于赶路的人，即便村子面貌同十几年前截然不同，也不过车窗外稍纵即逝的一道风景，同他们无丝毫关系。

修车老人七十八岁了，儿女在外上班，自己每天来这里修车。算不上正当经营，也没人来收什么摊位费，一个月零星挣个四五百块钱，可以买好些药。年轻时受了很多土地上的苦，如今岁数大了，腰酸腿疼，周身都是病。但老人得意，七十多岁了都没让儿女们担经济，也不用看儿媳妇脸色。儿女们在城里不容易，针头线脑都是钱。

老人挥了挥手中的螺丝刀，眼盯着马路对面一家酒厂门口闲坐打扑克的老头老太，漠漠地说："昨日听他们说村医如今看不成病了，抓的药治不好人也吃不死人，不敢下重手了。"

"八十好几的人，走不动了，每天得让助手骑电动车带他到诊所。"老人说。

"我找他看过一次病，没什么大的效果，听说市里很多有身份的人还专门开车来找他看病。"老人说。

一个驼背的瘦老汉吃力地推着三轮车过来。修车老人立时起身，迎上前寒暄地问几句，拿螺丝刀围着那三轮车左右捣鼓了几下，说："好了。"

"多少钱？"

"丢下两块钱吧！"

继而又坐在那里，看马路对面的酒厂大门。

酒厂是镇属一家民营企业，出品的酒当地有名，物美价廉，不让人觉得高不可攀；大门修得气派，飞檐翘角，琉璃瓦金光闪闪。镇是西北最大的工业镇，火车在这里设了站，来往信息四通八达。

村子就在镇郊。

纳凉，打牌，看马路上人来车往，聊别人家的鸡零狗碎，村里的老人们喜欢在酒厂大门口聚集，还能听到火车传来的别处的故事。

村里的故事也被远远地传出去。

二

一天，村医给一位远处来的女人把脉，问她："你这个外地人，怎么知道跑到我这里来看病？"

外地女人脸色灰灰的，很虚弱地笑："就知道了嘛！"

村医不再说什么，微眯了眼继续给女人把脉，旁边一位无事闲坐的老妇人瘪着嘴看着。

诊所也在路边，村小学的旧址处，两间墙漆驳落的旧平房，20世纪七八十年代的破败模样。门口同样一株冠形膨大的树，只不过树下荒草丛生，没有让人落脚的意思。村医另有个助手，也六十好几了，平日俩人只过来随便地上上班，没心思也没必要操心门口的事。

诊所内同样是旧。靠门一张旧木桌，光从窗口透进来划了几道影，浓浓淡淡落在正在把脉的村医身上，感觉那场景已有一百年那么久。正墙一组高低不平的药柜，不多几种西药七零八落摆在那里，显得清冷而寂寞。侧墙木制药柜分格写着"半夏""石斛""紫河车"等，村医助手正背过身子在整理着什么，花白头发如落了一层不经意的雪。旧时的黄土墙，墙角吊着几丝灰，像发黄的黑白老照片。一股浓浓的中药味刺鼻而来，让人无端想起曾经的一些岁月。

是村上的旧房子，因着没什么别的用途，便做样子似的要了一个低租金。新建的卫生站就在马路对面，宽敞，明亮，像村里老人心里的大上海。三年前，村医还在那卫生站上班，后来就出来单干了，人老了，又不懂得信息化操作，各种不方便，新招来的年轻女大夫比他好使很多。

人一老，便真的显出老的无用。村里人眼见得市上很多有身份的人专开车到他家看病，其实也是很长一段时间里的不多几次，如今医学这么发达，西医中医就像戈壁滩上的碎砂子，伸手一大把。再说了，去村卫生站看病还能享用医保政策，一般的病随便买几粒药足够，犯不着专门到他这其貌不扬的小诊所。每天，村医和他助手早十点至下午三点按部就班地过来坐坐，不过像马路对面的修车老人一样，随便打发日子挣点零花钱，按他自己的说法，"钓鱼而已"，他早将自己比作了姜太公。

原来可不一样。原来，也就是村医三十多岁时候，村里人是万万缺不了他的。一位老人病得不好，去他家求他开药方，他垂着脸不给开，问为什么，说过三天你就知道了。三天后，一伙年轻人气势汹汹闯入村医家，将他拉到公社老戏台上，给一顶纸糊的尖尖高帽子，塞一个缭乱的麦草人，说站下就站下，说头耷拉下就耷拉下，多一个动作都要挨踢。彼时他还不是卫生站医生，可村人有病必要先找他开药方，随后才去村卫生站抓药，把卫生站几个大夫晃在一边闲得抠脚，抓药那些大夫却忙得脚打后脑勺，结果被不轨之人告到了公社，说他不是医生凭什么看病，就给拉出来折腾了。幸而那次折腾得不狠，村人念他旧日看病的好，不想今后得罪，都不作揭发，他亦只是低头不吭声，终究也没找出太大的罪责。

转而就被派去尖山开荒种田转羊粪了。离村十几公里的一座荒山，成日里风沙漫天，鸟不拉屎的地方。又自小没受过什么苦，简陋的破土房几乎被解愁的劣质烟熏得黢黑。

几十年后被人提起，竟是赞不绝口。比方说他的割田，别人割起来麦子镰刀各是各的主意，根根子到头头子上，头头子又到根根上，飞毛扬张的，而他割的麦茬平齐平高，眼见得麦子跟着镰刀就顺顺倒下来，连那些同庄稼打过几十年交道的人都嘴上不说，心里却不得不服，这文化人不愧是文化人，干出来的活要模样有模样的。再说火车皮转羊粪，别人求爷爷告奶奶吃奶的力都使出来硬是要不上个火车皮，只他几个月一皮几个月一皮，好像火车站是他自家开的。别人收羊粪满山满坎地找，到羊把式驴把式那里连个圈门都不让进，遇到他，羊把式驴把式自己就把粪给送上门，且还是最好的。又招了人妒，向公社告状说他天天闲得啥也不干，白吃饭。可不让他转吧，别人又要不来车皮，把公社那些人弄得头疼好几天，最后还得找他。尤让村里人津津乐道的，是一个火车站的人去山上说要找一个转羊粪的张大夫，恰好破屋子里两个姓张的，一个穿着竹袄干干净净看起来光堂堂的，另一个穿得缩襟拉磨袖门子都烂掉灰头土脸的。那人进门就给那穿干净竹袄的人让烟，说张大夫找你看个病，往旁边那穿烂棉袄的人瞅一眼都没有，那光堂堂姓张的不吭声，拿眼睛瞟旁边破洞烂衫的张大夫，张大夫缩在一边把那另外姓张的狠瞅几眼，起身一句话没说就走掉了。

"旧日大家族出来的，砝码些，看不起人，可恶些！"村里人一副习惯又看不惯的语气。很多时候找他看病，心里害怕："大夫，我的病咋样，大还是小？"可他只默不作声盯着你，任你急吼吼说完，多几句的话不问，多几下的脉不把，慢条斯理写个药方子——那方子写得可真好，跟书法作品似的，据说那时候毛笔上挂个碗，常给人家搭礼写对子呢——往旁边一扔，冷冷丢一句："嗯，吃药去吧，吃完了病就好了。"把村里人气得在背后直咬牙："一天神神道道的，你给那当官的有钱的看病怎么就那么多话！"

当真是招人嫌的臭脾气！

三

那外地女人提着药包出门了。

好久，村医长长地叹了一口气，说："这么年轻啊，怕是过不了今年了！"

"知道不行了，你还开那么多药，苦哈哈的！"旁边闲坐的老妇人撇了撇嘴说。她是村里五保户，闲来无事便来这里，与平日同样不那么忙的村医唠唠嗑打发时间。前阵子她侄女从市上专门来找村医看病，是她带来盯着村医细细地把了脉，仍是没多话便开药让带回去吃，但那药似乎没起什么作用，侄女再没来过。

"这老家伙真的是老了，开的药不治病了。"老妇人想。

"那么年轻，要把实话告诉她，不就吓死了吗，你个老家伙！"村医从嘴缝里哼出一声，便再不说话。

　　老妇人不再说什么，转过头看那助手。助手又背着身子在整理他的药柜，虽然那药柜实在也没多少药可整理。也许他还在想村医刚给那外地女人开的药方，没经过村医的同意，他擅自将药方做了微调，以更适合熬制之后的口感。人之将死已是很悲惨的事，哪怕是安慰药，也要安慰得让人别那么苦。

　　助手和老妇人相信村医对那外地女人病情的判断。年岁不饶人是事实，但村医在判断病情方面并不比他年轻时差。一些病人指责他看病从不多问也不多说，可从病人坐到村医对面的就诊椅开始到村医诊完脉的整个过程，病人自己早就先把病情说了个确切，唯恐村医漏掉哪个细节，如此村医问那么多纯粹就是多余，犯不着废话来做那个样子。

　　一些年岁大的病人病入膏肓，家里人神色紧张，想知道老人能不能撑过这一回，村医眯着眼把脉，悠悠地对病人说："老汉，你还好些年活头呢，回去心放宽，好吃的吃上，好喝的喝上，多补补营养！"待病人出门，又紧拽了主事亲属的衣角说："早点安排后事吧，老爷子怕挺不过月底去。"果然，月底村里就传来办丧事的唢呐声。

　　一些咳喘病人在诊所咳得地动山摇，按着胸口对村医说："医生你给我药下重点别让我咳嗽了。"村医说："见效越快的药越治不了根，你得让咳嗽慢慢缓，慢慢地人身体才能真正把咳嗽清除掉。"也为此，我在心底原谅了初见时村医对我的傲慢态度，凡事欲速则不达，村医有他更为合理的理论和所恪守的原则，尤其治病救人这事，更需要十二分的认真。

当然，村医也会偶尔促狭一番，对病人开个带荤的玩笑。村上一位三十多岁的妇女来看病，说大夫我最近身体老是疲乏，干什么都没什么力气，莫不是什么大病？村医把完脉问："你最近活动怎样？"女人疑惑："你是说运动吗？我每天忙得顾前顾不了尾，哪有时间运动。"村医低声一笑，说："你和你老公晚上不运动吗？一天的力气全干了那事，当然就没力气干活了。"听得旁人哄堂大笑，他们早已明白了村医话中含义，只那女人迟钝，当场臊得脸通红，手脚不知往哪搁。这事后来还被村里人当了笑话，闲来无事总要提起，说村医这老家伙看起来文质彬彬的，心里头也坏着呢。

又能怎么个"坏"法呢？村上一个流浪汉，病得实在撑不住，找他看病，他照例把脉看舌苔，然后开了药让助手算钱。助手胡乱算一番，包了药偷偷塞给流浪汉，让赶紧拿了走，村医其实看得清清楚楚，只低头装不知，随那流浪汉没交钱拿着药径自就走了。

村医是他自己，无所谓别人说什么，说他好他也一脸冷，说他不好他也一脸冷，好像他那张脸就是冷库里塑出来的，十万倍的暖气都烘不热。村里人便很少同他打交道，尤其如今市面上医生俨然多起来，不找他照样能看上病。比如邻村那个李大夫，啥时候找他看病都一脸的笑嘻嘻，开出的药方子也管用，虽然那家伙人品有些问题，把自己老婆甩了，钓个年轻小姑娘胡混，但这跟别人有什么关系呢，找他看病的照样多的是，有时候几天都排不上队。比如再邻村还有个王大夫，病看得好不说，人家见到年老的或是身体不方便的，二话不说直接就拉到队首，不让人家多等一秒，看看人家那态度那格局！再比如……

如此比较下来，村医的诊所便越发清冷，好像秋天万物即将凋零的样子，村里人更是极少同他来往了。

四

来不来往有什么关系呢，人这个东西可要比诊所门口那棵无人管却一天比一天茂盛的白杨树复杂得多，也难相处得多。

小时候，家里有油坊、商店、药铺那些，不用像别家孩子那样跟着大人在烈日下种地割麦连个完整裤子都穿不上。不想就有人嫉妒使坏心，那年家里遭贼寇，父亲明明是从三丈高的后墙翻到自家的麻地里躲贼寇，偏偏有人谎告说他躲地里是打算用白蜡杆子暗害某个人，结果就被抓起来判了刑。随后，油坊、商店、药铺那些按政策统统归了公，一家子从老宅院搬了出来，过起了最平常人家的平常日子。可缺了父亲这个主心骨，究竟也没力气往更好处走，便渐渐有些家道中落的意思。直至多年后，父亲提前出了狱，人却瘫在炕上再也起不来，跟个废人没什么两样。

青年时幸运，遇一位隐世老中医，看他天资聪慧，偏要教他看病。又时势复杂，中医不被待见，师徒俩便相互保护，做贼似的不让人知，偷偷摸摸授受很多年，甚至将《易经》《黄帝内经》那些也翻了个遍，竟就学成了，像模像样用师傅强逼练就的书法开起方子，且逐渐得到村里人的认可。满以为凭这医术可以养家糊口了，谁知又遇到后面那些乱七八糟杂事，大半辈子都没能有个安生。

终于，社会清明了，能无所顾虑地为病人把脉，且顺顺当当过了四十多年，可好，一张自己从未放在心上的医师证，却将他堵在了行医的路上，半步都往前不了。当然，这是国家政策，全为着病人的安危，可干了大半辈子大夫，治病救人不少，忽然不让干了，心里一时有些惶恐，不知接下来的日子该怎么安排，难道也要像酒厂门口那些老汉们一样每天晒太阳等死吗？

"写什么呀，能写清楚吗！"想到这些，村医心里说不出的一种滋味，看着刚刚进诊所的女子有点面熟，一时没想起是谁，原本已经伸出手要替她把脉的，没想到人家说："大夫，是我，写东西的，上午到过你家。"

"嗯，走吧，没啥写的。"村医缩回了手，冷冷地说。

……我又一次灰溜溜地从他的诊所出来，心上却无端多了一层负压。

身后这个显然有些落魄的老村医，没人会记得，在曾经村里人都抽廉价旱烟的时候，他正拿着母亲用过的那个平常家庭很难有的铜制水烟袋，听咕噜咕噜水声在抽上等水烟。

亦没人知道，他所熟知的那些中医理论，那些人体机理，甚至那些五行相生相克，对于一定修为一定层次就是被村里人统称为"当官的有钱的"那些人，也许几句话就可以说得通，但对于成天围着土地转的村里人，多说一句反而适得其反，倒不如少说来得直接。

更没人会理解，他一生勤勉，满腹经纶，周围却连个说体己话的人都找不上，心里的孤独早已竖成他身体外围的一堵墙，并用清高和执拗做了它芒刺般的装饰，别人根本就无法靠近。

而那诸多的往事，犹如刻在他身上一道深深的疤，只要轻轻碰一下，都会撕心裂肺地痛，他宁可深深地藏在心里不要让任何人触及。

……

太阳将要落山了。村医家那一排农庄被夕阳脉脉地镀了一层金，有一种说不出的温暖和安详。村子九十二岁的王老太太坐在自家院门口和一位五十多岁的农妇聊天。

农妇说："王干妈，你就好呀，看着精神不错。"

王老太说："唉，老了，脸也黑了，人也不行了，浑身疼。我就盼着赶紧死呢，死掉好啊，睡在老房里，棉着软着，死了就埋到土里了。"

"书上说的，人死了啥都有了，你说到底有没有啊？"

"唉，现在吃也吃好了，穿也穿好了，就是罪过不好受，全身疼。谁都有儿女呢，临了谁还是在谁的屋里，不能跟着去。你说那老中医，子女都那么好了，八十多岁的人还一天天地往诊所里跑，全身一股子药味，也不知道他到底图个啥！"

"厉害又能怎样，厉害一辈子就行了，还想怎么厉害呢？厉害到时间了，最厉害的人到时候最囊呢！"

王老太这样说着的时候，眼看着村医被他助手电动车驮着，默无声息地从路边走了过去。

王老太"唉"了一声，再没说一句话。

当声音渐次消失

　　大厅里有些暗，只窗口透进来一些光，显得格外冷清。坐在一张餐桌旁，聋妹一遍一遍地朝门口看，都快两点了旁边泰山厅的客人还没走，她得回村子一趟，然后下午四点赶回来上班。

　　走廊、大厅以及厕房的卫生全都打扫完了，并且又仔细地检查了一遍。今天的厕所有点难打扫，一个客人醉酒吐得便池内外都是，拖布拖了很长时间才处理干净。想起刚来时遇到这种情况，她差点就吐了，在娘那里哭着说不干了，娘哀哀地看着她说："姑娘，干去吧，就你这样子，能找到工作已经很不错了。"如今，已然习惯了。

　　负责客房的一个姑娘经过门口，朝里探了探身子，看了她一眼，什么都没说又出去了。今天下午没什么突发情况吧，就怕她不清楚也没人告诉，到跟前又乱了阵脚。那一次市长来，走廊要铺红地毯，经理开会特别作了布置，她没听清，结果给耽误了，气得经理当众批评，还扣了两百元钱，她心里又委屈又可惜那钱，几个晚上都没睡着。可有什么办法，经理已经够体谅她了，每天上班点名，知道她耳朵不好，到她那里不答到也就过去了。只是给她安排工作太费劲，会上说一遍，还得安排同事再给她传一遍，同事朝她耳朵喊很多遍喊得都没了力气，她有时靠口型能猜几句，有时则完全听不清，弄得同事都失去了耐心，宁可远远地躲着她。好在她懂事，脏活累活抢着干，又爱主动帮别人，动不动还买糖葫芦爆米花给同事们吃，餐饮部这一年才跌跌跄跄坚持下来。

一定要好好干的，工资是少了点，但单位给交养老金，还不会风吹日晒。并且，在这里说话要轻声轻语，拿东西要轻拿轻放，有客人来得避一避让一让，吃东西得细嚼慢咽，虽有些心惊胆战的拘谨，但从前自己都是大大咧咧，走路像个男人，实在也不像个女人样子，如今能多点这方面的修养，反倒是一件好事。不然又能怎样呢，如今自己是再也失不起业了。

终于，泰山厅的客人醒的醒醉的醉从门口经过，并在走廊左摇右晃搞出了很大的动静。她赶紧起身到门口，静等他们像移动的画一样渐渐离开，然后到客房帮那几个腰身纤细的年轻姑娘搞完卫生，急匆匆去餐厅吃了点东西便赶紧往外跑，今天是十月一寒衣节，公婆一家要祭奠先人，还要去看看爹娘，一个多月都没见他们了。

三轮车就停在餐饮部门口。初来时是停在院外路边的，怕同事们笑话。后来发现，即便别人看不到她骑三轮车，一些看不起她的照样看不起，社会上势利眼多得像满地撒豆子。索性不管了，反正影响不了她一分钱，随她们怎么想怎么说吧，她是来挣钱的又不是让别人看的。只不过她太瘦小了，戴头盔骑在车上，从后面看像被车斗整个压住，真难为她人小力气竟那么大，街上骑三轮车的大都是些男人。

虽然早已适应了，但市区路上仍是有些紧张，万一哪个不长眼的司机开车从旁侧或后面撞过来，她听不见响动，后果不堪设想。前天晚上九点多下班，要把提前准备好的萝卜干还有村里一家老人代她卖的鸡蛋给老客户送去，因着连续几晚上熬夜做萝卜干，困得骑车都犯迷糊，到一处偏僻路差点和对面一辆车相撞，亏得她扶手用力拐了一下，撞到旁边马牙子上，车翻了人好着，萝卜干洒了一地，蛋清蛋黄糊了一身。深秋的夜，路上再不见人，想到这些年苦得连个帮她的人都没有，鼻涕眼泪收刹不住地往外涌，感觉活着都没啥意思。等哭完了，狠着劲把车扶好，地上的萝卜干鸡蛋清收拾干净，就又骑车回家了。那个时候，老公正在床上睡得呼呼响。

村路上好些，人车都不多，相对安全。只是，路边的白杨树已开始黄落，尤其过了高架桥，较之身后市区的高楼林立，眼前一点一点铺开的农村竟一下子像矮到了地里，连着远处庄子里的树也几乎全秃了。老天爷偏心，连天地将至的寒冷，都要让农村来得比城市早些。如同马路上行色匆匆这么多人，单单选中了她聋妹，四十多岁精力还无比旺盛，却毫无准备地从一个热闹繁华的世界陷入枯冬一样的寂静，之前活色生香的日子竟像大年夜村子上空骤然绽放的一个烟花，只"嘭"的一声，便散得无影无踪了。

一想到这些，聋妹便不由得烦躁起来，又强迫自己骑车别分心，她比不得别人，能眼观六路耳听八方，她是稍有点不操心都会出事。然而周围包括亲人根本无法体会她的恐惧和仓皇，任她在外面这样的奔波却并不怎么担心。做事那么利落，脑子反应还快，看她同正常人并无什么区别。就是不能交流，一说话便露了底。

"就是个不出名的聋子！"村里人说。

聋的问题是结婚后才出现的。如果是结婚前出问题，现在的老公估计也不会找她。而那时他却并非她的独选，大黑眼睛圆月脸，这样一个漂亮姑娘，身边不乏小伙追，其中一个后来还当了老板，但她嫌他个子矮，最终找了现在的老公，穷是穷点，却长得标致，装门面。如今想起会微微生出些后悔，如果嫁了那个矮的，现在至少也是个老板娘，不至于日子过得一地鸡毛，想创业老公还嫌她挣不上钱瞎折腾，心里的苦没地方说。那句话说得对，婚姻就是女人的命，农村女人更是。看那些嫁得好的女人，还有城里那些身体健康有工作的女人，每天轻轻松松的，能把家里收拾干净，能按时做上饭，家里人认可你，还能把钱挣来，还有时间多睡睡，把自己保养保养，头发黑黑的，不用费劲地染，人家多漂亮啊！

聋妹这辈子都享不上这样的福。本想凭一己之力或许能闯出个名堂，但上天偏不让她好过——当年不过是一场感冒啊，乡里人哪有闲把它当回事，老公在新疆打工只过年才回来，孩子一岁多刚能走几步路，家里的猪呀鸡呀地里的麦子萝卜，凌晨三四点还得去批发市场把大棚的菜卖掉，八点再赶到乡邮所上班……就她一个人，脚踩风火轮，以为吃几片药就扛过去了，不承想竟十几天躺床上起不了身，待后来终于能起身了，看旁边爹娘的嘴动着，自己耳朵里却嗡嗡嗡只是些杂音，以为哪儿堵了，又是掏又是揉，结果一点作用都不起。再后来，感冒彻底好了，耳朵里的杂音却结了板，把一切的声音都拦在外面，偶尔用力冲进去的几句，也缠成脑子里的乱麻，心都哭裂了也理不顺。

如果手里多点钱，能到大地方大医院治一下，生活也许就会是另一番模样。人这一辈子啊，苦点累点都没事，就是不能没有钱。尤其女人，挣不上钱连自己的老公都看不起。可这世上哪有那么容易挣到的钱。十五岁初中毕业没考上高中，耳朵还好着的时候，一个人跑到县城学裁缝，南方老板几个学徒数她学得最好，电视台播音员的衣服都找她做，以至于老板回南方将店面很信任地交给了她，却因撑不起工商水电各种税费，两年后绞着心放弃了。恰逢村里招乡邮员，便又回到村子里，每天骑个破自行车风里泥里，好不容易争到支局长的位子，结果邮政部门改制，耳朵又出了问题，硬生生给辞退掉了。然后是车行洗车、夜里点灯熬油给市场一家寿衣店加工寿衣，替村里留守老人往城里卖鸡卖蛋赚一块两块的差价，想着能多挣点钱，让家里家外的人都觉得这女人还行，不承想日子没往前反而越来越恓惶，自己就像荒野上一株孤零零的芨芨草，被风吹得乱摇头，全没了生活的方向。包括这些年雄心勃勃想要做的萝卜干产业，也眼睁睁地看着泡了汤，待这两日收个尾就只能放弃了。这次回村里，正是要把平日送货的三轮车留在农村的院子里，把电动车骑回城里上班用。

村子离城并不远，骑车半小时就到了。是新农村建设从老村子搬过来的新房，拼方格一样在西北荒滩上横横竖竖一大片，又各家门前的树尚未来得及长很大，便整个村子虽一马平川的阔大，却显得矮且寂静。矮是一趟子平房自然的矮，寂静却是因年富力强的人都到城里打工或陪孩子上学，只留守老人迟缓的身子在村里凋树叶儿般地晃，使村子更显清冷甚而遥远，让人担心这些老人走了后村子会不会消失。但村里老人不这样认为，等他们百年，城里打工的子女自然也就老了，就回来了。你一个农民，城里又没低保啥的，老了打工没人要，生了病连药都吃不起，你不回来干啥，就是要着吃都得回来要着吃。

聋妹也逃不过这样的归宿。即使当初为孩子上学勒紧日子在城里贷款买了房，但村里的新房仍得再借钱修起来。还不能修得少，得足够地方盛农具，铁耙、编织袋、扫帚、肥料、喷药器、塑料桶、绳子、废铜烂铁，看起来破破烂烂一大堆，春种秋收却处处用得上；得存放秋收的麦子，袋装起来整整齐齐码在墙边，全家吃一年还得有余，以备不时之需。还得盘了里外几大间住房的炕，亲戚来几拨子都不怕。还有厨房、卫生间，样样都不能少。院外两侧的空地还要种些西红柿辣椒茄子，家里的菜蔬不用再花钱买。院内随手种的两棵枣树也一人多高了，今年秋天枣子结得不少，摇一下唰啦啦红一地，看着让人心喜。其实也没怎么住，这些年都在城里忙活了，但得抽空收拾整洁，不然村里人说闲话。遗传了娘的心强，任啥都要做到最好。

老公早到家了，一个人在院子里转悠。地上晒着不多一点萝卜干。聋妹说咱们把这萝卜干收起来带去城里吧，晚上我做萝卜干。老公没说话，走到枣树边盯着树梢上仅剩的几颗枣看。聋妹又大声说一遍，老公这才很不情愿地走过来，脸上冷冷的。折腾这么多年萝卜干，没挣上几个钱，倒把他每晚影响得睡不好觉，胃上的病也越来越严重，还得担心她一忙一累忘了关水龙头电炉子这些，实在有些吃不消了，自己打工那地方的活并不轻松。然而，家里种的那些绿萝卜，除大小一致的卖给当地加工厂或城里人，剩下小的不那么齐整的做成萝卜干，至少能让聋妹手里多点零用钱，不至于窘迫到连件新衣服都买不起。有一次，聋妹一个人在地里收拾她的绿萝卜，一百多斤的袋重，就那么小的身子一袋子一袋子往她的敞篷车上扛，整个人在地里跌跌撞撞。同娘提起，娘说："过着吧，都是受苦的人，人家不抽烟不喝酒不打麻将不在外面胡搞，已经够好的了！"

聋妹所在的东湾村，绿萝卜是很有些名气的。方圆百里那么多村子，独这里两千亩沙滩地种出的绿萝卜既清脆可口水分多，还富含硒这种微量元素，而一旦迈出这两千亩地，便再好的种子再好的地，种出的绿萝卜也都变了味。未到餐饮部上班前，聋妹一心都在萝卜干上，为此还尝试了很多种做法，麻辣萝卜干、香辣酱萝卜、糖醋白萝卜，另带点酸白菜、腌辣椒之类。然而仍是钱的问题，前期的厂房设备、生产经营许可证以及产品质检化验那些，算下来至少得三十万，这些钱从哪里来？村里房子城里旧楼连着几年贷款，家里空得连灰都没有，更别说有什么积蓄。村上倒有创业扶持，但涉及资金连村主任都无能为力，国家的政策也不是谁想要就给谁的。婆家人就更指望不上了，他们宁可给租地户挖土豆赚工钱，也不肯帮她切一根萝卜条。唯独自己爹娘，疼她心里苦，全力以赴地帮，但他们那几亩地，能把自己糊弄住就不错了。只好退而求其次，每天点灯熬油地手工做，人都累成了狗，每盒却只能赚上个三五块。前年秋季雨水多，雇几个工人把萝卜条切了，早晨铺村子冷库旁的空地上晒，不想中午天气骤变，老爹喊快下雨了赶快收去，雨衣都没来得及拿俩人就往外跑，从家到晒萝卜地统共不到十分钟路程，没跑一半便风夹着雨从天上泼下来，就那样和老爹还有萝卜条在雨水里泡着，蹲地上号啕大哭，简直绝望。也是那一年，做好的萝卜干尚未卖到钱，工人便上门要工钱，还跑到她公婆家闹，急得她翻来覆去一夜没睡，晨起梳头，发现指头粗的一缕黑发竟全白了。后来老爹说："娃啊，再别做了吧，卖又卖不完，把自己苦坏了。"

聋妹不怕苦，一点都不怕。她可以不顾安全像个男人一样骑三轮车大街小巷卖她的萝卜干，可以一个人在地里把上百斤的绿萝卜一袋一袋往车上扛，也可以通宵达旦把晒好的萝卜干洗净拌上芝麻花椒辣椒盐糖蒜还有味精，用热油炝好第二天赶上班前按计划好的路线一盒一盒送到老用户手里。但决不可以让日子掉下去让别人看不起，也决不甘心自己的命比别人差。在曾经耳朵好着在村上任党小组长和妇女队长的时候，逢年过节凡村上有活动，她能立时呼几个女人出来，不到三天就能排出一个像样的节目，把整个舞台搞得红红火火热闹至极；镇上组织月饼大赛，连续六年她和她娘都能为村子争得第一，为此村领导一到比赛那天便满脸放光；她家的正屋立柜上，标有"全省陇塬脱贫攻坚巾帼带头人"的一个荣誉牌红彤彤地立着……你说这样一个厉害人，怎可能轻易在别人面前服输，让别人觉得她这个女人不值钱呢。

在公婆那边祭奠完先人，聋妹独自一人来到了爹娘家。"十月一的麻腐包包送寒衣"，今天老娘特意包了麻腐包子，还做了酸汤，即便午饭已吃过，仍是想美美地再吃上一个喝上一碗。所说的麻腐包子，是当地人极喜欢吃的传统美食，麻子（大麻的种子）碾碎洗净上锅蒸一个小时，土豆削皮煮熟压成泥，两样混一起热油一拌，调花椒盐葱花即为馅，做出来的包子既有土豆的软糯还夹着麻子天然的油香，在曾经困难时期给过人不少的满足感，就是现在物质充裕了，仍有一份浓浓的乡情荡在那里。酸汤则是为了中和包子的油腻，土豆切丝，葱姜蒜辣椒炝锅，西红柿切碎调味调色，再加几片青菜叶，略多点醋，汤汤水水一出锅，红红绿绿既显得好看，喝上一碗也是热乎乎酸爽爽的可口。都是每年寒衣节当地人饭桌上的标配，虽没有台面上的奢华，却温煦安详，像冬天暖暖的阳光照着。而这种幸福，也只在爹娘这里才可以安心地享受到。

只要一回到爹娘家，聋妹便像卸去了身上沉重的盔甲，一会儿跑到院子里，一会儿又回到屋里，脸上的笑花一样开着，整个人像只轻巧的燕子。亲戚们都在，姑妈姑爹、舅舅舅妈，女人们斜躺在热炕上闲聊，男人在另一间屋子下棋，屋子里暖洋洋的。看到聋妹，女人们的话题立刻转向了她："我家的这个娃啊，实在是个利索人，要不是耳朵不行，干啥啥成。""你说那时候村里谁不说她漂亮，穿得又那么时髦，流光水滑的能把村里那些女人嫉妒死。""好像现在单位上也干得不错呢，又勤快又机灵，把她耳聋的那个毛病多少能盖住些。"

聋妹跟娘去了厨房。她听不到亲戚们正在说她的各种好。她也无所谓听到，因为改变不了她什么。看娘在案板上用力揉面的样子，她忽而想起了一件高兴的事：萝卜干创业虽然失败了，但她最近发现了一个新的目标，那就是食品雕刻师。并非这个行业有多富有艺术性，她虽喜欢读诗，灵感来了也能像回事地写上几行，但就现状，尚没有资本更没有闲情弄那些。是所在的餐饮部，一个雕刻师每月工资竟能达到六千五百元，让她眼睛都在放光。如果自己每月能赚到这么多钱，就可以不靠别人养活不看别人脸色，就能穿好的戴好的在人群中光鲜亮丽了。那餐饮部的雕刻师对她说："不管干哪一行，只要你做得好，就有市场，就有发展空间。"

一条路走不通还可以走另一条路，人是不可能停下来的。

一个梦醒了还可以接着做另一个梦，人的灵魂只有靠梦才能支撑起来。

一个女人要想在别人眼里值钱，就得自己能挣钱。

……聋妹的脑子里不知道怎么就想起了这些话，这好像是在哪本书里看到的，但好像又是她心里长出来的。然而无论从哪里来，这些话都让她虚弱乏力的心有了重量，她已经在考虑如何把雕刻师秘不示人的那些绝技学到手了。

而且，那个雕刻师就在餐厅的地下室，一个人干活，没什么噪音，工资还那么高。想到这里，聋妹兀自笑了。她知道，没有人能真正明白"一个人干活"这件事在自己心里的重要程度，也没人会去关注一个沉入无声世界里的人所遭遇过的种种，更不会有人体会她内心始终摆脱不了的忧伤和无奈，以及希望之后的绝望，再一次升起的希望。在这个世界上，每个人都是孤独的，而这种孤独，除了自己，没人能够拯救。

"别怕，会好起来的。"聋妹轻声地对自己说。